我在等着
等着我的你

李文原 著

图书在版编目（CIP）数据

我在等着等着我的你 / 李文原著. -- 西安：太白文艺出版社，2020.8（2023.2重印）
ISBN 978-7-5513-1781-8

Ⅰ.①我… Ⅱ.①李… Ⅲ.①长篇小说－中国－当代 Ⅳ.①I247.5

中国版本图书馆CIP数据核字（2020）第099357号

我在等着等着我的你
WO ZAI DENGZHE DENGZHE WO DE NI

作　　者	李文原
责任编辑	曹　甜　关　珊
封面设计	秦呈辉
版式设计	雅　风
出版发行	陕西新华出版传媒集团 太白文艺出版社
经　　销	新华书店
印　　刷	三河市嵩川印刷有限公司
开　　本	889mm×1194mm　1/32
字　　数	230千字
印　　张	10.5
版　　次	2020年8月第1版
印　　次	2023年2月第3次印刷
书　　号	ISBN 978-7-5513-1781-8
定　　价	48.00元

版权所有　翻印必究
如有印装质量问题，可寄出版社印制部调换
联系电话：029-81206800
出版社地址：西安市曲江新区登高路1388号（邮编：710061）
营销中心电话：029-87277748　029-87217872

自序
那早该结束却被强行挽留的青春

本书是我自15岁起至今15年来断断续续写完的第六本小说，也是第一本正式出版的作品。序言本来拜托一位从我动笔就关注这本小说的才女同学来写，但却因为拖延的时间实在太过漫长，最终拖得对方因故无法完成约定，所以最后只能由我自己来献丑了。

2013年9月的某天傍晚，大学毕业后借着考研的名义赖在学校里的我在肯德基排队买炸鸡的时候，意外接到了一个以为不会再见的朋友的电话。我们认识时对方还在上高中，而我也才刚刚混进大学的校园，没想到失去联系多年后再次相见的时候，曾经的高中生成了大学生，彼时的大学生则变成了待业青年。也就是在那天晚上，故友重逢不胜感慨的我才突然惊觉，不知不觉间我的青春时光已经过去了大半，然而可悲的是我依然一事无成，既没有什么拿得出手的成就用来夸口，也未能追到喜欢的姑娘共约白首，这让我颇为失落。于是我决定写点什么，来看看那些失去的时间到底是浪费在了什么地方。这就是我动笔写下这本小说的初衷,当时的我刚刚过完24岁的生日。

　　从年少时和兄弟们半开玩笑半认真地给各自倾慕的女同学打分到年近而立写完这本书,我自认为的15年青春,其实恰恰是以24岁那年为界线分成了两个完全不同的世界。前半段虽然也曾有各种各样的烦恼,但我还是颇为满意那种现在回头看上去略显颓废的生活。而后半段则完全相反,虽然一切看似步入正轨,可是能感觉到的快乐却越来越少。所以从某种角度来说,这本小说也可以看作是我用烦恼渐多的后半段青春时光怀念相对快乐的前半段青春时光的故事,然而这个世界上最悲哀的莫过于我们谁都无法拒绝长大……

　　犹记得多年前的某个秋日黄昏,还是初中生的我自习时无聊地和同桌闲聊,聊着聊着就聊到了对未来生活的想法。那个名字普通的女孩总喜欢在上课的时候有意无意地用小动作骚扰我,让我不能安心打瞌睡;写作业的时候也总是将我好不容易借来的学霸的作业本先拿过去抄完再还给我;每次请我吃口香糖的时候总是给我一片,她嚼两片。那天,她对我讲了一个并不符合她风格的、听起来很普通的梦想:有份自己喜欢的工作,再和喜欢的人在一起。这在当时心比天高的我看来实在太过普通,所以我很过分地表达了自己的不屑。而与之形成鲜明对比的是我滔滔不绝地向她讲了多半节课如今看来颇有些可笑的宏图壮志。她安静地听完后给了一句让我印象深刻的评语:"你这辈子不是大起就是大落,而且大落比大起的可能性更高,反正绝不会平平淡淡。"当时的我听了后无所谓地笑了笑,根本没有放在心上。而时隔多年,当我开始动笔写这本小说的时候,人生虽然未见大起也难说大落,甚至可能当事人都早已忘却自己曾说过的话,我却开始佩服她的先见之明。那时候的我和她根本没有意识到,青春会让我们渐渐发现,她想要的那种看起来普普通通的未来,到最后往往会变成我们最渴望、也是唯一最有可能实现的梦想。

事实上,从小到大在不同的时间段里我总变换着梦想。例如中学时的我很喜欢文学,所以天天想的就是如何成为第二个韩寒,默默喜欢着邻桌那个名字诗意、会弹古筝、留着一头披肩长发的姑娘。等到上大学后电影院去得多了,我又开始觉得电影比文字更能表达心中如火的情感,所以梦想成为的对象就变成了李安,同时开始努力寻找与隔壁护理专业那些身材火辣的妹子认识的机会。再后来大学毕业工作了几年后,想明白了自己很难成为第二个韩寒或者李安,梦想也就开始悄悄降低标准,到现在只剩下两个小小的目标,第一是娶个喜欢的姑娘,生几个可爱的孩子;第二就是将这本耗尽我青春的小说坚持写完。我的梦想越来越萎缩,却被认为越来越实际,越来越务实。然而尴尬的是喜欢的姑娘寻寻觅觅了多年仍未得见芳踪,这个叫作青春的故事也断断续续拖到现在才草草结束。仔细想来,一个耗时如此之久的梦想对于很多人来说已经不是梦想而是妄想了。但值得让我稍稍为自己感到骄傲的是，即使很少被人理解，即使在很多人看来也许根本不值得，即使写完这本小说后我也会向生活竖起白旗，我仍然将这个时间跨度长达 6 年的执念艰难地完成了。看到 2000 多个日夜断断续续码出来的字一个一个转换成铅字，我不由得又想起 15 年前的那个秋日黄昏，听着身边女孩普通的梦想不敢公然表示蔑视，在一旁偷偷露出不屑表情的少年。

谨以此书来告别那些我们无比怀念却再也回不去的美好时光，以及我那早该结束却被强行挽留到了现在的青春。

李文原

2019 年 8 月于陕西杨凌

目 录

自序／1

楔　子／1
Chapter 01 号码／3
Chapter 02 意外／7
Chapter 03 重逢／13
Chapter 04 距离／21
Chapter 05 初遇／27
Chapter 06 聚会／33
Chapter 07 司南／39
Chapter 08 郑凌／45
Chapter 09 工大／50
Chapter 10 彩虹／55
Chapter 11 故人／65
Chapter 12 后援／71
Chapter 13 失恋／77
Chapter 14 师培／83
Chapter 15 误会／90
Chapter 16 坦诚／100
Chapter 17 谢谢／108
Chapter 18 送行／112
Chapter 19 魔兽／118
Chapter 20 拯救／124
Chapter 21 白旗／132
Chapter 22 路过／139

Chapter 23 宿敌/ 145

Chapter 24 纳新/ 150

Chapter 25 宿舍/ 156

Chapter 26 林沫/ 163

Chapter 27 撞破/ 170

Chapter 28 寒夜/ 174

Chapter 29 陌路/ 179

Chapter 30 后觉/ 184

Chapter 31 配角/ 191

Chapter 32 观礼/ 196

Chapter 33 纠结/ 203

Chapter 34 日记/ 211

Chapter 35 顾雪/ 215

Chapter 36 苏凉/ 222

Chapter 37 吉他/ 230

Chapter 38 相思/ 236

Chapter 39 烟花/ 240

Chapter 40 消失/ 248

Chapter 41 迷梦/ 250

Chapter 42 花语/ 258

Chapter 43 考研/ 263

Chapter 44 宿醉/ 270

Chapter 45 茫然/ 277

Chapter 46 七年/ 284

Chapter 47 那天/ 291

Chapter 48 逆袭/ 295

Chapter 49 选择/ 300

Chapter 50 未完/ 308

后记/ 322

楔 子

据说隔壁天竺那边有位拿过诺贝尔奖的牛人曾写过一句名诗：生如夏花之绚烂，死如秋叶之静美。

以上诗句的深刻含义宗佑虽然不是很懂，但却并不影响他对夏、秋这两个季节的喜欢。与烈日炎炎的夏天比起来，宗佑其实觉得秋天要更好一些，虽然夏天有他非常喜欢的冰激凌，街上妹子们穿得也比秋天更清爽，但那过于夸张的阳光实在让人难以提起欣赏美好事物的兴趣。而秋天就要好很多，妹子们依然穿得很清爽，舒适的天气也更适合广大男同胞们去寻找发现满街的美好。这也是宗佑同学通过多年亲身实践得出的经验。所以每逢夏末秋初，他最喜欢做的就是在温度不高不低正合适的时候，靠在校园里的长椅上舔着雪糕，不太低调地用眼睛四处扫着过往的莺莺燕燕，为此常常收获白眼无数。然而脸部肌肤颇有厚度的宗佑并不在意，在他看来，这种对美的追求不仅是一种爱好，更是一门学问，而钻研这门学问的人中也不乏学霸级别的大神。

比如宗佑大学时就有位高年级的师兄，据说夏天在校园里随便和哪个妹子擦肩而过的瞬间就能估算出对方的三围，而准确度和好事者事后想办法旁敲侧击搞来的数据竟然八九不离十。这些妹子的男友听到风声后往往铁青着脸开始乱翻女友的手机、日记等，虽然通常都是一无所获，但也有运气爆表及时发现被人送了绿帽子的，导致好几对都劳燕分飞了。

最夸张的是当此师兄的这项特长得到证实并流传开来后，上专业大课时他们班或者同系不得不来的某些对身材不太自信的女生居然是穿着外套过来的，以至讲课的老教授下课后还专门找到几人关心地询问："同学，哪里不舒服？是不是生病了？"还好那几年医大乘着扩招的东风发了笔大财，所以教室里的空调还是比较靠谱的，没有闹出人命来。但在那种天气穿着长袖出门，怎么看也都需要很大的勇气。凭此独门绝技，该师兄很是轰动了一阵，江湖人送尊称"三围哥"，是众多仰慕者心中公认的神一样的人物，和后来周末准时出现在医大西门弹吉他的"吉他哥"齐名，经常霸占那几年医大宿舍熄灯后的卧谈会头条。

作为同好之人，宗佑同学对三围哥的这项绝技可谓是佩服得五体投地。不过可惜的是等到他入学的时候，三围哥已经毕业离校退隐江湖了。为此好学的宗佑感觉很是遗憾，常怨师兄功课太好没有留级，让自己失去了拜师请教的机会。直到多年以后，当宗佑偶然和这些传说中的人物发生交集时他才突然发现，那些广为人知的桥段背后却往往藏着不为人知的故事。

Chapter 01 号码

"如果可以,我情愿去吃麦当劳。"宗佑看看手中只剩下脆皮的甜筒,再看看点餐台前没有丝毫缩短趋势的排队长龙,欲哭无泪地后悔着。

午后偶然听说肯德基的全家桶做半价优惠活动,想起貌似已经有段时间没有去照顾过白胡子老爷爷生意的宗佑深感愧疚。所以在自习室勉强挨到晚饭时间,他就立刻快马杀到离学校只有两条街的肯德基,准备好好反省下自己的错误。

结果一进门宗佑就发现原来认识到犯了错的远远不止自己,只见点餐的队伍像一条长龙一样竟然快从点餐台排到大门口了。这样夸张的场景让宗佑不由得有些退缩。不过在盯着点餐台上的屏幕确认全家桶确实正在做半价优惠活动后,原本准备打退堂鼓的他还是咬咬牙一狠心拿着手机乖乖地排到了队尾。

然而还不到5分钟宗佑就开始后悔了,因为在这快300秒的时间里他所在的这条长龙用肉眼观测根本看不到有多少向前移动过的痕迹。好在此时的龙尾已经升级成了龙腹,队伍已经排到了店外而且还有不断延长的趋势。宗佑这才感觉心里好受了不少,至少自己还不是最惨的,况且如果现在临阵脱逃的话那岂不是便宜了后面的?宗佑就这样自我安慰着,随着队伍一步一步艰难地向着点餐台缓慢地挪动。

等到夜色降临，站得腿都麻了的宗佑同学终于荣幸地从龙腹进化成龙脑袋并熬到了和点餐台接触的第一顺位。苦尽甘来的他迫不及待地将一张红色的"毛爷爷"拍在台子上，然后仿佛吐尽胸中闷气般喊出那句早已准备多时的台词："来份全家桶！"

可惜满脸雀斑的点餐妹子丝毫不懂对面这位终于快要得偿所愿的心情，淡定地看了一眼"毛爷爷"后回了句让宗佑差点当场崩溃的话："不好意思，先生，全家桶暂时没有了，现做需要再等一会儿，请问您确定要等吗？"

宗佑听完心里暗骂：这不是说的废话嘛！坚持排了这么久的队还不就是为了那该死的桶吗？

宗佑点点头，点餐妹子很麻利地将"毛爷爷"换成餐票："请先去休息一下，餐好了会通知您。"

算你识相！宗佑接过小票，让出风水宝地前还顺手要了个甜筒打发时间。等我吃完这个，全家桶差不多就好了吧？转身离去的宗佑这样想着。然而梦想和现实间的距离有时候实在有点过于遥远，直到宗佑刻意放慢速度，尽量小口小口地舔完甜筒，他的全家桶依然遥遥无期。而看着点餐台前有增无减的长龙，他实在没有再去排一次队买第二个甜筒的勇气。

无奈之下，宗佑只能重新想办法来打发时间，还好今天来这里反省错误的妹子不少，脸上的妆看起来也都化得还不错，没有特别难以入眼吓到人的。唯一可惜的是因为已经到了初秋，所以妹子们穿得稍微多了那么一点。不过这点小瑕疵并不影响某人欣赏美好的劲头，宗佑仍然很快就找到了目标——离他不远处站着的保洁妹子。虽然这位身着工装的妹子看起来穿得明显比其他人更多，但宗佑还是目不转睛看得津津有味，边看还边琢磨罩杯到底是 C 还是 D 这种高端的问题。

三围哥的光辉事迹早已在医大的男同胞里一届届流传了下来，很有点"哥虽已不在江湖，江湖却少不了哥的传说"的味道。而学校里听过他的光辉事迹热血沸腾想要自学成才的师弟也不在少数，早已自居三围哥门下真传弟子的宗佑也不例外。然而可惜的是，事实证明宗佑同学在这方面的天赋实在赶不上无缘拜会的师傅，虽然苦练了数个夏天，对 A、B、C、D 的划分却还是一塌糊涂。不过值得表扬的是，宗佑同学还是比较勤奋好学的，从不错过任何可以勤能补拙的机会。比如现在的他就正无比认真地在这位不知名的保洁妹子身上现场学习。

不知是不是某人的目光太过炽热，让正在干活的保洁妹子感觉到了什么，她猛地抬起头和正在认真"学习"的某人来了个对视。而此时双方间的直线距离目测绝对不会超过 200 厘米。

没有提防的宗佑被这突然的袭击搞了个措手不及，在慌乱后他很快就反应过来，并马上对着被偷偷瞄了半天的妹子堆起微笑。这是各位前辈多次意外翻车后总结的经验：被发现时最忌立刻转移视线，那样岂不是做贼心虚的表现？这种时候一不能慌二不能乱，要勇敢地迎着对方报以微笑，让妹子误以为是不是自己想得太多了，人家根本就是在看别人⋯⋯

保洁妹子显然在这方面的经验没有对面这个厚脸皮的家伙丰富，才短短几秒的对视就迅速败下阵来，加快速度收拾完桌子后立刻转身离开了。

宗佑笑容不变地目送对方逃走，心里却不无遗憾地想着，可惜还没分出到底是 C 还是 D。好在他并没有遗憾太长时间，很快就听到叫到了他手中的小票号码。看着迟到了不知多久的美食，宗佑不仅有种热泪盈眶的激动，同时也感觉到了裤兜里的振动。

已经快饿晕的宗佑没好气地摸出自己的黑色 iPhone 5，屏幕上显示的是一个陌生号码。他正在想这是不是骚扰电话的时候，iPhone 特有的马林巴琴铃声响起了第二遍。这就让宗佑不得不思考会不会是自己认识却没有存电话号码的熟人了，毕竟所有人都知道骚扰电话从来不会响第二遍，而这年头隔三岔五换号码的家伙却大有人在。比如曾经刚上大学不久的宗佑就很惊奇地发现，千辛万苦才搞到的护理系几位漂亮妹子的手机号码永远都打不通。后来他在食堂打饭碰到她们时一问才知道对方换了号码，理由五花八门，从新号码送流量送话费到和前男友分手心情不好想忘掉过去重新开始。等再过几天宗佑拨打刚要来的新号码准备约个妹子出去喝咖啡的时候，又会被甜美的机器人女声友情提示"对不起，您所拨打的电话是空号"。搞得宗佑好几次都在怀疑自己是不是被那几个妹子故意拉黑了。

一对比，像宗佑这样一个手机号码从中学用到大学都没有换过的反而成了稀有动物。如果哪天高中时的班长心血来潮组织同学聚会，翻出多年前留在同学录上的号码打过去绝对不怕他失联找不到人。

难道是推销电话？这种电话不应该白天打过来吗？难道经济危机这么严重，推销员也开始加班了？宗佑看着屏幕上还亮着的陌生号码陷入了沉思……

Chapter 02 意外

将历经千辛万苦才等来的全家桶扔到后座，宗佑昏昏沉沉地坐进自己那辆因为太长时间没洗以至到了晚上不仔细看的话根本分不出本来颜色的座驾。诱人的炸鸡香味在车厢里飘来飘去，此刻的车主却没有一点吃东西的心情。

宗佑从未想到有天还会接到司南的电话，以至刚才他看到那陌生的来电号码时，从三无产品的推销员到夜店偶遇过的小姐姐，甚至连大学时打牌输了他200块却一直赖账的隔壁宿舍的胖子突然良心发现的可能都想到了，却唯独没有想到手机的另一头竟然会是那个名字快要忘掉的女孩……

3年前，也就是2010年，那年为了东海上的小岛还没有像现在闹得这么厉害，学习日语的有不少人。既有准备考预科出去转一圈镀金回来客串"海龟"的，也有打算学会后好去勾搭喜爱二次元的萌妹的，当然更多的则是纯粹为了提升格调。反正在如今这全民学英语的时代，日语算是比较小众，朋友聚会时不经意地蹦出几句日语还是很能装上一装的。相比之下宗佑学习日语的目的倒很单纯，他只不过是苦于欣赏某些原产地是岛国的爱情动作片时，因为听不懂原版配音所以只能靠着贫乏的想象力意会剧情。毕竟这年头的男大学生谁的笔记本里还没有一个装满隐藏文件的E盘？

然而可惜的是宗佑同学在日语上的天赋比其在英语上的实在也强不了多少，《初级标准日本语》一套四本教材勉强学到第二本就再也坚持不下去了。因为他又找到了中学时期上英语课时听天书般的感觉，而这恰恰是某人最不愿重温的惨痛经历之一。还好宗公子从来都自认是能拿得起放得下的好汉，几千块的学费就当白扔了，果断愉快地选择和日语班和平分手。所以当多年后他偶然翻到大学时的收藏时，以前听不懂的现在依然听不懂。

不过宗佑一直觉得这笔学费花得很值，因为在那期的日语班上他认识了一个叫作司南的女孩。那一年，他大一，她高一，他19岁，她16岁。这段莫名的暧昧来得突然去得也迅速。他们一起游过一次泳，钓过一次鱼，看过一场电影，仅仅过了7天两人的关系就画上了句号，从此再无联系。然后一年又一年，转眼间，3年已过。

而宗佑一直有一个自认为还不错的习惯，就是和交往过的女孩分手后，既不会主动删掉她们的联系方式，也从来没有再去打扰过对方的生活。而事实上宗佑真的仍保留着司南的电话号码，但很明显对方换了号码。这让身边知道他这个习惯的兄弟们很是不解，在他们看来分手就要分得彻底，你留着这些东西以后哪天不小心被喂了"狗粮"岂不是自讨苦吃？对此宗佑明面上的解释是，他相信任何感情不管时间的长短，哪怕只有一天的时光也会有值得留念的瞬间，留着这些只不过是为了留些美好的回忆。见其说得如此情真意切，大伙儿一时也分不出真假，只能纷纷赞叹他颇有小说中多情才子的风范。不过可惜后来宗佑某次意外喝醉时还是被兄弟们套出了真话，虽然基本都可以算作是和平分手，不删微信什么的只不过是想看看对方过得好不好，如果过得不好的话他也就安心了。同时也为了避免出现将来如果有人想吃回头草，他虽然会婉拒但却忘了对方是谁的尴尬场景。虽然时间证明关于这一点某人真的是想多了，至少到今天晚上为止，还尚未出现想吃他这棵草的"回头之马"。

望着车窗外人来人往的街道，宗佑突然很想听听歌。从宗父到宗佑，这辆老款雅阁已在他们家服役了很久，久到车里自带的碟机早就消极怠工，平常能不能吭上几声完全要看对方的心情。没想到今天的碟机却很给面子，他还没鼓捣几下就有了响声。

听着碟机里传出来的音乐，宗佑苦笑着将车打着。正在播放的是一首他很熟悉的泰语歌，翻译过来的中文名字叫作《即使知道要见面》。

在宗佑刚刚离开的那家肯德基里，身着保洁工装的张静格外烦躁，感觉自己从早上醒来就各种不顺。下午上专业课的老师拖堂了不说，在路口等公交车竟然等了半个多钟头，结果上班时因为迟到了5分钟又被店长——那个脸上粉厚得眼看着就要抖下来的老女人唠叨了半天。而今天的客人也比平常多，让她擦桌子擦到恶心，当然这也要算上刚才那个猥琐男的一份功劳。

其实张静早就注意到了那个看起来就不像什么好人的家伙。毕竟一个甜筒吃了快半个小时的男人想不引人注目还真不容易，要知道张姑娘自己消灭一个甜筒一般也就不到两分钟。

按理说人家甜筒吃得快慢和其他人没有半毛钱关系，所以张静刚开始也就是在心里暗暗鄙夷了一番而已。可问题是没过多久，她的第六感突然间超常发挥，让正准备弯腰擦桌子的张静莫名地感觉到了危险。她本能地抬起头后就发现了一双正努力瞄向自己胸口的贼眼，而对方当时那专注的模样真的是要多猥琐就有多猥琐。

"变态！"张静当场就给这个吃甜筒吃得很娘的家伙下了定论。更过分的是对方被发现后丝毫没有心虚的表现，竟然还露出更加猥琐的笑容继续盯着自己，让她当时就有一种将手中抹布直接砸过去的冲动。但想到店长那个疑似最近步入更年期的老女人，张静最后还是使劲咬牙强行劝说着自己："世界如此美好，我怎能如此暴躁？"

然而张静没想到自己的大度根本没有换回对方的任何收敛，即使转过头去她也能感觉到对方异常执着的视线。这让张静也不由得开始怀疑起来，难道是自己的工装真的很透？

最后实在招架不住对方猥琐目光的张静只能咬碎银牙，决定以德报怨，到后厨走了趟后门将那家伙的全家桶提前弄了出来让他早点滚蛋。没想到对方拿到全家桶后却还是停在原地，丝毫没有离开的意思，这让必须过去收拾桌子却实在不想过去的张静郁闷得够呛。

结果就在她连续深呼吸了好几次准备硬着头皮过去工作的时候，那在原地站了半天的猥琐家伙却有些失魂落魄地走了，而且往外走的时候对擦肩而过的张静看都没看一眼。这让本已做好牺牲准备强忍着恶心的张静好像一拳打到了棉花上。女人就是这么一种奇怪的存在，有人看会不高兴，没人看也会不高兴。

张静就这样郁闷地熬到下班,换掉工装后婉拒了同事一起去夜市吃串串的邀请,独自来到车站等着回学校的夜班公交车。

其实如果可以的话,张静并不想回自己的宿舍,她觉得自己和那方寸之间总是格格不入。在那里她是孤独的,她看不惯每天打扮得花枝招展的舍友肉麻地和任何一个能用得上的男生聊着暧昧的话题,也很厌烦那些爱好相同的舍友每天有意无意地互晒新收到的昂贵化妆品或包包。而最让她感觉无法忍受的是就这么几个人的宿舍还时不时上演真人版的宫廷大戏。这个偷偷找她分享对面床铺的妹子背着男友又勾搭了某系的谁谁谁,那天看见他们从学校对面城中村的小旅馆里出来;那个又会悄悄告诉她,刚才看见下铺的某某在校门口上了一辆大奔,开车的是个年龄足以让她叫爸爸的中年油腻男。而且不管哪个分享完这些很可能是捕风捉影得来的情报后,都会问问她怎么看。这让从小就自觉在宫斗剧里活不到第二集的张静感觉烦心透了,但她又实在躲不过去。白天还好,基本都有课,大家见面的机会比较少,等到了晚上,不大的房间里就到处弥漫着阴谋的味道。

为此她情愿下课后去做兼职,可即使是晚班也总会有结束的时候。下班后的张静虽然不情愿却还是不得不踏上归途,毕竟在这座叫作秦都的陌生城市里,除了宿舍以外,她也没有其他地方可以去了。

张静就这样有些迷惘地等了好一会儿后,粉白相间的 7 路公交车才姗姗来迟。因为已经快到末班,车上很空,张静上车后就随便找了个座位坐下，直到这个时候她才有时间拿出手机来看看。和昨天一样，和前天也一样，和以前的许许多多天都一样，手机里干干净净，没有来自那个既陌生又熟悉的号码的一个电话或者一条短信。

张静叹了口气，戴上耳机，斜靠着车窗，这样可以让她感觉稍微舒服一些。熟悉的旋律开始慢慢响起，是张静很喜欢的一首泰语歌——《即使知道要见面》。

Chapter 03 重逢

司南在电话里约宗佑在海边见面，其实也就是位于秦都市中心的秦都湖边。因为是人工的死水湖，每到夏天暴雨的时候湖水常常会溢出形成汪洋一片，所以被秦都的老百姓称为"秦都海"。像宗佑、司南这样的年轻人也就把"去湖边"戏称为"去海边"。

据说当初秦都市的领导拍板在此处修湖的时候就有人议论这里的风水不好，果然一开始蓄水的那个夏天就送进去了数条人命，搞得宗佑他们小时候常常被家里大人叮嘱不准到湖边去玩。

结果等湖建成后没过多长时间，这里就毫无争议地成了秦都市人流量最大的地方。尤其是每逢夜幕降临，除了周边居民喜欢过来沿湖散步消食外，无数彼此有意却尚未确定关系或者关系尚未达到解锁开房技能的男男女女也将这里当作约会的首选之地，而环湖路最中间的统一广场更是深得各位广场舞大妈的喜爱。宗佑每每走在环湖路上，听着节奏感强烈的《最炫民族风》，眼睛扫过树林阴影处的对对鸳鸯，一不留神就会撞到夜跑的学生、遛狗的大叔、卖艺的文艺青年……

宗佑到的时候已经过了晚高峰，湖边看起来并没有太多人,等他停好车步行到约定的地点,远远就望见了戴着绿色棒球帽的司南。

"好久不见。"看见宗佑到了,司南率先打了招呼。

"好久不见。"宗佑也笑着回应。眼前的女孩和3年前相比基本没有什么变化,同样的孩子气,同样的披肩发,同样的"飞机场"……一切仿佛还是3年前的样子,只不过,这一年,她大一,他大四,她19岁,他已22岁。

在简单地打完招呼后宗佑一时也不知道该说些什么,这让气氛一度安静得有些尴尬。最后还是司南主动开口打破了沉默,提议道:"我们走走吧。"

"好啊。"宗佑舒了口气。为了活跃气氛,他决定随便聊两句,算算时间眼前的女孩这时候也应该上大学了:"对了,你考到哪儿了?"

"长翻。"司南答道。

"不错啊,挺好的学校,恭喜你啊。"宗佑表示祝贺,长翻全称长安翻译学院,是在省会长安的一个民办三本,"学的什么?英语吗?"

"谢谢。"司南礼貌地笑了笑后接着回答,"不是的,我学的西班牙语。"

"西班牙语?好像学的人很少吧?"宗佑对这个第一次听说的专业有些惊讶,趁说话的工夫拼命在自己贫乏的外语知识里寻找有关西班牙语的所有资料。

"是啊,学的人不多,我们这级总共才一个班,在我们学校的小语种里也算最冷门的那种。"司南被宗佑说得叹了口气,看起来她也挺操心西班牙语的江湖地位,她顿了顿后开口问道,"你知道西班牙的巴塞罗那吗?"

"巴塞罗那?听说过,那里挺有名的。"经常半夜爬起来看西甲的伪球迷宗佑当然知道大名鼎鼎的巴塞罗那,他好歹也算是 C 罗的粉丝,看球最喜欢看的就是巴萨输球。

"我很喜欢那座城市的艺术。"司南当然不知道身边之人和自己对有名的理解存在极大的偏差,"以后有机会的话,我很想去那里留学。"

"那祝你早日心想事成。"宗佑言不由衷地祝福了司南,同时决定暂时遗忘自己皇马球迷的身份。

"谢谢。"司南对这个祝福显得很高兴。宗佑发现她笑起来的时候还是像以前一样可爱,让人看着看着就忍不住想咬上一口……

可惜即使是这样简单的对话也没能多聊几句,了解完彼此的近况后更多的时间里两人都保持着沉默。毕竟他们上一次像这样的近距离见面聊天还是在已经过去了很久很久的 3 年以前。

"我们进去喝点东西吧。"走到湖边那家麦当劳的时候,宗佑终于找到可以暂时结束这种尴尬气氛的办法。司南闻言望了望后表示同意,然后点了一个甜筒,宗佑笑了笑后也同样要了一个。

小丑家甜筒第二个半价的优惠早已推出了很多年,宗佑却很少能享受这个福利。很多次他路过这里顺手买个甜筒吃完后感觉不满足,只能犹犹豫豫地在店员妹子诧异的目光中走回来重新再付一次账。今天终于逮到可以名正言顺享受第二个半价的机会，宗佑同学当然不愿错过。付账时他还在想这个世界真是奇妙，下午才想过去吃小丑家，没想到晚上就来了。

气氛总算不再那么尴尬，宗佑走在路上慢慢舔着甜筒，打算在它消失前想好等会儿和司南聊些什么话题才合适，然而后者却并没有给他整理思路的机会。

"你还记得这个池子吗？"询问的声音传来。正在想心事的宗佑闻言抬起头顺着司南指的方向看去，果然是个熟悉的地方——湖边广场喷泉旁一个很普通的小水池。3年前的某天他曾在这里被一起散步的某人推了下去。

"记得啊，当时你把我从这里……"宗佑话说了一半就反应了过来，可惜却还是晚了一步。刚转过头的他只来得及看见司南脸上狡猾到可爱的笑容，然后就感觉身体猛地被向前推去，完全失去平衡前的宗佑下意识地一把拉住了某人的罪魁祸"手"。于是紧跟着响起的少女尖叫引来周围散步人群的鄙夷，这么浅的水池至于叫得这么夸张吗？

"拜托，不要让我这么感动好不好？这水虽然不是很深，但想淹死咱俩感觉也不是那么困难，没想到你竟然肯陪我一起跳下来。"站在水池里的宗佑笑着对身边的女孩开口，记忆中这句话他3年前貌似说过一次。

"讨厌，你又拉着我的手不放，害得人家的裙子都湿了。"司南噘着粉嘟嘟的小嘴嘟囔，这句话3年前的宗佑也同样听过。

"没办法，谁让我舍不得将你一个人留在岸上呢。"宗佑靠着池边的台阶装着无辜，池水真的很浅，他也不急着上去。

3年前，同样的地方，女孩同样从背后悄悄地对着男孩偷袭，入水的瞬间男孩同样紧紧握住了女孩的"祸手"，太多同样的画面仿佛时光倒流，昨日依稀又重现……

"拜托，你是男生好不好，怎么能这么小气？"司南明显不吃某人这套，小嘴噘得越来越高。

"先去车上吧。"宗佑说完便翻身爬上去，然后将司南从池子里拉了上来。虽然才到初秋，但夜晚的风已有些凉意，在水里待得久了还是很容易着凉的。

"每次我推你，你都抓住我的手，害得我每次想跑都跑不掉，你太过分了。知道我是什么吗？我告诉你，我是仙女！仙女是什么知道吗？仙女是要惯着的。我不仅是仙女，我还是小仙女。小仙女懂吗？知不知道小仙女是要宠着的？你太过分了！"回到车上的司南明显没有做了坏事该有的觉悟，坐在后排一边拿着抽纸擦着湿透了的裙子，一边义正词严地指出宗佑的错误。

"那个，车上有炸鸡。"被司南一番话讲得也觉得自己有点不够怜香惜玉正在想办法转移话题的宗佑，突然想起了千辛万苦才等来却又差点被忘掉的全家桶。

"都放凉了，没法吃了。"司南拿起桶翻着看了看后表示了拒绝，"而且肯德基的薯条都是带番茄酱的，我最不喜欢吃的就是番茄。"

"我没想到你要来，这本来是我晚上准备吃的。"宗佑连忙解释自己不是故意献上她不喜欢的食物跟仙女作对。这时候他也隐约想起来以前交往时司南好像确实不喜欢吃番茄味的东西，她喜欢的是海鲜味的。

于是可怜的全家桶再次惨遭无视被扔到了一旁，而两人则又陷入了突如其来让人尴尬的沉默。看着车里自带的时钟上短针已经走到了第12段末尾的地方,宗佑试探着开口:"快12点了,我送你回家吧?"

"我爸爸妈妈出去旅游了,我最近在爷爷奶奶家住。"司南看了看时间后有些迟疑地说道,"这么晚了小区大门一定关了,看门的老头很难说话,叫门很麻烦的。"

是暗示吗?宗佑怦然心动,偷偷伸手摸了摸钱包,确定身份证没有忘在家里后不由得开始琢磨,给司南提议开间房休息到底该怎么说才比较合适:"开两间房?不行,她如果真同意开两间房怎么办?开一间房,她睡床上,我睡地上?不行,太假了。开个双人间,两张床每人一张,放心,我绝不过线?"然而还没等他想好成功率较高的开房理由,就被司南打断了思路:"好了,我知道去哪儿了。"

宗佑闻言不由得暗喜,难道几年不见司南变得这么主动了?于是他有些兴奋地将车子发动起来,按着司南的指挥开到了她说的地方。宗佑抬起头刚想看看面前的大楼是哪家酒店,然后就望见了因为破旧显得暗淡无光的四个大字:东银网苑。

心情像坐过山车一样的宗佑无比失望地跟着司南上楼。这同样是个熟悉的地方,3年前他们曾一起来过,只不过当时她拉着他陪她玩的是《泡泡堂》,而现在她拉着他陪她玩的是《英雄联盟》。

"你菜死了!怎么老给对方送人头?把对面的敌人都养肥了!"

几乎和3年前一样,没玩多久司南就开始抱怨起来,某人操作的英雄已经连续阵亡了好几次,被对面的敌人打得毫无还手之力。

　　宗佑满头大汗地操作着自己又被打残血的英雄躲进草丛里逃命，没敢回应司南的抱怨。其实宗佑曾几何时也可以算是身经百战的网瘾少年，可惜他那时候玩的大部分都是打怪升级的传统网络游戏，对近两年新出的这款在小学生中风靡一时的《英雄联盟》还真没什么研究。加上自从在大学里发现和女孩子在一起更好玩后，他就很少再去网吧，导致对游戏的学习力和操作力都大幅度下降，以至今天晚上生生被对面一群疑似小学生的对手打成了"提款机"。

　　"算了，走吧，我累了。"不知道是被某人气得还是真的累了，反正司南打着哈欠选了投降。宗佑松了口气连忙也跟着退出了这该死的游戏。自从发现他弱得实在可怜以后，对面的所有人像打了鸡血似的专门追着他打。

　　"我们去开间房休息吧。"从网吧出来后看着司南不停地打哈欠，眼睛也有睁不开的趋势，宗佑终于找到了机会说出预谋已久的想法。

　　"都3点多了，天马上就亮了，开房太浪费，还是去你车里待一阵吧。"司南看了看时间后很随意地说道。宗佑有些摸不清她是没听懂自己的意思还是委婉地表示拒绝，虽然对这个回答很不满意，但他也只能先答应下来再想别的办法。

　　秋夜的风真的像诗文中写的那样很是萧瑟，即使人坐在车里还是有种很冷的感觉。

　　宗佑将外套脱下给司南盖上，顺便也不着痕迹地将爪子从背后伸到另一边轻轻搂住了她。而司南也没有拒绝某人的不怀好意之举，两人就这样依偎在一起望着车顶天窗外的夜空，夜空中晴朗无云，繁星点点。

"小时候的夏天，我和爸爸妈妈在我们家楼上纳凉的时候会一起数星星，要不我们也来数星星吧？"望着夜空的司南提了个让宗佑感觉有些幼稚的提议，但还没等他表示反对就听见对方"一颗、两颗、三颗……"地数了起来。宗佑笑了笑，没有再说什么，静静地搂着女孩陪她一颗一颗地数着星星，然后慢慢听着怀中的声音越来越小、越来越弱……

宗佑轻轻地向下斜了斜肩膀，好让睡着了的司南能靠得更舒服一些。湖边路灯透进来的既不明亮也不暗淡的光线，让女孩浅粉色的嘴唇显得有些诱人。虽然宗佑自问不是君子，可此刻的他却也没有趁人睡着干坏事的心思，毕竟凌晨这个时间湖边的温度真的足以让人保持纯洁。

宗佑不禁怀疑当初柳下惠是不是也和自己一样，在千年以前的寒夜里因为冷得不想伸手或是被冻麻木了，这才虽然抱着美女却进入了贤者模式，留下了坐怀不乱的佳话。或许有些真相往往就在不经意间被发现，可惜当事人却并不知道，比如此时的宗佑就正抬头望着夜空："一颗、两颗、三颗、四颗……"

Chapter 04 距离

宗佑是被绕着湖吊嗓的晨练者吵醒的。那张准备开房的身份证最终还是没有等到出场的机会，继司南之后他也成功依靠数星星的方法快速找到了周公。不知是不是怀抱佳人的缘故，宗佑这一觉睡得格外香甜，以至司南什么时候离开的都不知道。等他醒过来后，就只剩下昨晚脱下的外套孤单地盖在自己身上。

面对司南的不告而别，宗佑感觉有些郁闷，然后让他更郁闷的是，自己貌似感冒了，不仅头昏昏沉沉的，鼻子也不通畅。于是，感觉有些难受的宗佑决定先去康乐那里找点药吃。

康乐是和宗佑从小一起长大的邻居，就像男孩的发小、女孩的闺密，可惜两人不是同性，所以也就用不了以上的这些称谓。而且宗佑从来都认为他和康乐之间的关系远远不是用这些简单的词语可以形容的。她对他来说，是一个特别到无法用语言来形容的存在……

康乐家在离宗佑家不远的地方开了间不大的便利店，宗佑知道这个点康乐一定会在那里帮忙。在他的印象中，自从康伯母开了这家店后，康乐早上上课前就再也没有去过别的地方。

"呦，少爷今天怎么有空大驾光临？"宗佑到的时候康乐果然正在刚刚开门的店里打扫卫生，对方显然对他的突然出现有些意外。

"来看看丫鬟你啊。"宗佑勉强堆起笑容打招呼,然后快步往店里走去。不知道是没吃早饭还是生病的原因,他现在脚步虚浮,全身都提不起劲。结果等宗佑进去后刚找地方坐下就发现康乐竟然反方向地向外走去:"喂,你干什么去?"

"我去看看今天的太阳是不是打西边出来的。"康乐将扫好的垃圾倒进门外的垃圾箱,然后走回来道,"你今天怎么了?我记得自从上大学后就很少见过你能这么早起来了。"

"怎么说话呢?什么叫太阳打西边出来?什么叫就没见过我起来这么早?你跟我又睡的不是一张床,我早上什么时候起来你怎么知道?"宗佑很不满意康乐的比喻,"而且我这是起得早吗?我这是昨晚压根就没睡好不好。"

"这么说来敢情少爷昨晚又不知去哪里风流了吧?"因为实在太熟,所以康乐和宗佑说话也很随便,这句话就充满了调侃的味道。

"别站那儿说风凉话了,我昨晚在湖边吹了一夜风,你快去给我找点药,我好像重感冒了。"宗佑懒得再和康乐斗嘴,他现在的状态很不妙,不仅脑袋越来越晕,鼻子貌似也快完全堵住,需要借助嘴巴来辅助呼吸了。

"看来少爷昨晚出师不利,没有得手啊。"虽然康乐嘴上仍在调侃宗佑,但还是很麻利地将感冒药找到并倒好开水端了过来,"你在湖边待一晚上不感冒那才见鬼了。"

就着热水将不知什么牌子的感冒药一股脑吞进肚后,不知是不是心理作用,宗佑立刻就感觉舒服了不少,这也让他有了闲聊的心情:"喂,丫鬟,你工作找得怎么样了?"

"不找了，我们系准备给我一个保研名额，我最近要准备材料。"

"真的假的？"刚刚缓过来一点的宗佑立刻被康乐这个意外的消息给惊住了，在得到对方肯定的答复后他更是羡慕到无以复加，"拜托，老大，虽然从小我就知道你是个学霸，但也请不要对我这样的学渣造成这种巨大伤害好不好？研究生你说上就上，我们家的人知道了我怎么办？从小到大你都是我妈口中那个别人家的孩子，我回去又要被唠叨得在家里待不下去了。"

"人家哪有你那些少奶奶的运气啊，光凭一张脸就能不愁吃不愁穿。像我这样被你看不上眼的再不努力点将来怎么办？难道去卖啊？"康乐边擦桌子边反击，强烈抗议身旁这个一看书就头疼的家伙把被家里数落的责任推到自己身上。

"那倒是，就凭你这样达不到及格线的姿色，真去卖的话还不一定有你打工赚得多。"宗佑小声嘀咕了句，以自己的经验判断出了眼前这位所有人都说漂亮就自己没感觉到的女孩在两个不同行业上的"钱途"。

"什么？"正在干活的康乐没有听清某人的低语。

"没什么，我说你很好，我要向你好好学习，争取早点考上研究生，省得我妈老骂我。"宗佑当然不敢把心里的想法暴露出来，这时不知道是药的作用还是昨晚没睡好，他感觉自己有些瞌睡了。

"对了，我给你带了你爱吃的炸鸡，你等下闲了别忘了去吃。"

决定回去补觉的宗佑没忘记将昨晚排了半天队最后却一口未动的全家桶送给康乐，反正也都放得冰凉不怎么好吃了：

"不要太感动了,我先回去睡会儿。"

"周末郑凌过生日,地点安排在了'老虎'。"康乐没有理会那被嫌弃了一圈的全家桶,开口喊住准备开溜的某人。

郑凌是她的闺密,也是宗佑和康乐从小学到中学的同班同学。宗佑对郑凌最深的印象就是对方貌似每天都会有不重样的新衣服穿,他总是想,如果她家养只变色龙当宠物的话,会不会哪天变色龙就被累死了?

"到时候你过来喊我就行。"快要走出店门的宗佑有些不耐烦地向后挥了挥手表示自己知道了,他现在只想早点回去钻进被窝好好补一觉。

从很多很多年前开始,他就习惯了这些麻烦的事情由康乐帮他记着,然后等到时间了再由对方提醒自己……

帮父母忙完店里的活后,康乐回到距离不远的家里开始收拾东西准备去学校自习。

不知道是因为遗传还是别的什么原因,康乐从不像其他女孩子那样容易被温暖的被窝绑架。自很小的时候开始,康乐就习惯天色微明便从床上起来,穿过冷冷的晨雾到离家不远的湖边晨跑,跑完自己定下的路程后再回家吃早餐。然后康乐便会背上书包去隔壁楼上叫很可能还在呼呼大睡的宗佑起床,有时候还要给他带份早餐,最后半拉半拽着眼神迷茫的他去赶公交车。无数重复的早晨从小学一直持续到了他们中学毕业。上大学后虽然不用再当宗佑的闹钟,康乐还是习惯每天早起去自家店里帮忙。对此宗佑就恨铁不成钢地说她天生就是做丫鬟的命,成天忙忙碌碌的,一点都不知道享受生活。

想起宗佑，康乐突然感觉有些心烦，她和他已经认识了很多很多年，康乐甚至觉得自己从开始记事起除了爸爸妈妈外最熟悉的就是宗佑。毕竟两家大人不仅是同事兼好友，更是多年的老邻居，所以两家小孩的熟悉也是顺理成章、水到渠成。小时候如果哪家大人工作忙得顾不上的话，宗佑或康乐就会跑到对方家里去蹭饭吃，然后一起写作业，一起看电视，等大人忙完了来接。有时候如果时间太晚的话，两人甚至还会在一张床上打瞌睡，当然最后一条只发生在宗佑小朋友和康乐小朋友的小时候。简单来说，两个人颇有些书上写的那种两小无猜的意思，可惜他们从小一起长大的家属院里既没有青梅，宗佑也从未骑过竹马。

康乐微微抿了抿嘴，不再去想小时候，强迫自己打起精神来好对着镜子梳头。即使再不在意形象，每天必要的打扮还是得有，大家都说素颜最受推崇，可又有几个女孩子会在长大后不化妆地出现在学校呢？

然而不知为什么，今天的康乐打散了早上随便扎着的长发后却怎么也集中不了精神进行下一步，最后只能无奈地放下梳子。对着镜子发了会儿呆后，康乐轻轻地叹了口气，伸手拉开了书桌中间的抽屉。

和大部分花季雨季的少女一样，康乐也有一个属于自己的、上着锁的秘密小抽屉，里面收藏着她的宝贝，比如眼前这个又小又普通的发卡。这个看起来已经有些破损的发卡真的太小、太普通，小到康乐早已不能用的地步，普通得像地摊货，而事实上这确实是康乐小时候康阿姨在路边摊上给她买的。但就是这么一个不起眼的小卡子，对康乐来说却是非常珍贵的东西。每次看见它时康乐总会不由得想起自己8岁那年的夏天，院子里的小霸王小胖仗着身强体壮抢走了这个发卡。当时同样只有8岁的宗佑连续发起了多次"自杀式"的冲锋才打败小胖将它抢了回来。当流着鼻血满脸伤痕被打成猪头的宗佑站在自己面前将已面目全非的发卡递给她,说出"给你,别怕,我会保护你"的时候,康乐就再也无法忘记那个画面。即使那时的她还并不懂得什么叫作喜欢或者喜欢是什么东西……

她和宗佑小学还没上完的时候宗叔叔就辞职下海做起了生意并很快发了家。那时周围的邻居虽然有些眼热,但对宗叔叔仍然不是很看好,毕竟放弃当时所谓的"铁饭碗"在那个年代并不是件容易被大家理解的事情。然而时代的变化之大却是大多数人都没有想到的,改革开放带来的市场经济改变了人们早已熟悉多年的生活。渐渐地从单位里消失的叔叔阿姨越来越多,却罕有能复制宗叔叔成功之路的。康乐的父母虽然没有离职,但也因为一些原因最后半退休地出来开了家小店。后来宗叔叔的生意越做越大,开上了康乐连车标都不认识的进口轿车,带着全家离开了生活多年的家属院,搬到了马路对面那新建起来的被家属院里的老邻居们戏称为富人区的高档住宅楼里。虽然宗佑还是像以前一样经常跑过来找她玩,但康乐却总觉得她和他已经不在同一个世界了……

康乐苦笑着摇摇头掐断了回忆,强打起精神简单收拾了一下就提起背包准备去学校。临出门时康乐不经意地望了一眼窗外,这个角度刚好能看到对面的高楼。康乐知道其中某栋某层某间里此时此刻一个叫宗佑的男孩正躺在他舒服的大床上梦着周公。其实她与他之间的距离并不远,中间只有一条看得见的马路,抑或是一道看不见的心墙。

Chapter 05 初遇

又到一天的日落时分，莫寒不知不觉地再次坐上 7 路公交车，自己也记不清这应该是这个月以来的第多少次了。

从江南水乡来到关中平原，莫寒有时候也会想家，想念那些从小吃到大的家乡小吃，想念自己养的那条叫作小白的土狗，想念一些人，一些对他来说很重要的人。虽然并不想离开，莫寒却别无选择，在那座江南小城的郊区小村子中，成功考上研究生仍然是件光耀门楣的事情。他无法装作没有看到自己接到录取通知书时，因为长年劳累导致两鬓早已花白且后背开始微驼的双亲那掩饰不了的高兴，也无法拒绝突然走动增多的亲朋好友那与"苟富贵，勿相忘"差不多意思的祝贺，最重要的是他不能辜负从未见过面的祖父亲自给他起的名字：莫寒、莫寒，莫要贫寒。因为这些理解或不理解的因素，莫寒所能做的就是在全村那些被大人们教育要以他为榜样的孩子羡慕的眼光中踏上北上的列车。即使秦都对于他来说，是一座完全陌生的城市。

离开了生活多年的家乡来到举目无亲的北方，莫寒花了很长时间才算适应过来，然后他就感到了孤独以及难以言说的寂寞。有些人寂寞时会看书，会玩游戏，会叫上一群朋友去唱歌、去野炊，或者直接蒙头睡一觉。而莫寒孤独的时候会戴着耳机，花上一块钱去坐公交车，从始发站坐到终点站，看着上上下下的人，穿过整座城市，听着自己喜欢的歌。莫寒很享受这种感觉，这样也可以帮他尽快将对这座城市的陌生转换成地理意义上的熟悉。

那天傍晚，连续做了几天实验做得头疼的莫寒已经反反复复在多条线路的公交车上发呆了一整个下午，直到肚子实在坚持不住发出抗议的声音的时候才算打起了精神，于是他决定在前面一个有肯德基的站点下车去填饱肚子。结果就在到站后莫寒走向车后门准备下车的时候，他看见了那个正在上车的穿着一件白衬衫的女孩。也就是在那一刻，莫寒突然感觉周围变得很静，耳机里放的歌唱的什么他一个字都没有听进去，仿佛整个世界只剩下眼前的那抹白色。我们无法对莫寒同学当时的心情感同身受，唯一能肯定的是那时的莫寒绝对忘记了饥饿，因为他并没有下车而是重新坐了回去并且一直坐到了终点站。即使那抹白色身影的主人早已到站下车，莫寒仍然没有从刚才那惊鸿一瞥中回过神来。最后还是司机师傅不耐烦地大声喊了两遍到终点了，他才算回过神来。苦笑了一会儿后，莫寒开始向学校的方向走去，迷迷糊糊之间他已经坐过了太多站，到了不容易打到车的郊区地带。而且更重要的是此刻的莫寒感觉自己的内心陷入了一种难以言说的混乱状态，很想走一走，吹吹风，好将心绪理清楚。

网上曾有个很火的段子总结过类似莫寒现在这样的情况：荷尔蒙决定一见钟情，多巴胺决定天长地久，肾上腺素决定出不出手，自尊心决定谁先开口，寿命和现实决定谁先离开谁先走。莫寒不知道后面的几条对不对，但他可以确定，今晚自己分泌的荷尔蒙绝对比自己二十几年来分泌的加起来还要多很多。

回到宿舍后的莫寒怎么也睡不着，躺在颇有年头的架子床上辗转反侧，不停地翻身，脑海中全是公交车上看见的那抹白色。

"喂，你是不是撞见狐狸精了？"睡在他下铺的舍友赵敬被上面时不时发出的声音烦得实在受不了，终于无奈地开口问道。他也是从江南那边过来的，和莫寒可以算是半个老乡，所以两人平常关系比较好。

科大的研究生宿舍统一是四人一间房，刚住进来的时候赵敬对此很是不满，因为在南方他上本科的学校，研究生宿舍可都是标准的双人间。最后还是本地本科出身的同门师兄一句"秦都这边有的学校还是六人间"才让赵敬感觉好受了些，毕竟自己还不算最惨的。他们宿舍其他两位成员都是已经骗到女朋友的"成功人士"，双双在校外租了民房享受二人世界，于是该宿舍的常住户也就剩下赵敬和莫寒这两条单身狗。从实际使用情况来看，他们宿舍其实也完全符合双人间的标准。因此莫寒明显反常的举动也更能引起赵敬的注意，毕竟除了赵敬以外，整间屋子里就只有对方这一个活人了。

"狐狸精？什么狐狸精？"正在想女人想得睡不着的莫寒一时没反应过来。

"你从晚上回来就魂不守舍的，不是被狐狸精勾走了魂是什么？"

"哪有！"莫寒当然不会承认自己被一个陌生的女孩迷住

了,但心里却仿佛有个声音告诉他:也许她真的是一只勾人的狐狸精……

不知是不是被那狐狸精施了法术,从那天以后莫寒开始无意识地频繁出现在7路公交车上。

而让莫寒感到幸运的是,这段时间里他曾多次"偶遇"那位让他无心睡眠之人。虽然始终没有攒够上去搭话的勇气,但他还是获得了很多关于对方的信息。例如她通常上车坐下后就会靠着车窗听音乐,总是在人民路有肯德基的那站上车,然后在文林路的秦都师范学院那站下车。这说明对方就住在师院附近或者很可能就是师院的学生。

那么现在问题的关键就是,虽然他对她有了更多的了解,却始终没有找到认识对方的机会或者认识对方的方法。可怜莫寒堂堂重点大学理工科的硕士高才生,可以从量子力学闲扯到狭义相对论,但在感情这方面的经验却实在少得有些惨不忍睹,唯一能做的就只有日复一日地按时坐在公交车上等待女孩的出现。为此莫寒放弃了很多保持很久的习惯,比如某天黄昏在他准备去坐7路公交车的时候就被赵敬喊住:"老莫,等下到电教帮我占个座。"

"我不去电教。"

"那你去哪儿,图书馆?"

"师院。"

赵敬愣住,等莫寒走得没影了才回过神来:"上个自习不用这么夸张吧,咱们学校的自习室有这么紧张吗?"

隔天在食堂，赵敬端着餐盘和同门师兄闲聊："莫寒这段时间感觉有点不正常。"

"怎么了？"师兄正努力踮脚偷瞄对面打菜妹子的领口，闻言有些心不在焉地接着话。

"他最近几乎天天晚上都跑去坐公交车，自习都不上了。"

"那又怎么了？他不是经常一个人坐着公交车瞎逛吗？"

"话是这么说，但最近去得也太勤了点，几乎天天都去。"

被打菜妹子白了一眼的师兄讪讪地转过头来，隔着玻璃窗看了看食堂外面的天空后突然自言自语道："也难怪，这两天的天气还是可以的。"

"什么？天气？可以？什么意思？"赵敬被师兄这句莫名其妙的话说得有点摸不着头脑。

"以前有段时间我也挺喜欢去挤公交车，你能想象到一个从没碰过女生的屌丝被美女用胸挤了五六站路的感觉吗？"师兄有些感慨地回忆道。

"真的假的？莫寒不是那种人吧？"赵敬被师兄自曝的私密往事给惊到了。

"那很难说，他以前乖也许是因为他不懂女孩的好。咱们以前没看过各位老师的作品的时候不也是很单纯的吗？"师兄比赵敬大了几岁，明显见过的世面更多，也更有见识。

"你这道理讲得真让人无法反驳。"还不了口的赵敬目瞪口呆了半天才算消化了这个刷新三观的认知。赵敬想了想后又提了一个问题："可为什么他要晚上才去呢？"

"这么简单的道理你都想不明白？"师兄对自己这位师弟的孤陋寡闻感到很是恨铁不成钢，"七八点的时候刚好是晚高峰,大家都下班了,公交车上不是人更多、更挤,机会更大吗?"

"我靠,我以前怎么没发现你这么有学问?真不明白为什么他们都说你没文化。"

"那是,少年,你还太……等等,你刚刚说谁没文化?"

Chapter 06 聚会

老虎是秦都一家老字号馆子。据店老板自己讲这是他爷爷的爷爷从清朝那时候传下来的,虽然没挂百年老字号的招牌,但认真算起来的话最少也能有个九十八九年。对此宗佑同学是不信的,理由是他小时候路过这里时从来就没有见过他们家的店。

虽然无法确定老虎是不是真的像老板吹得那样拥有近百年的光辉历史,但店里的招牌菜"老虎大盘鸡"确实味道不错,在秦都的吃货圈里很有几分名气。名气不小,自然慕名前来的吃货不少,生意最红火的时候想预订个包间都要提前一周预订,还不一定能预订上。

"这次的场面怎么搞得这么大?"郑凌生日那天,宗佑被康乐拉着准时来到约好的地方,一进大厅他就有些诧异地问道。

"听说这次是要介绍男朋友给大家认识。"

"又换了?去年冬天在她家一起吃火锅、打麻将的那个不是挺好的吗?"宗佑还记得上次打麻将输给自己好几百的那个男孩,虽然早已忘了对方叫什么,但他对郑凌同学的那位前男友的印象还是不错的。

"具体怎么回事我也不太清楚,这个好像是她在驾校学车时认识的。"康乐一边寻找郑凌说的包间一边将自己知道的情况告诉宗佑。

"她这换的也太快了点吧。"宗佑有些不以为然，在他的印象中，每次和这位老同学见面搞不好就会遇见一张新面孔。这让懒得出奇的宗佑感觉很烦，记住这些注定见不了几次的陌生人的名字也是件很费精神的事情。

终于找到约好的包间，他俩推开门里面已经聚了不少人。"快进来，就等你们了。"看到宗佑和康乐进来，今天的寿星郑凌很高兴地站起来打招呼。和她一起站起来的还有个颜值颇高的男孩。宗佑猜测这就是自己老同学的新男友，很快，郑凌的介绍也证实了他再一次准确无比的猜测。

参加郑凌这次生日聚会的人并不是很多，只勉强坐满了一张大圆桌，而且大部分都是宗佑没见过的陌生面孔。流程也没什么新意，点蜡烛、关灯、许愿，宗佑强忍住无聊配合着完成整个地球都在通用的生日固定三连招，到最后唱生日歌的时候他虽然嘴张得很大却根本没有出声。这也是宗佑的习惯，他总觉得过生日唱生日歌这个环节实在有些做作，很容易引发群体性尴尬。事实上仔细分辨就能够发现，发出声音的总是固定的那么几个人。

就这样，直到拆生日礼物这个重头戏的时候，宗佑才算恢复了一些兴致。他送了瓶不知道什么牌子的香水，是来时在家门口的礼品店随手拿的。满瓶身宗佑不认识的洋文看起来挺唬人，但其实一点也不贵。他可没兴趣为这位老同学费尽心思地准备礼物，好在郑凌明显也很了解宗佑的德行，所以也表现出了恰到好处的感谢。而作为郑凌最好的闺密,康乐送的是她花了半年多才绣好的一幅仕女十字绣,让郑凌大为感动。老实说刚开始知道康乐要送的礼物时宗佑真的吃惊不小,他从没想到康乐这样的女孩竟然还有这么文雅的一面。那幅十字绣宗佑怎么看怎么都觉得送给郑凌实在有些可惜,如果不是康乐坚决反对,他都准备抢回家去挂在自己家墙上了。

其他人的礼物基本没有什么新意,千篇一律,不是大玩偶就是工艺品。只有郑凌新任男朋友送的礼物让宗佑稍微惊讶了一下,对方送的是个某世界知名品牌的新款女包。

"我去,这年头水货做得这么真?"宗佑一边感慨这家伙泡妞真舍得下血本,一边不无恶意地小声猜测。被坐在他身边的康乐听见后偷偷掐了一下,吃痛的宗佑才打消了将包包要过来鉴定一番的强烈欲望。

"终于可以开动了。"无论如何,拆完礼物后无聊的过场总算告一段落,宗佑对大圆桌最中间那盘他最爱的老虎大盘鸡蠢蠢欲动。菜刚端上来不久,他就已经暗暗计划好等会儿第一筷子该夹哪块肉了。

就在全场举杯准备碰杯的时候,宗佑听见了自己的手机铃声。

"不好意思。"瞬间成为全场焦点的宗佑有些尴尬,悄悄摸到手机按了静音,同时对在这个关键时刻影响自己享用美食的家伙感觉非常生气。他来参加这场生日聚会的最大动力就是那些看起来就很好吃的食物,没想到在忍受了既漫长又无聊的过程到了即将收获的时候却有人不长眼色地前来打扰。

碰完杯后宗佑很不爽地摸出手机想看看到底是哪个没有眼

色的家伙，结果屏幕上的未接来电只有两个字：司南。

康乐不知道宗佑回的那个电话是谁的，但感觉应该和某个女孩有关。宗佑出去回完电话再进来后就向众人连说抱歉准备离开。以她对宗佑的了解，能让他放弃美食而离开的只有漂亮的女孩，而且多半还是和他关系不太清楚的那种。不然即使东西再难吃，他也要每样都尝上一口，确认过是真的很难吃后才会提出告辞。

"我有点事要先走，你晚上自己打个车回去吧。"宗佑最后叮嘱康乐。

"我知道了，你开车慢点。"康乐很平静地回答。

"天马上就黑了，你让一个女孩子大晚上单独回家也太没风度了吧！"坐在康乐另一侧的郑凌有些听不下去，替闺密开口说道。

"你这样上纲上线就不好了，现在明明还不到下午，而且这么和谐稳定的社会，女孩子一个人回家很正常好不好？你没看见街上到处都有警察叔叔的巡逻车吗？"郑凌的挤对显然对厚脸皮的某人没什么效果。

"没事，我又不是小孩子，难道还会走丢吗？"康乐微笑着替心已不在此处的宗佑解围。见她表明态度，郑凌撇撇嘴也就不再说话了。

"你放心去忙，完了我帮你把人安全送回去。"郑凌的新任男友不知是想刷一下存在感还是感觉和宗佑挺投缘，这时也笑着在旁边搭话。不过他显然没弄清楚眼前的形势，被郑凌狠狠瞪了一眼反应过来后又很快保持了沉默。这时候康乐才无意中突然发现，自己闺密的这位新男友和宗佑给人的感觉很是相似，都是那种花花公子。

"那就这样说好了，我先走了，你晚上早点回去。"看到康乐没有表示反对，宗佑立刻闪身走人，速度快得就像身后有只老虎在追他。

"来，我们再喝一杯。"郑凌举杯提议，突然出现的小插曲打乱了气氛，此时的主人公当然不能冷场。康乐微笑着抿了一口杯中的干红，却感觉这据说已有 20 年历史的某名牌经典窖藏今天格外苦。

"宗佑刚才回过去的那个电话一定是个女孩的。"趁着一起去卫生间的时候，郑凌突然对正在洗手的康乐开口，说完还未等对方回话就又接着说道，"按他的性格，只有这个解释才能让人想得通。"

"也许吧，那是他的事情。"康乐笑着回话。她知道闺密话里的意思，可这却不是她想谈的话题："你男朋友看起来不错啊。"

"这才多久啊，一直不变才是真的不错。"郑凌知道闺密是故意岔开话题。

一直不变才是真的不错，康乐回味着郑凌的话，突然想到在自己的世界中，这么多年来宗佑似乎从未变过。想到这里她突然感觉有些好笑，如果按这样的标准，那宗佑岂不是能得满分？

"其实宗佑那家伙虽然缺点多得数都数不清，人也差劲到了极点，但至少看起来还算靠谱。说实话，有时候我挺羡慕你的,至少有这么一个人值得你坚持。"郑凌的语气突然变得有些落寞。

"别这么说,你现在谈的这个看起来也挺好的啊。"康乐被郑凌这突然前后差异极大的话弄得有点没反应过来,只好下意识地也夸了郑凌男朋友一句。

"我和他长不了的,我已经放弃了。虽然认识的时间不长,但我也能感觉到他很花心。总是背着我接电话,手机也从不让我看,也许他没有同时脚踏几条船,但一定有备胎。说实话,如果不是因为这次生日,我们俩也许早就吹了。"郑凌淡淡地说道,仿佛分手对她来说不过是晚餐要吃什么那样普通的事。

"你这样不累吗?"康乐听得有些无语,不知道该怎么安慰她,最后只能这样问了一句。

"从校服变成婚纱,怎能不经历几个人渣?"一阵沉默后,郑凌给出了答案。

看着回答得如此轻描淡写的郑凌,康乐突然感觉自己好像有些不认识这个已经相识多年的闺密了……

Chapter 07 司南

长安翻译学院并不是秦都的学校,而是属于离秦都不远的省会长安。

其实认真说起来秦都市的地位非常尴尬,虽然作为第一个封建统一王朝秦朝的国都在世界上都很有名气,但却架不住旁边有个名气更大的号称十三朝古都的长安市。而长安为了实现有朝一日升格为直辖市的野望,一心一意想要把辖区紧邻的秦都市变成下辖的秦都区。这就让为了不被改名的秦都不得不对这位邻居拼命防备。后来长安眼看一口吞下秦都的难度太大,于是就改变战术开始蚕食,为此创造性地喊出了"长秦一体化"的口号。结果我们的宗佑同学大学还没毕业,他们家所在的那片区域就已经被划进了新成立的长秦新区。从理论上来讲宗佑现在也是生活在秦都但户口在长安的省会居民了。对此宗佑个人还是比较支持的,在他看来秦都并入长安可以说是大势所趋。两座城市挨得实在太近,基本可以说是实现了无缝连接,两城的老百姓也都早已习惯了名为两城实处一城的生活。从长远发展来看,距离如此近的两城,如果不合并的话那真的都没有了向外扩展的空间。

同样,不管怎么看长安都比秦都强大了太多,别的不提,就从高校的数量来说,秦都境内只有宗佑上的医大、康乐所在的师院等那么寥寥几所，还都是些二本。而人家长安别说什么一、二、三本，"985""211"城里边都快放不下了。比如宗佑现在要去的长安翻译学院，虽然学校名字里带了长安两个字，但实际上它的校区跟市区一点边都沾不上，甚至都不属于郊区，而是坐落在城外秦岭的连绵群山之中。

其实也不止长翻一家，在这房价能吓死人的年代，很多大学都一窝蜂地自我流放到偏远之地。这样不仅解决了学校因为扩招而对校园面积日益增大的需求，同时也能响应国家的号召，提高周边村民的收入水平，可谓一举多得。只是委屈了因为学校实在太过偏远而不得不亲身体验封闭生活的同学，以及像宗佑这样有急事要到那里去的人。

此时宗佑的车速已接近最高限速，他的思绪则飞到不久前回过去的电话上。手机那头的司南的状态听起来很不好，小女孩用独有的哭腔向他诉说了半天的委屈，核心的意思只有一条：她生病了，感觉很难受。虽然留下康乐有些不妥，但宗佑觉得相比起来，司南这边貌似要更着急一点。"康乐应该会理解我的。"宗佑这样安慰着自己。在他的印象中，康乐一直都是很善解人意的，想到这里他踩着油门的右脚不禁又踩重了几分。

就这样，随着反复在超速的边缘试探，宗佑终于在临近黄昏的时候赶到了位于长安太乙宫镇的长翻。他的运气很不错，今天刚好是周末，学校里面进进出出的学生很多，校门口值班的门卫也许是刚吃饱晚饭，懒洋洋地倚在那里晒着夕阳，丝毫没有查看学生证的意思。这让原本还有些担心怎么混进去的宗佑很顺利地就踏进了长翻的土地。毕竟不管怎么说，在这个看脸的世界里，既然能被郑凌指责为花花公子，那在颜值等某些方面来说宗佑还是有些优势的，换个长相老成的，就算想冒充学生估计也成功不了。

可惜他的好运气也就到此为止了，宗佑很快就碰到了不能靠刷脸解决的难题——女生宿舍楼的门禁。不管是哪所大学，女生宿舍楼绝对是对广大男同胞来说最神秘也是最向往的地方。无数师兄费尽心思施展各种神通想要蒙混进去深入了解一下女同学的日常起居生活，成功的案例却寥寥无几。宗佑同学虽然能侥幸装作本校学生混进校门，却也自知没有逆天到能混进女生宿舍楼的本事，更不敢奢望楼管大妈会老眼昏花地放他一马。

于是站在女生宿舍楼前望洋兴叹了很久的宗佑，最后还是无奈地掏出了手机选择了最直接也是唯一可行的办法。然而电话接通后，还没等他开口，司南的声音就先传了过来："你不要过来了，我不想见你。"

司南的声音听起来很平静，和刚才完全不一样，反差如此之大，以至宗佑听完后很长时间都没出声。拿着手机过了很久他才开口："我给你带了些你喜欢吃的东西，还有一些快速退烧的药，全部寄存在你们宿舍楼下的传达室里，有时间的话你记得下来取一下吧。"

说完这句话后宗佑就挂掉了电话，看了看手中的塑料袋里面来时匆匆准备的药品和零食，苦笑了下后便走进传达室，在楼管大妈狐疑的目光中说道："阿姨你好，我放些东西，等下会有人下来取。"

放完东西后，宗佑站在楼前最后望了眼司南所在的这栋女生宿舍楼，找到了司南说过的她们宿舍的位置。窗户并没有打开，深色的窗帘完全遮住了房子里面的世界。宗佑自嘲地笑了笑，然后转身向校门外走去，这是他第一次来这里，同样也是最后一次来这里。

其实，刚才接宗佑电话的时候司南一直站在宿舍的玻璃窗前，在这里可以透过窗帘的缝隙很清楚地看到楼下而不会被楼下看到。

司南就站在窗帘背后的阴影中一直注视着身穿橙色外套的宗佑。虽然有所预感，但看见宗佑真的跑来看她的时候，司南其实还是有些感动的。然而从始至终她都没有下楼去见他的打算，毕竟在大学的校园里，任何事情都比不过八卦的传播速度，尤其是在复杂的女生圈。她如果下去和宗佑见面，不用等到晚上，她身边相熟的朋友就都会知道这件事。而这恰恰是司南无法接受的，因为宗佑并不是她现在在等的那个人。

此刻的司南感到很矛盾，前段时间和男友因为一些小事发生了争执，对方愤怒中对她动了手，又难过又生气的司南一气之下直接请了病假回了市区的家里。后来心情烦闷的她出门散心，不知怎么忽然就想起了3年前在日语班曾经短暂交往过的大男孩。她抱着试试的想法拨打了手机里尘封了很久的号码，没想到竟然真的打通了。那一晚，在对方的陪伴下将烦心事全部抛到脑后的司南玩得很开心，仿佛又找到了年少学日语时快乐的感觉，所以这次回到学校生病后，她下意识地就打电话告诉了宗佑。但让司南没想到的是，已经冷战了很久的男友在她给宗佑打完电话后不久就突然宣布停战，并打电话来约她。一边是在一起时间很长却常常闹矛盾的现男友，另一边是很久没有联系却对她很好的前男友。纠结了半天的司南直到看见宗佑出现在她宿舍楼下后才终于做出了决定，然后将这个决定告诉了对方。

望着宗佑离开，司南的心里也有点难受，下楼等男友的她路过传达室时顺手领走了宗佑留下的东西，白色的塑料袋装得很满，依稀可以看见有药还有零食。

"怎么这么晚？我等你很久了，你知道吗？"男友突然出现在她面前，"你提的什么东西？"

"舍友给我带的。"司南将袋子递了过去。

"感冒药？你生病了？"男友开始翻着里面的东西，"还有薯片？怎么都是海鲜味的？在一起这么久了，你不知道我喜欢吃番茄味的吗？"

司南突然感觉心有些痛，不由自主地向校门口望去，那抹橙色却早已不见了踪影。

此刻，踏上归途不久的宗佑突然发现自己正面临着一个非常严重的问题，他的座驾仪表盘上方代表油量的指针已经快要和零刻度线重合了。

其实下午去参加郑凌生日的时候，宗佑就发现油箱里没多少油了，他本打算吃完蛋糕晚上回去的时候再顺路去加油。不料计划赶不上变化，接到司南电话后赶来得太过匆忙，他竟把加油的事给忘得一干二净。如果不是提示油量不足的指示灯开始闪烁，他还沉浸在刚才的回忆之中。

"不是吧，这么倒霉？"宗佑停下车掏出手机想查查附近哪有加油站，却发现自己的手机也不知道什么时候自动关机了。他这才想起，貌似郑凌拆礼物那会儿自己想上网查查那个名牌包的真假时，电量就已不足 20% 了，到现在已过去了好几个小时，就算一直待机电量也该耗完了。

弹尽粮绝的宗佑打开车门下车远眺，四周都是陌生的景象，他对这里本来就不是很熟，如果不是司南的话他也不会来这里。看着空旷笔直的山道上一辆过往车的影子都没有，宗佑嘴里不自觉地吐出两个脏字："我×。"

Chapter 08 郑凌

一般同龄人间的聚会除了吃吃喝喝以外总会有些别的节目,郑凌的生日也不例外,瓜分完蛋糕后众人又就近杀到了隔壁楼上的KTV。康乐虽然心情不是很好,但也不便提前走掉扫闺密的兴,结果这一唱就唱到了晚上,等到散场时夜已经很深了。

唱歌时大家为了助兴又点了不少酒水,康乐也难免喝了一些,出来后被夜风一吹,立刻就感到有些头晕。周围来给郑凌过生日的朋友成双成对地纷纷牵着手离开,而宗佑却连个影子都看不见。虽然不想承认,但康乐还是在这一刻感觉到了一种难以言说的孤单。这让她有点犹豫要不要给那个讨厌的家伙打个电话问问他的事忙完了吗,想了想后康乐还是打消了念头,也许会打扰到他的好事吧。康乐礼貌性地婉拒了郑凌的男朋友送她回家的好意,独自走到站台等着夜班的公交车。不只是不想麻烦郑凌和她的男友,更多的是康乐想要一个人静一静,像这样和宗佑一起出来最后却自己一个人回去,她已记不清有多少次了。

小时候和宗佑一起去家附近的公园玩,宗佑总会玩着玩着就玩不见了,康乐便哭着跑回去准备告诉大人宗佑丢了。结果等她哭得上气不接下气地跑到家后才发现宗佑正趴在沙发上看着电视，并且快把给他们两个人准备的水果一个人全吃完了。上学时，她和宗佑周末一起去上辅导班，宗佑也总是到提前约好的网吧那站下车，和他那群狐朋狗友开心地去玩游戏，丢下康乐一个人孤零零地坐着公交车去补课，放学后再坐公交车到网吧去喊对方回家。长大后偶尔和宗佑一起参加什么活动，最后往往也和现在一样只剩下康乐一个人。

康乐不禁有种感觉，宗佑好像总是在自己的世界里走着走着就不知道走到哪里去了，过段时间又像无事发生一样突然出现，然后继续走着走着再次失踪。宗佑就这样反反复复地在她的世界里进进出出，她却始终无法狠心将他彻底关在世界之外，只能希望当他有一天走累、走困、走厌倦后，会主动留下来不再离开……

缓缓驶进站的公交车将康乐从回忆里拉回到现实之中，她叹了口气后便投币上车。车上除了驾驶座上的司机外，就只有最后一排坐了两个男生，中间坐了一个女孩。

康乐扫了一眼后就随便找了个空位坐下，将头斜靠在车窗上望着外面灯火通明宛若白昼的街景，然而她很快就有了很不舒服的感觉。女人敏锐的第六感告诉她，身后一直有双眼睛在盯着自己。虽然对方掩饰得很好，只是用余光扫视，但康乐还是能清楚地感觉到，这视线从她上车后就没离开过她。虽然也曾从舍友或闺密口中听说过她们在公交车上被搭讪揩油的经历，但康乐从来没有想到自己也会有遇到类似情况的一天。这让她不禁又想起了此时不知道死在了哪里的宗佑，如果他在的话会保护自己吗？当然如果他在的话，自己也不会来坐公交车了。

很快康乐便察觉到后面那疑似一直偷窥的人站起身向自己走来。联想到整个夏天女大学生失联的新闻一直没有断过,她打起精神微微低头看去,黑色的鞋跟在从车窗外透进来的灯光下莫名有种很锋利的感觉……

送走来为自己庆生的朋友们后,郑凌没有理会男友去宾馆深入联络感情的暗示,直接打车回到了家里。

不知为什么,虽然今天是自己的生日,但郑凌却并没有多少高兴的感觉。站在浴室的镜子前准备卸妆的她看着镜子里的自己,突然就有些痴了。镜中的人皮肤很白,五官精致,身材也符合男人们的审美标准,该大的地方大,该圆的地方圆。而事实上从中学开始郑凌就是年级公认的美人,也是在校花榜上留名的人物。长得漂亮再加上家境不错的女孩通常会被称为白富美,郑凌就是这样一个货真价实的白富美。从小学时儿童节合唱团的领唱到中学时节日活动的主持人再到后来大学时音乐会上出镜频率最高的伴舞,漂亮在给了郑凌很多东西的同时也让她失去了很多东西,比如友情,又比如爱情。

郑凌几乎没有什么同性朋友,仅有的那几个保持联系的也不过是泛泛之交。只要有异性的存在,同性间的友谊永远是那么易碎,有时候所谓的姐妹闺密间的感情反而不如哥们儿兄弟间的牢固。从某些方面来讲,女生要远比男性敏感许多,她最好的朋友或者也可以说是唯一的闺密,就是康乐。

平心而论,虽然康乐经常只是略化淡妆近乎素颜,但凭着天生不错的底子和那份高冷的气质也够得上校花的级别。通常来讲漂亮的女孩们一般很难真正成为知心的好友,简单想想,一个喜欢享受以自我为中心的人会喜欢有另一个"中心"来分自己的风头吗？但实际上自从在小学认识后，郑凌和康乐就成了非常要好的朋友，两人的友情一直持续到了现在。

康乐从不介意郑凌比自己更受欢迎，或者说康乐从来都不在乎这些。郑凌知道，那是因为康乐的心中早已被装满，装着一个爱装傻的家伙。

尽管已经熟识了多年，郑凌却始终没弄明白康乐到底喜欢宗佑哪点。在她看来，宗佑那个到处拈花惹草的混账小子只能说勉强和帅沾了点边，家境也没好到离谱的程度，虽然有些文采却很花心，经常见一个喜欢一个，很像《红楼梦》里的贾宝玉。自己的闺密这样秀外慧中的大家闺秀竟然会喜欢这样一个废物，而且一喜欢就是十几年，这让郑凌想破脑袋都没有想通。但康乐就是这样一直喜欢着宗佑。

难道这就是因为那所谓的爱情吗？想不通的郑凌反复问着自己。《泰坦尼克号》上映的时候她还太小，看不懂那些情啊爱啊，唯一的印象就是最后船沉了，男主角死了，等到年纪大点后，郑凌就无可救药地爱上了这部悲剧。小学做游戏的时候，男孩子都会抢着和她搭档，从初中一年级收到第一份情书开始，中学时她几乎每天早上进教室都会发现她的桌兜里有那么一两封包得很精美的信。刚开始郑凌收到这种信时小心脏确实会咚咚地跳上很久，整节课都心神不宁、恍恍惚惚，直到放学回家后才敢偷偷摸摸地拆开。信里面一些肉麻的句子还会让当时的她脸红很久，感觉胸口的小兔子横冲直撞，仿佛不注意就会蹿出来。哪个少女不怀春？又有哪个学生时代的少女没幻想过自己暗恋的那个人对自己说一句我也喜欢你？

郑凌也是少女，也曾幻想过电影里那种一见钟情却又刻骨铭心的爱情会发生在自己身上。然而事实证明，有时候幻想和现实间的距离实在太过遥远，即使郑凌也曾被那些不知道从哪儿抄来的经典情话打动过，可在与抄写者的尝试交往中她往往会为对方的幼稚与肤浅而感到失望。这些短暂的失败经历一次次打碎了郑凌粉色的少女梦。露丝与杰克那种童话般的爱情也许只存在于电影之中吧！后来的郑凌如此想着，随手将桌兜里的情书当着某些强压着激动的目光几下撕碎扔进垃圾桶里，全然不顾写情书的人的玻璃心是否碎了一地。

他们喜欢的也许只是这张脸吧！郑凌看着镜中的自己感觉有些落寞，女孩看上男孩有可能并不是因为他长得好看，而男孩喜欢上的女孩却不都是有几分姿色的吗？

Chapter 09 工大

宗佑打开啤酒罐狠狠灌了几口，因为喝得太急差点被呛到，不得不赶快放下罐子咳嗽了半天。他现在正坐在长安工业大学某校区的操场台阶上，身边的老友若泽看样子比他更渴，此时已经喝完了一罐。

宗佑和若泽是同级不同班的中学同学，也曾是游戏世界里最最亲密的战友。因为他俩作为会长与副会长创建的游戏公会在很长一段时间里只有他们两个光杆司令，所以真正可以算作是一起玩游戏玩出的铁杆交情。后来等到高考的时候，因为平时在游戏里苦练神功耗费的时间精力太多，冷落了语、数、外等各科贵人，结果两人的成绩不相上下，都羞于启齿。区别在于宗佑同学很幸运地勉强混进了医大，而若泽则过高估计了自己的实力填错了志愿，不得不留校重温了一遍备战高考的激情岁月，第二年才勉强拿到工大的入场门票。因为比宗佑晚入学一年，所以当宗佑名义上已经离校实习了，若泽还在学校里天天过着无忧无虑玩游戏、泡妹子的幸福生活。

而工大这个名字以长安开头的学校也和长翻一样，都很明智地把校区建立在了远离市区的山边，两校间的距离也不是很远，都处在同一条环线之上，所以刚才的宗佑同学在发现被困在荒山野岭之后第一时间想到的就是这位饱经游戏考验的亲密战友。后来也是若泽在接到宗佑拼着油箱最后一点燃料启动车子给手机充了点电发来的信息后，借了辆小踏板车跑去加油站灌了汽油给他送了过去，不然今晚搞不好某人真的就得在野外过夜了。

"你刚才跑哪儿去了，怎么跑得连油都没了？"又开了罐啤酒的若泽再次一口气干掉半罐后终于有时间提了个问题。正当他傍晚在游戏里体验江湖的险恶、厮杀的痛快时，突然就被眼前这位的求救信息打断，不得不很遗憾地放了眼看着就要将自己操作的角色打死的凶狠对手一马，关掉游戏跑去营救自己的好朋友。结果来回十几里山路真是差点要了久未运动的若泽的老命，回来后猛灌了半天啤酒才算缓了过来。

"别提了，下午去了趟长翻。"宗佑被折腾得又累又饿。他今天还没有好好吃过东西，这时候边回话边伸手去撕刚才若泽在校门口买的烧鸡。

"长翻？你跑长翻去做什么？"眼疾手快的若泽赶在宗佑的爪子伸过来前抢先下手撕掉那个看起来比较肥的鸡腿。

"做了件很蠢的事。"宗佑叹了口气，不知是后悔自己做的蠢事还是遗憾被若泽抢了先，撕掉了那个相对显瘦的鸡腿，让已经残疾了的可怜烧鸡彻底失去了下半身。

见宗佑没有正面回答，若泽也就没有继续追问到底是什么样的蠢事。以两人长时间积累起来的默契，很多事情不用说得很明白他也能猜到，于是突然变安静的空气中就只剩下两个人专心消灭各自手中鸡腿的声音。

"你们学校这几届学妹的质量看起来很一般啊。"没过多久宗佑就将手中的鸡腿啃成了骨头，缓过劲来的他看着面前来来往往浑身洋溢着青春气息的工大女同学不由得开始点评道。

"拜托，我们这是工科学校，哪能和你们学校那些学护理的比？没听过关于我们学校的传说吗？在我们这儿遇到美女的人会长生不老好不好！"看着好友的状态恢复了正常，若泽也配合着岔开了话题。

"你最近怎么样？还去文理吗？"然而心情变好了的宗佑马上就提了一个让若泽心情变得不好的话题。

作为已经相识了很多年的同学兼玩伴，宗佑知道他的好朋友从高中开始就喜欢他们班上的一个女孩，为了这个女孩，若泽高中时一直没有谈过女朋友。以至于有段时间宗佑一度怀疑若泽的某些取向和正常人不一样，都不敢和他离得太近了。

其实在宗佑印象中，若泽喜欢的那个女孩非常普通，普通到刚知道她是自己好友的女神时他想了半天才算把人对上号。而对漂亮的女同学，某人的记性向来都是很好的。高中时的那个女孩不仅谈不上漂亮，身高也相对班上的平均值要低一些，如果硬要从外在找些优点的话，他也只能善意地表示对方的婴儿肥比较可爱。但就是这么一个在宗佑眼中普通得不能再普通的女同学，却让他的好朋友若泽同学一年一表白、年年白表白的记录一直持续到了现在，他喜欢了那个女孩很多年，那个女孩却从来没有喜欢过他。

高考时，那个女孩同样不知是发挥失常还是正常发挥，反正也留在学校上了高四，以至宗佑很怀疑若泽第一年落榜是不是和对方有关。可惜两人重新日日相见了300多天还是没有故事，复读了一年后女孩考到了长安文理学院，从此若泽就养成了没事就去文理那边转转的习惯。

"最近很少去了。"若泽沉默了一会儿,才缓缓开口。

"从高中到现在,有五六年了吧?"

"差不多,6年多了。"

"这么久了还不想放弃?"

"吃东西,吃东西,鸡翅膀也很好吃。"若泽强行转移了话题,招呼宗佑继续肢解只剩下上半个身子的可怜烧鸡。可不知为什么,即使很用心地去品尝,他还是感觉到这平时最爱吃的鸡翅膀突然没了味道。

"人如果太傻的话,又怎么可能学得会放弃?"若泽终于彻底没了胃口,自嘲地回答了好友的问题,然后顺手将还剩大半的烧鸡直接扔进了旁边的垃圾桶里。

"唉……"宗佑没有再说什么,也顺手将手中的鸡骨头丢了进去。

天色越来越暗,告别若泽的宗佑正在离工大校门不远的那个十字路口等着代驾。

虽然刚才和好友喝的是啤酒,但酒量有限的宗佑同学还是感觉有点晕乎乎的,反应也比平常慢了几拍,直到有人拉开车门坐上副驾驶座,他才发现自己的车上多了一个陌生的乘客。

清醒过来的宗佑当时第一反应就是碰上坏人了。虽然听别人说过这种在山区的学校治安不太好,经常出现女生半夜失身的传闻,但问题是现在天还没全黑,而且还是在学校大门口如此繁华的地方,这就未免有点太夸张了。

胡思乱想的宗佑瞬间吓出一身冷汗,酒劲立刻就全散了,等他鼓起勇气转头看去才有些惊讶地发现,出现在眼前的不是想象中那种身上文满飞龙走兽的彪形大汉，而是一个长得还不错并且看起来挺有气质的妹子。由于和设想的情况差得有点太多，过了好一会儿他才终于冒出了一句："那个，我不是黑车。"

作为土著，宗佑知道有些地处偏远、交通不方便的大学，每逢周末校门口都有很多拉学生去城中心商业区的黑车，远在秦岭山中的工大当然也不例外，他刚才出来时就看见不少等着拉活的小面包车。眼前的这位他根本不认识，看样子也不像上错车，思来想去也只有把他误当作开黑车的这个理由才说得通。虽然宗佑经济紧张的时候也曾想过到哪个大学门口拉几趟私活赚点外快，可懒得出奇的他从来都没有把这个很有"钱途"的想法付诸行动过。

听到宗佑表明身份后，副驾驶座上的女孩仍然没有认错黑车想要下去的意思，反而反问车主："你要回城吧？"

"我是要回城，但我不是……"

"那就行了，刚好顺路，反正你的车也空着。"

见对方把话说到这个份上，宗佑还能说什么？虽然他经常听说身边有些无聊的家伙喜欢开着租来的豪车去大学门口搭讪妹子，可自己这辆离报废时日不远的雅阁怎么看也和所谓的豪车沾不上一点边……

"我叫师培，工大的，你呢？"妹子显然是个自来熟。

"宗佑，医大的。"

"很高兴认识你，交个朋友吧。"

Chapter 10 彩虹

若泽将宗佑一直送到了学校门口,直到看不见对方的车尾灯后,才转身慢慢地往回走去。

9月的白天还很长,即使时间已经不早,远处的山峰旁,夕阳也才刚刚开始西斜,这样美好的黄昏自然吸引了不少晚饭后出来散步消食的人。

若泽走在回宿舍的路上,不时与碰到的朋友打着招呼,其中大多是成双成对出来的,让他无意间被喂了满满一路的狗粮。

就这样走着走着,若泽终于慢慢停了下来,抬头望着远方那抹开始渐渐消失的余晖。很长时间之后,他终于还是拿出了手机,在通信录里翻到那个早已倒背如流的熟悉号码,沉默片刻后缓缓打出几个字:好久不见,你还好吗?

有时候知道自己傻很容易,但想和傻说再见却很困难。

若泽第一次遇见辛晴的时候,是去刚升入的高中开学报名的那天。

那天的天空很蓝很蓝,白得像棉花糖似的云朵在蓝蓝的天上懒懒地飘来飘去,让若泽望着望着眼皮就忍不住开始变重。从小他就一直很坚定地认为像这种美好的天气最适合晒着太阳大睡一场，可惜今天的他却不能如愿。

　　彩虹中学的高中部虽然没有隔壁长安的五大名校有名，但也可谓是秦都这座三线城市的骄傲所在，每年的高考上线率都出奇地夸张，市状元基本是保底，偶尔运气爆表出个省状元也不是没有可能。其所在的彩虹厂老家属区每到夏天都能看到挂满整条街的红色横幅，上面随机出现"热烈祝贺我校××同学成功考入××大学"等固定样式的文字。需要重点说明的是后一个××专属于清北复交浙那个级别，不是全国排名前十的其他高校就只能待在学校大门旁边围墙上的那张光荣榜上，从"985""211"到普通的一本、二本，密密麻麻写满了一面墙，考个三本、专科连在墙尾巴上留名的资格都混不上。战绩如此彪悍的彩虹中学自然吸引了大批有志的少男少女挤破头地报考，仿佛如能有幸被彩虹中学录取上，那大学就成了囊中之物，剩下的时间只用考虑是江南的学弟学妹皮肤好还是京城的学长学姐气质好的问题了。

　　对此若泽的好友宗佑同学很是不屑，在他看来每年秦都其他学校甚至周边区县绝大部分所谓的优等生都被彩虹中学一网打尽了，这样升学率如果再不高点的话那怎么好意思见人？若泽觉得宗佑分析得很有道理，底子这么好再不出成绩那才真是见鬼了，加上他本来就是彩虹中学初中部的学生，所以对在彩虹中学继续上高中并没有太大的激动。

　　虽然他不激动，但却架不住别人激动。那天是那年彩虹中学高中部开学报名的第一天，若泽原计划是等到下午午睡起来人少后再去报名的，可又实在忍受不了父母恨铁不成钢的眼神，只能无奈地早早跑到学校。结果和预想中的一样，学校门口人满为患，高一各班的报名点都排起了长龙，若泽被分在了高一5班。路过高一4班的队伍时他似乎感觉到了什么，回了一下头，然后就望见了那再也忘不掉的容颜。

后来，每当若泽回想起这让他长久不能忘怀的一幕，都会非常疑惑当时的自己为什么会突然回头，也许是错以为有人在喊他的名字，也许只是无聊地想看看那边有没有熟悉的同学。但不管是什么原因，那不知有意还是无意的一次回头，却实实在在改变了他即将开始的青春……

看到有人在看她，辛晴也礼貌地对着看她之人浅浅地微笑了一下。当时辛晴还有些婴儿肥的笑脸看起来很有些可爱的味道，带给人一种很治愈的感觉，就比如说若泽那颗脆弱的小心脏，从此就再也无法将这个笑容赶出去了。不知是被笑容还是笑容的主人迷倒的若泽完全无视身旁有如在超市里的嘈杂，就那样一直傻傻地望着辛晴，直到对方不好意思地转过头去才发现了自己的失态，然后心里莫名多了些不知由来的惆怅。

可惜彼时尚未满16岁的若泽每天都在喝特仑苏，可以说还是比较单纯的，所以他并没有主动过去和辛晴搭讪讨要手机号或其他联系方式的想法，唯一能做的就是不停回头去望那个身影，然后依依不舍地走向自己班级的报名点。那时候的他并不知道，有根看不见的线已经把他跟这个还不知道名字的女孩连了起来，然后一连就是很多很多年，让他们彼此纠结地度过了整个高中时期直到大学都快要结束也没有结果，当然这些都是后话了。当时唯一可以确定对若泽造成的最直观影响，就是那晚他很久不曾做过的春梦换了新的对象。

开学后的若泽无精打采了很久，终于某天还是忍不住跑到了隔壁教室去找他的好朋友宗佑，然后如愿以偿地在对方的前桌再次见到了那个让他念念不忘的身影。若泽那一刻的心情已经不能用言语来表达了，从报名到正式开学这短短几天的时间让他颇有些度日如年的感觉。虽然算不上茶饭不思但也确实没有什么食欲，如果去称下体重搞不好他还真能轻上几百克。

后来的若泽也经常会问自己怎么就那么突然地喜欢上了辛晴。难道这就是传说中的一见钟情吗？反复思考了很久后若泽终于给自己找到了一个答案，谁的一见钟情不是刻骨铭心的呢？

从那以后，若泽有事没事就往4班跑，只为能偷偷多看那个让他念念不忘的身影一眼，当然名义上的说法是去找好友宗佑的。就这样终于有一天，被若泽当了无数次幌子的宗佑同学忍不住开口了："她叫辛晴。"

"什么？"若泽一时没有反应过来。

"就你天天跑到我们班来看的那个女孩，人家叫辛晴。"

"你怎么知道的？"若泽大惊，自己的这个小秘密貌似从未向好友透露过。

"你天天往我们班跑，一进来就偷瞄人家女孩，你是怀疑大家的智商跟你一样，还是当大家都是瞎的啊？"宗佑无语地回答。

发现自己那点小心思已经被看得明明白白，若泽感觉有些不好意思，却又想从好友那里多了解些对方的情况，于是含含糊糊地掩饰："有这么明显吗？"

"你说呢？要不要我想办法让你们俩认识？"

"怎么讲?"若泽脱口而出,话刚出口就感觉不妥,可是已经收不回来了。

"这就对了,想认识就直说嘛!"宗佑迫不及待地抓住了若泽的小尾巴,开始出谋划策,"最好的办法就是去借书。"

"借书?"

"对,你装作没带书来我们班找辛晴借书,之后过来还书时就说要请她吃东西以表感谢,这样反复几个回合你们自然就熟了。"

"听起来不错,但好像还是有点小问题。"若泽感觉好友的妙计有点不靠谱,思考了片刻后他就找到了其中的漏洞,"要是人家问我为什么不借你的书怎么办?"

"这……"宗佑被若泽问住了,好像确实比起向不认识的女同学来借书更应该找认识的好朋友。但很快一计不成的宗参谋又出一计:"那就想办法去偷辛晴一样东西,必须是对她来说非常重要的那种。在她十分焦急到处寻找的时候,你再突然出现还给她,就说是你捡到的,一直在等失主,已经等了好几天了。她听完肯定感动,搞不好就以身相许来谢你了。"

"咳咳……那个以身相许咱先不说,我就想知道怎么才能让辛晴把这么重要的东西带到学校来,我总不能半夜跑到人家家里去偷吧?"

"呃,这个……"

那天若泽没有从狗头军师宗佑口中得到任何可行性较高的计策,但他还是感觉很满足。原来她叫辛晴啊,若泽就这样意外地知道了女孩的名字。

然而知道名字并不代表就能认识，虽然辛晴很有可能早就注意到了偷窥了自己许久的若泽，但注意和相识其实还是两个完全不同的概念。而若泽和辛晴真正意义上的认识，还是在不久之后的学校秋运会上。

那时候的彩虹中学每到国庆前后都会定期举办秋季运动会，以此来表明学校虽然每年升学率很高，学生都能考高分，但绝对不会培养只会考试的书呆子。相反学校很重视学生的德智体美劳全面发展，秋运会不就是很好的例子吗？可惜等到后来彩虹中学遭遇秦都另一所名校实验中学的强力挑战并连丢两年的市理科状元后，彩虹中学广大师生每年翘首以盼的秋运会就悄无声息地停办了。

不说将来，回到现在。在当时，对于这项可以名正言顺不用上课好好放松玩几天的盛会，学校大部分人还是很兴奋的。当然也有对此不是很感冒的，比如说若泽，再比如说他的好友宗佑同学。前者不感冒的原因是懒得动，后者则是根本不想动。

然而让两人万万没想到的是，那年的秋运会新增了个1500米的长跑项目，结果若泽所在的高一5班中的各位男同学大部分天天研究数理化研究得摘下眼镜连路都看不清，对这种高难度的体育项目自然是心有余而力不足。而若泽的成绩因为长时间稳定在中到下游，对数理化的研究明显没有其他人深入透彻，所以眼镜片的厚度相对较薄尚不至于影响走路，于是5班的班主任挑来挑去就把本来不想报名的他给挑上了，若泽没有胆子质疑老班的英明决定，所以只好认命准备参赛。

不过好在他并不孤单，和矮子里面拔大个的5班不同，隔壁的 4 班是艺术生居多的文科班，阴盛阳衰得厉害，平常表演一个节目什么的可以说是百花争艳，碰到运动会这样卖力气的活动，男生根本就凑不够人数。所以若泽的好兄弟宗佑同学虽然经常懒得连课间操都不想做，但也只能为了班级荣誉勉强披挂上阵。

"1500 米啊，差不多有 3 里路了吧？"秋运会开始的那天，背后贴着号码布被强行推上赛场的若泽望着学校操场上造价不菲的塑胶跑道突然有种想死的冲动，欲哭无泪地对着身边同样被迫出战的宗佑哀叹道。

"拿着。"没想到这天的宗佑很是反常，不仅没有附和若泽的吐槽，反而神秘兮兮地递给他一团用餐巾纸包着的东西。

"什么啊这是？"若泽感到有些意外，打开以后就更意外了，"大蒜？"

"兴奋剂那东西太难搞，拿这个凑合下，等下跑不动了就吃掉它。"

"我靠，真的假的，有用吗？"

"我看小说上面写的，从神经学的角度来讲短时间内大脑被猛烈刺激会让人进入亢奋状态。你想想，每次吃饭的时候不小心咬到舌头是不是有种想要把碗砸了的冲动？"

虽然若泽总感觉好友这番听上去很有道理的理论好像哪里有点不对，但一时也想不出不对在什么地方。结果还没等他想明白到底哪里不对，发令枪一声闷响，1500 米的比赛就开始了。

事实证明像若泽这样长期窝在电脑前一坐就是几个钟头的快乐肥宅，突然参加这种考验肺活量的运动真的是有种去送死的体验。更让若泽绝望的是彩虹中学这条学校花了大价钱铺的塑胶跑道是如今这年头少见的货真价实、保质保量,一圈说400米就400米,半米折扣都不打,所以1500米的长跑理论上需要跑三又四分之三圈。

比赛刚开始的第一圈,若泽虽然有些不适应但也没有多少不舒服,还运气不错地混在了队伍中间,这让他不由得有些暗喜。看样子长跑也没有想象中那么困难嘛!照这样保持下去搞不好最后冲刺的时候还能向前几名发起挑战。结果跑到第二圈时若泽就感觉有些难受了,不仅速度越来越慢,不停被弯道、直道、排水道各种超车,同时口也干了,舌也燥了,就连气都有些喘不匀了。等硬撑着跑到第三圈的时候,若泽不仅已经落到了队伍的最后几名,而且全身难受得感觉再也坚持不下去了。不巧当时正好路过他们班所在的观战区域,女生们的加油声让可怜的若泽骑虎难下,实在不好意思就此放弃。抱着豁出去的决心,若泽咬碎了宗佑给他的秘密武器,然后直接泪流满面地爆了句粗口:"我靠!"

咬碎蒜瓣的若泽当时最深的感受就是更难受了,满嘴的辛辣味让他的眼泪彻底泛滥,止都止不住。神经绝对被刺激了,刺激到让他完全失去了继续迈开双腿的欲望,直接停在了赛道旁边,全身上下只剩下对水的渴望这项动物最原始的本能。可惜若泽刚才一直没有顾得上回头看看,不然他就会发现自己的亲密战友宗佑同学,在开跑后不久就疑似遭受了某种剧烈刺激直接退赛了。

就在若泽大张着嘴呼气,难受得快要跪下了的时候,一瓶娃哈哈 AD 钙奶及时出现在了他的眼前。若泽想都没想,抓过来连吸管都顾不上插,直接撕开锡纸一口气喝干,这才算勉强捡回一条小命。

"谢……"当暂时脱离生命危险的若泽抬起头正准备道谢的时候,才发现救他狗命的竟然是他朝思暮想的仙女。

那天的辛晴穿着一件略显宽大的淡粉色T恤,几乎罩住了她水蓝色的牛仔短裙,脚上蹬着一双白色帆布鞋,打散的长发很随意地披在肩头。

此刻她很聪明地就施救对象因为惊讶没能说完的话做了回答:"不客气,是宗佑拜托我给你送过来的。"说完后见若泽还有些发呆,辛晴不由得又笑着接了句:"你和宗佑很熟吧?经常见你来我们班找他。"

"呃,对啊。"满脑子都是美人恩重无以为报的若泽这时候终于清醒了一点,连忙回答佳人的问题,"我和他是初中同学,关系一直不错。"

"原来如此,宗佑是不是特别喜欢看小说啊?我经常见他趴在桌子上,一趴就一节课,头都不抬一下。"辛晴貌似对宗佑很好奇。

"没错,那家伙从初中开始就喜欢看网络小说,一点上进心都没有,还成天妄想拉着我一起看。"经常看小说看到半夜两三点的若泽急忙通过和好友坚决划清界限来证明自己是和对方不一样的三好学生。

"这样啊,他前几天还给我推荐了本《盗墓笔记》,害我连续看了好几个晚上都没睡好觉。"

"其实……那本书我课余时间也看过一点,写得确实不错……"

那场 1500 米的长跑比赛若泽终究没有完成，那天后面的时间里他就站在跑道边和辛晴闲聊起来，从宗佑聊到小说再聊到宗佑，全然不顾四周那不时为了本班选手喊得声嘶力竭的阵阵加油助威声。虽然不知道辛晴是怎么想的，反正那一刻若泽眼中的世界，只剩下了面前的佳人……

而就在若泽和辛晴在操场上愉快聊天的时候，彩虹中学大门口的小商店前，宗佑正和康乐喝着酸奶。

"话说你那计划到底行不行啊？"康乐有些不确定地问着宗佑。

"那就要看他的运气了，这么好的机会再抓不住，我也没办法。"舔完瓶盖的宗佑挥手一抛，空瓶在空中划过一道漂亮的弧线落进垃圾桶里，"对了，前两天你不是说想吃比萨吗？明天我们去宰那小子一顿，不管成不成他总得表示下感谢吧？"

Chapter 11 故人

对于昨天将康乐一个人丢在郑凌生日会上的行为,宗佑其实还是有些心虚的,所以今早他难得地以早已消失不知多少年的强大意志力严词拒绝了自己温暖被窝的热情挽留,一大早就从床上爬起来跑到康乐家的店里以帮忙的名义想来看看情况。结果很快宗佑就悲哀地发现康乐这次好像真的生气了,证据是他在她身边有意无意地晃荡了半天康乐都没有理他。

"喂,不要这样好不好,不就是昨天我提前走了吗?你也不至于不理我吧,我都很诚恳地向你道歉了。"宗佑眼看形势貌似正向自己猜测的最坏的方向发展,不得不忍痛使出了撒手锏。按他从小到大的经验来看,一般使出这招康乐就会明白自己已经表现出了对他来说最诚意十足的歉意:"最多晚上请你去吃你最爱的日料怎么样?"

也许是这个道歉方式真的很有诚意,从宗佑进门就拿着抹布一直在擦同一张桌子的康乐终于有了反应,抬起头白了他一眼。

见此宗佑不禁松了口气,有反应就好,然后又开始暗暗心痛一顿日料又要饿瘦自己可怜的钱包。正当宗佑思考着该如何婉转地表达可否让这次道歉稍微往后推迟几天,以免最近花销太多的自己彻底破产的时候,康乐却突然提了一个他根本没有想到的问题:"你还记得赵敬吗?"

"赵敬?哪个赵敬?"宗佑被这个意外的问题给问愣住了。

"小时候咱们院子里的,住在最南边的那栋楼。"康乐淡淡地给出提示,看着宗佑皱紧眉头貌似真的想不起来后继续说道,"你还和他打过架。"

"小胖?"得到重要线索的宗佑终于对这个名字的主人有了那么一点印象,毕竟他长这么大亲自施展拳脚也就那么几次,其中就属那次伤得最重,"就当年那个抢了你的发卡,结果被我追到他家打得连他妈都不认识了的小胖?"

康乐有些无语:"我怎么记得当时是你被打得头破血流?"

"咳咳……"被无情掀开老底的宗佑借着咳嗽来掩饰尴尬,同时暗恨自己怎么忘了身边这位可是拥有从小到大都充当自己记事本的好记性。好在某人脸部的皮肤很是不薄,等假装咳嗽完了也顺利地想到了合理解释:"那是你没在现场观战,我的伤都是打完那小子后往回跑,跑得太快不小心摔的。"

"摔的?我还真没见过摔一跤能把衣服都摔烂了的。"

"那是你见识太少,从小到大我对你说过假话吗?"再厚的城墙也经不住这样连续的猛烈攻击,更何况某人的脸皮离城墙的厚度还是差了不少。宗佑有些恼羞成怒,但很快他就反应了过来:"对了,你怎么会突然提起他?"

康乐一直平淡的表情有了一些细微的变化,不过正在好奇的宗佑并没有注意到:"我昨晚回来的时候在公交车上碰见他了。"

"真的假的?你不会是见鬼了吧?他家都搬走多少年了。"宗佑有些惊讶,在他对这个名字有限的记忆中,对方好像很小的时候就举家失踪了。

正当宗佑怀疑康乐是认错人了还是撞见了不能用科学解释的灵异事件时，后者又补了一句对他造成巨大伤害的话："赵敬考上科大的研究生了。"

"我去！就他那样子还能考上研究生？"震惊得无以复加的宗佑觉得自己的世界观、人生观、价值观等所有的观都被彻底颠覆了。在他的印象中那个又矮又胖的儿时小伙伴貌似比二师兄也聪明不了多少，经常被他坑得找不见北，怎么可能考上自己一直觉得考不上的研究生呢？

十几个小时前，秦都市的某辆7路公交车上，莫寒和往常一样坐在最后一排，不一样的是今晚他身边的座位上还坐着舍友兼好友赵敬同学。

虽然始终没有攒够和白衣女孩搭话的勇气，但在日复一日持续不断的坚持中莫寒还是幸运地有了意外收获。那是在几天之前的某个晚上，不知道为什么那晚的7路公交车并不像以前那样只有寥寥几个乘客，从莫寒上车时座位就很紧张，这在往常这个时候是很少见的，等到了人民路肯德基站白衣女孩上车的时候，整辆车几乎坐满了。

于是莫寒的心猛地开始紧张起来，他还是坐在熟悉的最后一排，而旁边的位置刚好也还空着。虽然已经到了凉意渐盛的秋天，并且秦都市所有的7路公交车都是带有空调的，莫寒却感觉此刻热得厉害。他不敢抬头，只能小心翼翼地用眼角的余光偷偷观察，然后眼睁睁地看着白衣女孩向四周扫视了一番后，慢慢地向自己走来，一步、两步、三步……随着对方离自己越来越近，莫寒的心也跳得越来越快、越来越响……终于女孩走到了他旁边的空位坐下，莫寒的心也瞬间提到了嗓子眼，连忙向里边挤了挤，好空出更大的空间给对方。女孩见状向他轻轻笑了笑表示感谢，莫寒也微笑着回应。虽然整个过程只有短短的十几秒，其间莫寒也一直坐在那里没有太大动作，但只有莫寒自己知道，他的后背已经完全湿透了，如果有人仔细看的话，还能发现他鬓角流下的虚汗。朝思暮想的对象此时就坐在自己身旁，一想到这里莫寒就感觉有些喘不过气来。幸好白衣女孩坐下后就戴着耳机沉浸于音乐的世界，不然他很担心自己会因为紧张得无法呼吸而晕倒在公交车上。

　　莫寒就这么心神不宁地端坐在自己的座位上，不敢乱动也不敢斜视，记忆中上次有这种类似的体验还是在开学军训练习军姿的时候。直到白衣女孩到站下车后他才深深地吐了口气恢复正常。那天晚上，成功和白衣女孩实现近距离接触的莫寒再次失眠了。

　　"又去见狐狸精了？"睡不着的不仅是莫寒，还有倒霉的赵敬同学。虽然从理论上来讲只剩两个人的宿舍他们可以随便霸占任何一张铺位，但很不幸的是赵敬和莫寒都是认床的人，于是被上铺辗转反侧吵得无法安心做梦娶媳妇的赵敬只好再次陪着莫寒失眠。

　　"你这样子也不是办法，得主动出击去搭讪要电话啊，不然光靠等的话那得等到猴年马月去！"被无辜殃及了的池鱼赵敬开始给失了火的莫寒出主意。他是真心希望自己这位被勾了魂的舍友能赶快如愿以偿，这样宿舍说不定就能恢复到正常的状态，他也可以好好睡觉了。

"那如果对方不给怎么办?"莫寒有些心动,他也觉得这样下去不行,但很快莫寒就想到了最担心也是最现实的问题,"我和她又不认识,贸然上去要联系方式,人家搞不好还以为我是神经病呢。"

你现在和神经病还有什么区别?赵敬心里暗暗非议着自己上铺这位胆小如鼠的舍友,却也只能无奈地开口帮对方认真分析:"你又没去试过怎么知道人家不会给?说不定人家正等着你上去搭话呢。"

"还是不要了吧。"莫寒思考了半天仍然有些退缩,"陌生人贸然去要电话容易给人留下坏印象,被人家拒绝了多尴尬。"

虽然赵敬被莫寒的懦弱无能气得直欲吐血,但考虑到自己最近越来越差的睡眠质量,咬咬牙还是耐着性子给这个胆小鬼加油鼓劲:"追女孩子一定要脸皮厚,没有厚脸皮怎么可能追到女孩子?对方拒绝一次你就再去要,第二次还不给继续去要,这样迟早有一天对方会被你的坚持打动,把电话号码给你。"

莫寒被睡在自己下铺的仁兄说得热血沸腾,恨不得现在就从床上爬起来去亲身实践,最后考虑到宿舍楼的门早就关了而他们俩住的楼层太高跳下去有点危险,才不甘心地作罢。

然而无法立刻付诸行动的热血沸得快凉得也快,等平静下来后莫寒就又有些犹豫起来:"其实现在这样挺好,我天天都能看见她。如果因为要电话号码引起人家的反感,以后说不定就见不到了,那怎么办?"

"聪明的话就放弃,天涯何处无芳草。不过我看你这样子应该是比较笨的,那就没办法了,只能死缠烂打。古人不是说烈女怕缠郎吗?"

那天晚上,这间宿舍仅有的两位成员就如何追女孩进行了长时间的交流,基本是赵老师在下面讲得唾沫星子乱飞,莫同学在上面听得血沸了又沸。到后来如果不是赵敬阻止,莫寒都恨不得去拿个本子做笔记,大有听君一席话胜读十年书之感。而初为人师的赵敬看见有人听得如此认真不由得也越讲越兴奋,滔滔不绝地把自己过往败多胜少的风流往事稍做加工后炫耀出来。就这样一个讲得忘我一个听得忘时,直到天色微明,赵敬讲得口干舌燥实在撑不住了,这场传道解惑才算告一段落。结果第二天两人都顶着重重的黑眼圈,可以去冒充国宝了……

Chapter 12 后援

在感情方面，此时的莫寒单纯得就像一张白纸。当然白纸也有白纸的好处，可以随意涂抹你想要的颜色，总好过满纸色彩斑斓而不知如何落笔，赵敬不介意帮忙把莫寒这张白纸变成一张油画。而经过赵敬醍醐灌顶般的言传身教后，发现自己追女孩经验少得可怜的莫寒也意识到凭自己想要顺利追到白衣女孩实在有些不太现实，同时也架不住赵敬一再想要见见迷倒莫寒连累自己也无法安眠的狐狸精到底有多深道行的强烈要求，于是就有了今天晚上赵敬作为莫寒的援军出现在这里的场景。同样，事情的发展也没有超出两人来时制订的作战计划的范围。在来回倒了数次车后，他们成功地在这辆夜班7路公交车上再次"偶遇"了此次作战的行动目标。

"狐狸精长得可以啊。"被莫寒偷偷指认了行动目标的赵敬凭着对方上车时惊鸿一瞥的正脸和坐下后对背影的长时间观察点评道，"小脸不错，皮肤也白，就是上面平了点吧。"

"你小声点，害怕人家听不见是不是？"莫寒吓得赶紧阻止口无遮拦的赵敬。车上本来就没几个人，即使再小声说话也很容易被注意到。

"就你这样子还想追女孩？你看我怎么帮你搞定。"赵敬对莫寒的软弱表示出了强烈的鄙视，然后直接从座位上站起来准备帮忙帮到底,一劳永逸地替这个胆小鬼解决烦恼。

莫寒没有料到自己的这位舍友完全没按他们商量好的计划替自己制造机会反而准备亲自赤膊上阵,猝不及防之下一把没拉住,只能眼睁睁地看着赵敬向白衣女孩走去,5米、4米、3米……看着双方越来越近,莫寒脆弱的小心脏紧张得几乎都要停止跳动了,3米、2米、2米、2米……什么情况?怎么不动了?

"康乐?"原本走向行动目标的赵敬突然停了下来,思索片刻后诧异地对着面前似曾相识的女孩试探着叫出那个已经很多年未曾喊过的名字。

"你是?"原本一脸冷漠的女孩被赵敬叫得表情微微变了变。

"我是赵敬啊,小时候住东院的那个。"确认没有认错人的赵敬兴奋起来,"我刚才看着你就感觉有点面熟,还在那儿想了半天,没想到竟然真的是你,差点都没认出来。"

"我也没认出来,你什么时候回来的?"康乐显然也有些惊讶,她从来没有想到会在这里遇到童年时的朋友。

"也没多久,我考上了科大的研究生,8月底快开学了才回来的。"

"恭喜你。"康乐表示祝贺。科大全名叫作秦都科技大学,也是秦都仅有的几所高校之一。

"谢谢。我还想什么时候回东院去看看你们,没想到今天就碰到你了。我们有多少年没见了?"

"有十几年了吧,我记得你是小学二年级的时候搬走的。"

"是啊,都十几年了,没想到我们这么久没见了。"赵敬有些感慨,原本已经有些模糊的记忆又重新渐渐浮现在了脑海里。

那年还很小的赵敬突然被父母告知因为工作调动要搬家去外地,听到这个消息他最先想到的就是以后不能再见到住在隔壁楼上的康乐了。可惜当时的赵敬还很笨拙或者说还很害羞,在和院子里的小伙伴们告别的时候,他虽然很想向那个和自己经常一起做游戏的小女孩要一件临别礼物留作纪念,但就是不敢开口。于是他趁她不注意抢走了她的发卡,却在马上就能成功逃回家的时候被另一位小伙伴追上抢了回去,这让年幼的赵敬难过了很长时间。

后来随父母去了南方生活后,赵敬虽然认识了新的小朋友,但却始终记得那个小时候常常扎着一条马尾辫的小女孩,即使到了中学交了女朋友后。这次考研他原本有很多选择,最后却鬼使神差地报了原先生活过的城市里的学校,为此还和大学里谈了很久的女友分了手,对方希望他能留在他们本科的学校。

赵敬其实并没有想过刻意去找儿时的玩伴重温旧梦,时间已经过去太久太久,十几年的时光虽然算不上半辈子,也可以说是五分之一或六分之一个人生了。但让赵敬没有想到的是,他竟然会在这种情况下意外跟这个让他遗憾了很多年的女孩重逢。在一座人口上百万的城市里偶遇一个特定对象的概率和随便买张彩票就中头奖比起来也差不了多少,说不定彩票中奖的概率还更高点。

这是天意吗?赵敬这样想着,此刻的他早已完全忘了自己今晚登上这辆公交车的本意和身后已经目瞪口呆的莫寒同学。

　　回到宿舍后的张静感觉有些口渴，于是就从袋子里挑了两根晚上等公交车时顺便在旁边便利店里买的小黄瓜去公共水房冲洗。

　　正好有几个女生在那里洗衣服，其中一个和张静还算比较熟，看见她走进来就打招呼："洗黄瓜啊？"张静点了点头。那女孩看看她手里的黄瓜笑道："挺大的。"旁边其他几个女生听见后也回头脸带笑意地瞟了黄瓜几眼。这让张静突然就觉得很不自在，总感觉好像哪里有点不对，仔细思考反应过来后，为了还黄瓜一个清白，张静愣是站在水房里边没话找话地闲聊边把两根黄瓜一口一口地都干掉了。

　　结果不知道是因为吃得太急还是小黄瓜太凉，很快张静就感觉到肚子有些不舒服，忍了半天后还是不得不从床上爬起来想去喝点热水好暖暖胃。没想到她一提起暖水瓶就感觉暖水瓶的重量不对，打开后才发现瓶里只剩一点水。而张静明明记得自己中午去食堂买饭的时候是顺便将暖水瓶打满了的，下午下课后就去做兼职直到现在她都没有倒过水。

　　张静抬起头扫了一眼，几个舍友要不正和男生聊着微信，要不就戴着耳机追着韩剧，张静相信她们都看到了自己刚才的举动，但却没有任何人开口问怎么了，也没有一个人说张静你倒我暖水瓶里的水吧。

　　张静沉默着放下暖水瓶重新回到自己的床上，虽然经过宿舍里长时间钩心斗角氛围的熏陶，让她自觉可以进步到在宫斗剧里活到第三集的水平了，但这显然不足以让她在这个堪比七八十集的《甄嬛传》的宿舍里继续生存下去。更重要的是，经过长达数年的矛盾积累和反复试探底线，她们宿舍的内部斗争已经到了白热化的程度，大有山雨欲来风满楼之感。尽管张静一直在竭力避免被卷入风波之中，为此甚至大部分时间都选择待在外面，但今天晚上发生的暖水瓶事件让她意识到自己还是被波及了。有些人内讧时喜欢让旁观者选边站队，以此来显示自己得道多助对方失道寡助。而张静在这个宿舍里显然已经没有可以算作是朋友的人了，以前唯一能聊上两句的是睡在她上铺的女孩，可后来在陪对方去医院做了一次人流后关系也就变淡了。刚开始张静还不清楚对方为什么会突然刻意地疏远自己，后来她才慢慢想明白也许是因为自己被动地知道了对方最不想让人知道的事情，尽管她从来没有想过把那件事告诉包括对方新交的男朋友在内的任何人。虽然对宿舍里的所有人都没什么好感，但眼前的形势已经由不得张静独自清高游离在群体之外了，不然最有可能的后果就是双方联起手来先除掉她这个异类。大家都在腹黑你偏偏要装天真，谁又能比谁纯洁到哪儿去？

　　这种情况下张静渐渐感觉到自己已经在宿舍待不下去了。事实上她最近也仔细考虑过出去租房的可能性，大四要准备谋出路了，换个清静的环境也有助于复习考研。想到这里躺在床上的张静不由自主地又想起了晚上回来时在公交车上的所见所闻，那个偶遇了小时候朋友的科大男研究生，还有坐在后面的疑似对方同学的那个男孩。

　　其实张静早就注意到了常常出现在最后一排座椅上的莫寒，毕竟连续几个星期几乎天天能在同辆公交车上遇到，这种夸张的概率并不是学习中文的她可以理解的。但张静并没有将这些放在心上，对方打算做什么她隐隐约约也能猜到，而不管对方是否和自己猜测的一样都注定不会成功。她早已不是那种情窦初开天天幻想着电影或小说里那些烂俗桥段能发生在自己身上的小女孩，更何况一颗伤痕累累的心又如何能再去接受有可能伤害自己的东西？

张静叹了口气，忍着小腹的疼痛，拿起手机打开微信，点开那个熟悉的头像开始打字：今天我在公交车上碰见了……

Chapter 13 失恋

刚开始的宗佑根本没有将消失了十几年后再次出现的赵敬放在心上。那天在羡慕嫉妒恨中愤怒地质疑了一番后者考上研究生的可能性并委婉地从侧面确认康乐并没有真的生气后,他很快就将这段小小的插曲抛在了脑后,同时有意选择忘掉的,还有那本用来表示歉意的日本料理。那时候的他根本没有意识到,这个多年前曾血战过一场的儿时小伙伴,会对自己早已习惯的生活带来何等剧烈的冲击。当然这些都是后话了,最近的宗佑正被另外一个突然出现在他生活中的名字所吸引。

《圣经》中写道:当上帝关上一扇门的时候,一定会给你打开一扇窗。宗佑和上帝不熟,却觉得这句话很有道理,长翻一行虽然和早已失去联系的司南再次断开联系,却又因此意外有了新的收获。按照二流言情小说的故事发展,这种充满偶然的相遇之后男主总会趁机搭讪并寻求再会的机会,青春期读过不少该类读物的宗佑当时也是这么想的。然而和书上描述的不一样的是,到达市区后还没等宗佑开口,搭他便车的女孩就拿出小本本写了一行字撕给了他,上面有她的手机号码和微信号。由于事情的发展顺利得有些诡异,宗佑竟然感觉有那么一点点不真实,如果不是对方下车时明显在街灯下能看到影子,他都忍不住怀疑自己是不是遇上《聊斋》里那种专门诱人害命的"画皮"了。

慢慢地宗佑就和这个叫师培的女孩熟了起来,对方竟然很巧合地和他的好友学的同一个专业,都是工大的工业设计专业。宗佑就顺口提了一下若泽,没想到师培竟然还真认识,只不过两人虽然同级但不同班,所以不是很熟悉。后来有次闲聊中师培问他那天怎么会跑到工大去,宗佑同学闭口不提自己是因为别的女孩差点被困在野外过夜最后幸得好友搭救才到的工大,而是充满感情地告诉对方那天去工大纯粹是为了看望身患重病卧床不起的好朋友。

说到这里,正和师培聊天的宗佑突然记起若泽好像就是这几天过生日。不会这么巧是今天吧?宗佑有些心虚地看了看时间,发现马上就要到凌晨了。他立刻登上 QQ 查看,结果发现事情还真就这么巧,今天确实是刚刚被他安排了重病一场戏份的好友的大寿之日。其实以前他们几个关系好的朋友谁过生日都会叫其他几人出来聚到一起大吃一顿,可今年若泽那边静悄悄的一点动静都没有,所以健忘的宗佑自然也就没有记起来。

惊出一身冷汗的宗佑赶在时针和分针重合之前立刻给若泽发了条祝他生日快乐的微信。成功发送后他不由得感到一阵庆幸,幸好发现得还算及时。虽然再过几分钟就是第二天了,但毕竟还有那么几百秒,如果真的过了今天再去祝贺的话,那意思就完全不一样了。也许若泽正在等我的祝贺吧,宗佑这样想着。等了会儿没见对方回信,宗佑估计若泽可能已经去梦里娶媳妇了,于是也就关掉手机上床去找周公,临睡前还想着明天是不是准备份礼物去提醒下若泽该补请大家吃蛋糕了。

事实上聪明的宗佑同学只猜对了一半,此刻远在城外秦岭山中的长安工业大学某校区内的某栋宿舍楼里,躺在硬板架子床上的若泽确实在等一句祝贺,但等的却不是他的。

时间已经到了23:50,同宿舍的其他舍友都已睡着,声调不一的呼噜声更是打得此起彼伏,然而若泽却并没有多少困意,他一遍遍地刷新着微信,却一遍遍地收获着失望。终于在不知道刷新多少次之后,绿色的微信图标上出现了有新信息的红点提示,若泽强忍住激动打开,得到的却还是失望。新信息是他的好友宗佑发来的,在今天即将结束的时候这家伙终于记起了自己的生日。若泽将微信再次关掉,此时的他没心情去给好友回复哪怕一句谢谢。

时间终于还是走到了第二天,若泽苦笑着关掉了手机,无言地望着黑漆漆的天花板开始发呆。这一天他其实接到了很多祝他生日快乐的信息,最早的一条来自00:01,发信息的是他们班的学委,最晚的一条发来的时间是23:56,赶上末班车的是好朋友宗佑。而那个他一直在等的头像上,却始终也没有出现新消息的红点提示。

若泽和辛晴的生日只差了3天,辛晴是9月24日,若泽是9月27日,这短短3天若泽感觉却比3年还要漫长。如果有一个很熟悉的朋友和你只相差3天过生日,而3天前对方刚刚祝福过你生日快乐,那3天后这个朋友的生日一般人都不会忘记。可惜的是,事实证明辛晴真的不是一般人。

若泽生日那天辛晴毫无反应的事情很快就被宗佑知道了,

毕竟若泽的QQ空间又开始更新了。

宗佑他们上高中时还没有微信，都喜欢在QQ空间里抒发自己的多愁善感，若泽自然也不例外。宗佑也知道若泽每次被辛晴伤了心后都会在QQ空间里自怨自艾上两句，所以一看到对方空间有更新的状态，不用问宗佑就知道他的这位好朋友又失恋了。当然从备胎的角度来讲失恋这个词用得并不恰当，因为人家辛晴根本就没有和他相恋过。

若泽也曾喝醉后很伤感地告诉宗佑："对于辛晴来说，即使我有一米八的个子、俊秀的脸，生于豪门，举止绅士，会唱歌、跳舞、弹吉他、说情话，即使我拥有她喜欢的所有东西，我想她也不会喜欢我，要知道我就是这样安慰自己的。"听完后宗佑都不知道该说什么了，理智来讲若泽总结得很到位。宗佑感觉像辛晴这种看韩剧可以看得泪流满面的女孩有很大可能是感性大于理性的，追这种女孩如果从一开始就被拒绝的话那不管再试多少次也不会改变最初的结果。当然也有可能是若泽想错了，当他真的拥有他口中所说的那一切的话，辛晴半夜主动跑到他家敲门的这种情况也不是绝对不会发生。不过后一种解释显然不好说出口，因为怎么看若泽都离他说的那些条件差距甚远，别的不说，首先第一条就让刚过一米七的他这辈子都没希望了。所以宗佑只能安慰若泽："如果真像你说的那样你还怕没有女孩喜欢你吗？"可惜不管有没有其他女孩喜欢，若泽看样子都准备在一棵树上吊死了。

虽然感觉自己这位好友完全是自寻烦恼，但宗佑认为辛晴也有不对的地方。据他所知辛晴每次被别的男人甩了后都会告诉若泽，等若泽陪她度过伤心期后又会无视那个一直真心对自己的人。宗佑觉得这样很自相矛盾也很不道德，却也没有任何办法。女人一句什么时候才能遇到真心对我好的人，不知让多少男人心甘情愿地成了备胎。

即使再不争气也毕竟是自家兄弟，自家兄弟失恋还是要帮忙开导开导，以免他一时想不开寻了短见，这样以后玩游戏就少了一个好搭档。所以宗佑觉得是他尽一个好朋友责任的时候了。

不久后某个阳光明媚的下午，宗佑特意抽了时间跑到山里去把若泽强行从宿舍的电脑前拉了出来散心。刚好距离工大不远的地方有个比广场喷泉大不了多少的小水潭，吸引了不少周边学校无处可去的垂钓爱好者过来练手，于是两人也跟风跑过去找了个没人的角落坐下野钓。

"出来玩开心点，不就是辛晴吗？走到街上随处可见的那种，又不是真的倾国倾城、风华绝代，她不理你你就找个更漂亮的让她后悔去，有点出息好不好。"手持鱼竿等着鱼儿上钩的宗佑有些恨铁不成钢地开导好友。

"其实我早就想通了。"听完宗佑的话若泽沉默了一会儿，然后有些感慨地说道，"知道吗，有时候我觉得我就像个小丑，一直渴望有人发现小丑的好，渴望被她喜欢。结果到最后才发现不管我怎么表现，在她的眼里我始终还是一个小丑。"

若泽这番明显很有思想深度的话让宗佑感到有些惊讶，仔细揣摩了半天话里的意思后，宗佑盯着水中貌似有些动静的鱼漂问道："唉，做备胎做成你这样也算难得，道理都被你想明白了那怎么还这样？"

"想通了是一回事，放不放得下又是另一回事。"若泽也注意到了宗佑的鱼漂,看着它沉下去又浮上来,那是有狡猾的鱼儿在试探,"其实我也厌倦了这样的日子,所以前段时间我谈了一个女朋友。"

"你小子竟然藏得这么深?"宗佑这次是真的被震惊到了,他认识若泽这么多年,印象中对方好像还从未交过女朋友。如果不是看见水里那条比巴掌大不了多少的鱼正在咬钩,他可能就跳起来了。宗佑一把拽住若泽逼问他到底是什么样的国色天香或迷人妖精竟然能让痴情到可笑的他放下屠刀幡然醒悟。

"其实我也不清楚算不算女朋友,反正关系超越了普通朋友的那种,可以说是比较暧昧吧。"若泽苦笑着回答。

"谁啊,我认识吗?长得咋样?"宗佑一边和快上钩的鱼斗智斗勇,一边还不忘继续打探若泽的八卦。

"你不认识的,她是我们班的学习委员,长得也不是很漂亮,但很有气质,姓师,名字叫师培,和我……小心!我靠!鱼跑了!"

Chapter 14 师培

师培最初注意到若泽，是因为对方时不时地翘课。其实大学里翘课并不是什么大问题，随便哪所大学找个没翘过课的比找个上课全勤的不知困难多少倍，所以一般大家也没把翘课当回事。可若泽同学的问题在于他翘课的频率实在是太高了，不提什么选修、辅修，就连大家都会去应付一下的专业课若泽也说不去就不去。于是每次碰上比较认真的科任老师点名点到若泽的时候都得不到回应，然后作为班上学习委员的师培就会被叮嘱下课后去对方宿舍通知当事人。就这样慢慢地她就开始注意这个叫若泽的男孩。可惜师培当时还不认识宗佑，否则如果了解到后者在大学里的翘课记录后，她就会发现和宗佑比起来，若泽其实还是可以算作好学生的。

而师培真正和若泽从同学变成朋友还是那学期快结束的时候。当时他们有门专业课的期末作业需要做一个PPT，若泽同学因为平日旷课太多自然不会做，但那门课的老师刚好又非常尽责，明确表示该科的作业和考试成绩挂钩。见逃不过去，若泽只好掰起指头挨个数了一遍身边关系还算不错的同学，结果非常无奈地发现愿意帮他做作业的未必会做，会做作业的未必会愿意帮他做。最后实在走投无路的若泽只好将主意打到因为多次来宿舍通知自己不要旷课从而和他相对比较熟悉的学委大人身上。于是师培在做完自己的作业后就顺手帮他也做了一份，让为此已抓掉多根头发的若泽非常高兴。

"太谢谢你了，不然我真不知道该怎么办了。"若泽是真的感谢师培，他们宿舍这几天哀鸿遍野，平常一起联机联忘了上课时间的兄弟们都在疯狂地到处寻找外援江湖救急，为此甚至还有不惜向连夸奖都只能从内在找优点的女同学出卖色相的。所以除了口头感谢外，若泽觉得应该再来点干货："最近好像有部新上映的片子叫《致青春》，听说挺不错，我请你去看吧！"

"不用了，举手之劳而已，那电影票挺贵的。"师培客气道。

"那好，改天我请你吃东西。"见师培这么客气若泽也就不再客气了。

"好的。"师培笑着答应，同时心里默默地说了句：其实我真的想看。

《致青春》师培最后还是看了，只不过不是和若泽。

那天下午师培原本和闺密约好去市里逛街，没想到半路闺密接到男友的电话后就见色忘义地跑去陪男朋友了，剩下师培一个人走着走着就走到了万达影城。看着电影院门口的巨幅宣传海报上的"致我们终将逝去的青春"，师培突然感觉有些难受。大学的生活已经过去大半，快3年的时光自己仍然还是单身一个人，如果就这样告别所剩不多的青春的话那是不是有点太遗憾了？想到这里师培不禁有些痴了，最后她独自买票去看了这部想看了很久的电影。但买一张票看电影简单，如何致她终将逝去的青春却不容易，坐在银幕前的师培不由自主地就想起了那个说要请自己看这部电影的男孩。他到底是个什么样的人呢？

　　师培很小心地掩藏着自己的这份好奇，毕竟不管从哪方面来看她和他都不像是同一个世界的人。她还是经常去若泽他们宿舍警告旷课的若泽以后不许旷课，后者也总是低头承认错误并且承诺下堂课一定会到，然后过两天两人又会再重复一遍前两天的对话。偶尔师培也会帮若泽解决些作业上的问题，事后对方也会请她吃碗面作为回报。日子就这样一天天地过去，师培和若泽虽然慢慢变得熟悉起来，但也最多只能算是比较好的朋友，两人之间关系发生质的转变，还是在后来很久以后他们班组织的舞会上。

　　其实经过两年多虽然不能称为朝夕相处但也勉强可以算是天天见面的同班生活，互有好感的早就郎有情妾有意，所缺的只不过是一个适合彼此将郎情妾意表露出来的机会，所以这场舞会受到他们班绝大部分成员的欢迎。师培是班上那极少部分对舞会不太感冒者之一，作为老师心目中优秀学生代表的她以前从来没有参加过类似的活动，但身为学委却又不能不挺身而出帮忙组织。为此师培一改往日的素面朝天，在舍友的建议下化了烟熏妆并穿了收腰的礼裙。即使这样，在舞会正式开始后有很长的一段时间师培仍然站在电教大堂改的临时舞厅里不知所措，因为她根本就不会跳舞。在这期间也曾有几个男生斗胆过来邀请学委大人共舞一曲，却都被师培微笑着以要照看音响的理由婉拒了。

　　不过这样下去也不是办法，毕竟班里就那么多人，除了某些长相实在抱歉的外,大部分女孩都已经和有好感或不反感的男同学共舞了数个来回。即使是那些外在找不到夸奖地方的女生也偶尔有一些同样长得歉意十足或单纯想要表示下爱心的男同学邀请。这样的话从开始到现在都没下过场的师培处境就比较尴尬了,虽然她不知道会不会有人无聊地一直注意她,但至少身旁真正懂音响并负责放音乐的那个男生已经意味深长地看了她好几次了。被满含深意的目光瞄得心里发虚的师培正准备咬牙等下一个男生来邀请就同意下场跳一曲的时候,她今晚的王子终于出现了。

当看清这次发出邀请的是若泽后,师培的心立刻不争气地猛跳起来。她有点退缩,想要像前几次那样婉拒却怎么也张不开口。师培不知道自己到底怎么了,脑袋仿佛突然间就空了,等清醒过来的时候发现自己已经浑浑噩噩地被若泽拉到了舞池中央。

当时的师培整个人都处于一种蒙蒙的状态,完全靠着本能勉强跟着若泽的节奏,与其说是跳舞不如说是乱走,一首曲子还没放完她就已记不清踩了自己的舞伴到底多少脚了。而对面的若泽却从始至终都没有抱怨过一声,即使他那双原本光可鉴人的黑色大头皮鞋被踩得好像漂白失败成了灰色,他仍然微笑不变地带着不好意思想要放弃的舞伴又连续跳了好几曲。也就是在那一刻,师培彻底醉倒在了对方的笑容里。

舞会结束后,师培刻意将若泽选进了留下帮忙打扫卫生的名单里。收拾完场地后师培趁着没人终于鼓起勇气对若泽说了句谢谢,对方一愣后笑着说没关系,然后两人一时也不知道是不是应该就此分别,气氛陷入了让人尴尬的安静之中。最后还是若泽打破了沉默提议道："我们出去走走吧。"

工大操场边是个天然的小湖，虽然湖水已经少得和池塘没有太大区别，但好歹意境还在。每逢夜幕降临多有情侣来此花前月下，时间久了此处就成了学校公认的浪漫之地。放在平时师培白天都很少来这地方，更别说是和男生大晚上单独过来，所以等发现若泽将她带到这里散步的时候，师培的心再次毫无准备地疯狂跳动了起来。是暗示吗？师培乱想着，身体也因为紧张而有些轻微的颤抖。

"披上吧。"若泽对师培突然的抖动产生了误解，脱下自己的外套递给对方。长安的秋天总是来得特别早，尤其还是在山中的深夜。

师培愣了下，接过他的小礼服披在身上。她刚才确实感觉有些冷，但此刻她的心却变得燥热起来。

"谢谢。"师培轻声地说出了今晚的第二句谢谢。

"应该的。"若泽很有风度地回应。

师培还想说些什么，但看着身边的若泽好像在想事情，于是她也保持了沉默。就这样两人低着头开始绕着湖走圈。

"你今天真的很漂亮。"不知道绕了挂着湖名义的池塘多少圈后若泽终于再次打破了沉默，"刚刚看见你的时候我都不敢过去和你搭话，我们宿舍那兄弟看你看得差点鼻血都流出来了。"

师培抬起头看向若泽，虽然不知道对方说的是真话还是在恭维自己，她还是觉得很高兴。女为悦己者容，尤其这位悦己之人自己本身就有好感。

看到师培望了过来，若泽反而变得有些慌乱，以为自己说错了话，唐突了学委大人，于是又赶快开口解释起来："其实你平常就很漂亮，只不过今天打扮一下更漂亮……"

"你跳舞跳得真好。"师培微笑着阻止了若泽的画蛇添足。

"没什么，只是学过一些罢了。"也许是错觉，师培觉得若泽语气里有些莫名的东西，只是没等她细细品味那到底是什么，若泽就又开口了，"其实还是你底子好，即使素颜也很好看。像你这种纯天然没动过刀的，谁找你做女朋友绝对赚大了。"

本来心跳就比平时激烈的师培这次直接有点喘不过气了，就像胸中有一只暴躁的兔子正在疯狂踢打着她的小心脏，师培甚至怀疑若泽是不是都能听到她此刻咚咚如同擂鼓的心跳声。也许是受了胸中狂暴的兔子的影响，师培觉得自己从来没有像现在这样大胆过，于是她问了一个比较敏感的问题："你有女朋友吗？"

身旁之人好像被师培的突然袭击打晕了，过了很久才答道："没有。"

听到若泽的回答，师培有些羞涩又有些轻松。其实话刚出口师培就后悔了，她自己都不知道为什么会问这样的问题，尽管师培很想知道这个问题的答案。而若泽的回答也没有让她失望。

"你有男朋友吗？"不知是不是觉得光自己回答太吃亏，若泽将刚才的问题又反问了回去。

"没有。"师培下意识地张口就答，反应过来后有些不知所措地想去看看若泽，结果头刚抬了一半就又立刻重新低了下去，好以此来隐藏此刻她那红得发烫的脸颊。

他是什么意思？师培胸中本来已经开始冷静的兔子再次有了狂暴的迹象，毕竟结合刚才的对话再看两人的回答就能感觉到里面包含了某些太过明显的含义，不由得人不往别处去想。

正当师培努力尝试安抚胸中再次兴奋起来的兔子时，若泽接下来的一句话直接让她放弃了这个想法，任由可爱的兔子一把扯掉头上不合适的前缀，换上了更加贴切的形容词：一只彻底疯了的兔子！

"要不，我们交往吧……"

Chapter 15 误会

将师培送回女生宿舍楼后,若泽一个人往宿舍走去。

时间已经很晚了,学校里大部分人都已吃过泡面洗过脚躺在床上玩手机等着熄灯做梦。宿舍区的几条路都空荡荡的,和白天的人流如织形成了鲜明的对比,路上偶尔看见几个人影,也基本都是像他这样刚送完女生往回赶的。不过这样也好,方便若泽边走路边低下头安静地思考一些事情。

忘了是从什么时候开始,若泽就总是喜欢低着头走路。宗佑仔细分析后说那是因为低着头走路更容易发现别人不小心掉在地上的钞票,所以若泽捡到钱的概率理论上应该是兄弟们中间最高的。可惜这种好事若泽从来也没遇到过,反而是一直都昂首阔步走路走得目中无人的宗佑某天晚上去吃夜宵的时候意外地捡到过 20 块钱。

其实从上了大学后若泽走路就很少再低着头了,不仅是因为担心不小心把别人撞倒或者是别人把自己撞伤,更多的是因为在这里已经遇不到那个让他看见就会心跳加速、不敢抬头直视的身影了。

但今晚的若泽又恢复了低着头走路的习惯,因为他开始回忆一些事情,一些已经过去了很久的往事,那时他还是一名高中生……

虽然有宗佑同学的大力协助，若泽对辛晴来说也仅仅是从完全的陌生人变成了认识的人，最多勉强可以算作是普通朋友，和他能与对方交往这个终极目标还差很大的距离。为此若泽不得不继续寻求好友的帮助，至少得搞清楚对方的兴趣爱好，这样才能对症下药寻找到共同语言来促进感情的积累以便得偿所愿，于是就有了两人鬼鬼祟祟躲在校内小商店若泽请宗佑吃零食换情报的这一幕。

"我让康乐去女生那边找人打听了，据说辛晴平常喜欢去KTV练歌。"宗佑左手握着雪糕舔一口，右手拿着辣条吃一根，半天才腾出嘴将打听到的情报复述给身旁眼巴巴盯着他看的好友。

"还有别的吗，这个难度有点高。"若泽从小五音就不全，自然不敢没有自知之明。

"另外听说她好像舞也跳得不错。"

"那个，咱们还是谈谈唱歌吧。"

虽然花了大本钱请好友多次去校内小商店以实际行动支持校办产业，但若泽其实并没有得到多少有用的情报。需要注意的是，这些情报不是用不到而是没法用。毕竟若泽从来都是一个比较宅的男孩，换句话说就是性格比较内向。而中学时期的女孩子显然还处于凭感官而不是凭理智给异性打分的年纪，自然更欣赏像宗佑这种胆大嘴甜、敢想敢做、一不留神就占便宜的所谓的坏男孩。若泽在这方面自然就很吃亏了，他平常和不太熟的女生连话都说不了几句，碰到比较早熟的女同学偶尔的豪放之举甚至都会脸红。让他明目张胆地去追一看就很古灵精怪的辛晴那就有点太难为人了。

宗佑同学吃君零食,帮君办事,很尽心地多次想办法替若泽制造了各种机会,最后宗佑连拉着康乐带着若泽邀请辛晴四人郊游野餐这种瞎子都能看明白的套路都使了出来。野餐过程中,宗佑甚至借口去上厕所需要有人帮忙放风以免春光外泄,带着康乐出去磨磨蹭蹭到处瞎转了半个多小时才回来。结果这么好的独处机会若泽竟然也就是和辛晴简单聊了两句天气后就低头玩起了手机。这让知道详情后的宗佑当时就气得一口老血差点喷了出来,大有不是敌军太狡猾,而是我军太无能之感。这样类似的情况重复了几次后宗佑也懒得再帮忙。他也算对得起若泽请他吃的零食了,像对方这种拽都拽不起来的废材,他宗公子实在是爱莫能助。

失去强援后的若泽虽然也自觉失败,好几次都下了决心准备豁出去向辛晴表白,但每次都是只不过才稍稍露出点意思还没说到正题,就被辛晴不知有意还是无意的委婉拒绝扼杀了继续说下去的勇气。

若泽和辛晴就这样一直做着普通朋友,等到两人之间的关系有进一步发展的时候,已经是在庆祝高中毕业的舞会上了。

那是高考结束后某个天气晴朗的夏日午后,地点是他们学校对面的工人俱乐部。这里以前是彩虹厂的职工娱乐活动场所,只不过这些年早已随着彩虹厂曾经无限自豪的产品——显像管的衰落渐渐衰败了下去,门可罗雀得经常花笔小钱就能征用。

虽然组织这次活动的几个班即将卸任的班长此前反复动

员,但那天来参加舞会的其实并没有预计的那么多。毕竟这个6月对许多人而言颜色都比较暗,能来参加的基本也都是估分比较乐观确定可以顺利上岸的,那些够不到岸边的估计正处于溺水状态,自救尚且无暇,又怎么可能有心情来感受别人的欢乐?

若泽并不是一个喜欢热闹的人,他也没心情去想那些在水里垂死挣扎的同学会怎么样,其实他对自己的估分也没有多少把握,算来算去都不太乐观。他出现在这座俱乐部大堂改成的临时舞厅里的唯一原因是好友宗佑免费透露给他的一个小道消息,他想见的那个人会来参加这场舞会。这个消息让若泽纠结了很久,从午饭时开始直到打扮整齐来到会场,他一直处于一种患得患失的状态。不过让若泽高兴的是这次自己的好友很有职业道德没有提供虚假情报,他进门后一眼就找见了舞池边上正和宗佑聊天的她。

那天的辛晴穿着浅色的超短裙,露出了很好看的小腿,搭配咖啡色的高跟短靴和肉色丝袜。这套在他们那个年纪稍微显得有些成熟的打扮不仅让当时的若泽只窥视了一眼就开始小脸发烫,鼻腔变暖,而且从此就深深地刻进了若泽的脑海里,即使过了很多年印象依然清晰,更是在后来很多个夜晚,频繁出没于若泽那羞于与他人言说的绮梦里。

舞会刚开始的时候不知是因为害羞还是别的什么,不管男女都是相熟的三三两两聚在一起闲聊,任凭临时客串主持人的几位前任班干部口干舌燥地不停做着动员,被当作舞池的大堂中央人气依然相当的感人,毕竟中学时期的大家脸皮还是比较薄或者说人还是比较单纯的。但好在这种青涩注定只是暂时的假象，毕竟那个年纪的少男少女，毫无疑问都对异性怀有某种极其强烈的好奇心和探究欲。而好奇既然连猫都可以害死，更别说放倒这点小小的矜持了。总之不知是谁先豁了出去，打头阵成为第一只渴望被好奇干掉的猫，很快大部分男女生都找到或明恋或暗恋的心仪之人陆续下场，让冷了半天的舞池终于开始变得热闹起来。

若泽和几个认识的男生站在舞池边上不停扫视着四周的莺莺燕燕，听着他们互相探讨等会儿邀请哪位看起来比较心善的女同学作为自己的舞伴才不会被拒绝得太尴尬。若泽并没有参与这群屌丝的讨论，早在决定来参加这场舞会时他就已经做好了选择，所以从进门开始他大部分时间都在偷偷注视着辛晴，然后不停地在心里积攒过去邀请对方所需要的勇气：上、不上、上、不上……

事实证明若泽同学的眼光还是很不错的。今天打扮偏成熟风的辛晴看起来颇受男同学的喜欢，当若泽还在心里默默给自己鼓劲加油准备有所行动的时候，辛晴早被快他一步加满勇气槽的其他男生约走，让若泽好不容易鼓起的勇气瞬间就泄得干干净净。每逢这时候若泽都在心里暗下决心下次一定要快一点，结果期间有好几次辛晴下场休息，若泽却又站在原地开始纠结要不要过去。然后还没等他纠结完，休息好了的辛晴就又被其他人邀请进场了。

时间就在若泽这样反反复复的鼓气泄气中悄悄溜走，直到会场里的人逐渐散去，他才突然惊觉自己貌似已经没有多少时间了。于是在舞会明显进入最后阶段的时候若泽终于豁了出去，快步向刚刚结束上一曲的辛晴走了过去。这一刻的若泽表现出了在他18年的人生中从未有过的勇敢和果断，因为他很清楚，这可能是他这辈子和辛晴唯一一次亲密接触的机会……

可惜若泽的勇气明显和他与辛晴之间的距离呈反比，随着离对方越来越近若泽的勇气也变得越来越小，等到终于走到辛晴面前的时候，刚才那破釜沉舟般的勇气也差不多消失得干干净净了。这使得他在叫出对方的名字后，就再也无法说出那已经反复在心中练习了一下午的邀请。

"要一起跳一曲吗？"辛晴善解人意地替他说出卡在喉咙里怎么也吐不出来的邀请。若泽有些感激地点头表示确实是这意思。

"那就来吧。"辛晴古灵精怪地眨眨眼，然后就将眼前的男孩猝不及防地拉进了舞池。

这让若泽的脑袋立刻变得一片空白，在此之前他甚至和辛晴连手都没有牵过。现在他不仅如愿以偿地握住了对方柔软的小手，而且另一只手更是实打实地搂住了佳人的后腰，感觉到那层薄薄衣裙后面肌肤的温度。若泽全身都变得僵硬了，不仅双腿开始打战，鼻腔里也暖暖的感觉有什么东西快要流出来。

"啊……"

一声轻微的闷哼让若泽从有些晕乎乎的状态清醒过来，这时候反应比平时慢了不知多少拍的他才后知后觉地感到刚才好像有踩到异物的感觉。

"对不起……"若泽不好意思地说道。

"没关系，跳舞踩脚很正常的。"辛晴笑着回应了舞伴的道歉，然后拉着他继续跳起来。

这时候的若泽才发现自己那位好朋友宗佑同学真的很有良心，从他那里得来的情报确实准确。辛晴明显是整个舞池里跳得最好的几个人之一，远不是得到情报后才开始从网上视频里学习跳舞的他可比的。这个发现让刚刚有些放松的若泽又紧张了起来，结果自然是越紧张越容易出错，一心多用的他脚步很快就乱了，开始频繁地和舞伴的短靴发生面对面的亲密接触。虽然每次辛晴都会微笑着表示没有关系，但若泽自己却渐渐感觉有了压力，他拼命回忆那个当初曾看了几次才看完的交谊舞初级入门的教学视频，却怎么也跟不上辛晴的舞步。终于若泽受不了这种甜蜜的负担，有些羞愧地向辛晴提出："要不我们休息一会儿吧。"然而让若泽意外的是，明明已经被自己频繁踩脚痛得不停皱眉的辛晴却出乎意料坚定地拉着他跳完了那一曲，这让若泽感动得有些想哭。也就是在那一刻，原本因为3年时光没有多大收获从而心灰意冷准备放弃的他再次坚定了一定要追到对方做媳妇的决心，然后一直保持到了现在也没有动摇……

那天以后的若泽并没有放弃继续跟着视频学习舞蹈知识，相反他渐渐地养成了习惯，偶尔也会独自在没人的家里搂着想象中的辛晴练习，若泽的舞技也变得越来越好。可惜的是，他却再也没有获得过能用上它的机会，直到今天晚上。或许是当时师培手足无措站在场边的样子让若泽想起了多年前的自己，也或者是为了报答对方当初帮忙写作业之恩，甚至可能是苦练多年却始终没有表现机会感觉有些技痒，总之不管是什么原因，原本只是准备随大伙儿来凑凑热闹的若泽突然改变了主意，勇敢地走过去带着师培跳了整晚，出尽了风头。

而随着双脚不停被踩痛，若泽也终于体会到了当年辛晴的感受，他不由自主地开始回忆那唯一一次和佳人贴身接触的点点滴滴。也就是在这个时候，若泽才有些惊讶地突然发现，其实师培和辛晴真的很像，差不多的身高、差不多的肤色、差不多的发型……

太多的相似之处让若泽感觉自己搂着的仿佛不是他们班的学委大人，而是那个让他痴迷了多年的女孩。于是他跳得越发认真起来：即使我明知道她不是你，我也仍然愿意将她当作是你……

若泽沉浸在自己的错觉中久久不愿醒来，于是就有了后面一起出去走走的提议。其实从电教出来后被夜风一吹，若泽就被冻得渐渐清醒过来，但他还是忍不住在心中将师培和辛晴做比较，然后越来越分不清她们的区别。这让他鬼使神差以玩笑般的语气对师培说出了那句多年都没有成功过的表白。

结果话刚说出口若泽就完全清醒了过来，恢复正常思维的他立刻就觉得好像玩笑开过了火不好收场。见对方好像被吓住了没有回答，他立刻就哈哈大笑了两声表示是在开玩笑不要当真，然后像火烧了尾巴一样火速结束了这次虎头蛇尾的散步。

然而师培明显不知道身边男孩的卑鄙想法，若泽向她表白后那与气氛明显不符的笑声在师培看来是在掩饰自认为被拒绝的尴尬。实际上她当时是在极度震惊中丧失了回答的能力，毕竟这是第一个自己也有好感的男孩对自己表白。在若泽送她回去的时候师培的心很不安，她很想告诉对方她不是不同意而是没反应过来。可惜女孩特有的矜持让这句迟到的解释直到若泽将她送到女生宿舍楼下准备离开的时候才终于鼓足勇气说出了口："我愿意。"

抱着上刑场的心态勇敢说完这三个字后，脸颊仿佛烧起来的师培不等若泽回答就转身快速跑上了楼，所以她也没有看见自己身后之人那呆若木鸡的模样……

回到宿舍的若泽明白师培应该是对今天晚上自己的所作所为产生了极其强烈的误会，深深的负罪感让他觉得有必要将这件事当面向对方解释清楚。结果等第二天睡醒将师培约出来的若泽看见对方给自己带的早餐后，准备解释的话语就被堵在喉咙再也出不来了。

那一刻的若泽突然觉得自己吃了多年的狗粮实在是太难吃了。也许有一个女朋友的感觉也不错，若泽产生了这样的念头。虽然知道这样不对，虽然知道这样对师培很不公平，虽然知道自己不可能忘掉辛晴，虽然有太多的虽然，却也无法让他鼓起勇气将事情的真相告诉师培，尤其是看见对方那快乐的模样。就这样一直错下去吧，若泽这样想着。

很快身边的朋友们就发现了若泽身上那些让他们难以置信的变化，不仅经常无故旷课的他开始按时和师培出现在教室，而且他那经常因为睡过头或玩游戏而不固定的吃饭时间也开始变得规律起来，到点就会拿好饭盒去女生宿舍楼下等着师培一起去食堂打饭。甚至就连若泽宿舍的舍友也因为师培无辜地遭受了池鱼之殃，常常准备大战一番的时候才发现宿舍里曾经那个最能吸引火力的队友已经被师培叫出去散步了。这让兄弟们非常气愤地感慨:我们中出了个叛徒。

  单身了 20 多年的若泽因为师培发生了很多连他自己都不敢相信的变化,若泽不知道这些变化对他来说到底是好还是坏。但他很清楚地知道,即使有了师培,他仍然会时不时地想起那个此时不应该想起的女孩……

Chapter 16 坦诚

若泽心里藏着一个人,这一点师培在和他第一次正式约会的时候就感觉到了。

毕竟从未交过女友的若泽同学除了一年一表白、年年白表白以外经历最多的就是看身边的朋友秀恩爱。同样从未交过男友的师培在感情方面的经验虽然也很少,但和有着直男倾向的差等生若泽比起来,明显有着更为强大的性别天赋。

很多人都以为热恋期的女孩智商基本为零,这显然是某些突然发现与女友无法讲道理被气哭的中晚期直男癌患者毫无科学依据的对女性的主观诋毁。事实上处在恋爱之中的女人的思维会格外敏锐,因为她很可能会将平时分散在追剧、打扮、买包包上的精力全部集中起来用在男朋友身上,这样造成的后果无疑是相当可怕的。

其实有时候很多事情不说出来并不代表不知道。比如现在的师培,虽然在此之前她也从未体验过真正意义上的约会,虽然和若泽初次约会那天她紧张得连午觉都没有睡着,但不管有多少虽然,师培同学都没有被这种疑似爱情的味道冲昏头脑。反而突然爆发的神秘第六感不仅让她从若泽的眼中看到了自己,还隐隐约约发现了另外一个身影,不然若泽望向她的眼神为什么会如此充满怀念的意味……

自从察觉到自己刚刚交往的男友心里藏有其他人后，师培一直很努力地想把这个人找出来。毕竟知己知彼方能百战不殆，若是连对手是谁都不知道那自然没有什么胜算了。

作为一个自认为知书达理的新时代优秀女性，师培当然不会傻乎乎地直接跑到若泽面前当面质问对方那个贱人是谁。而且即使她真豁出去跑去兴师问罪，若泽也有很大的概率不会告诉她，甚至有可能因此出现难以预料的后果，这是她万万不愿看到的。虽然交往的时间不长，但师培是真的很珍惜和若泽在一起的感觉，想知道对手的身份不就是为了能让这份感情走得更远吗？所以她始终默默地寻找着那个未知的对手。

可惜的是虽然有更多的蛛丝马迹被慢慢发现，师培却仍然没有决定性的收获，毕竟她认识若泽的时候，早已错过了对方大半的青春。

明知道有一个看不见的敌人，却一直找不到对方，这让师培陷入了深深的苦恼之中，心情变得压抑的她渐渐开始失眠，人也憔悴了起来，不仅每次洗完澡后满手都是掉落的秀发，例假也变得不太规律。这让她的心情越来越差。

师培就这样暗暗忍受着若泽带给她的折磨，同时仍然对自己的男友强颜欢笑，这让她的精神开始走向崩溃的边缘。就在师培感觉自己快要忍不住冲动跑到若泽面前放弃一直拼命维持的伪贤妻模样，像个泼妇一样大吼着质问他那个贱人是谁的时候，她意外地遇见了那个可以帮她解开这个谜团的人。

那天当若泽和宗佑坐在操场旁啃鸡腿的时候，因心情压抑出来散心的师培就站在操场的另一端静静地望着他们。师培不认识宗佑，但她近期变得异常强烈的直觉告诉她，这个陌生的男孩很有可能可以帮她解开折磨了她多时的困惑。

所以当看到对方准备离开的时候，已经无计可施并处在崩溃边缘的师培决定赌一次。她找借口搭上了他的车，认识了这个叫宗佑的男孩，逐渐取得了他的信任并和他成了很好的朋友，然后慢慢不露痕迹地去打听她想要的情报。而最后的结果也证明她真的赌赢了。从宗佑那里收集到的情报证实了她的猜测，原来那个费尽心思寻找了这么久的对手叫辛晴……

看着那张从宗佑那里要来的他们班的高中毕业合影，师培突然有种很无力的感觉。照片里的女孩确实是一个我见犹怜的女子，但师培并不觉得会被她比下去，她对自己有信心。让她真正感觉到无力的是，即使千方百计知道了对手是谁又如何？她还没想好下一步要怎么做，而现实也没有留给她慢慢思考的时间……

师培是在若泽生日不久后的某天下午接到宗佑电话的，而对方开口的第一句话就让她明白自己最担心的事情还是发生了。

"你骗了我。"手机那头的宗佑声音有点低沉，仿佛强行压抑着愤怒。

虽然早有迟早会被发现的心理准备，但真的东窗事发还是让师培的心瞬间乱成了麻。如果若泽知道自己偷偷打探他的隐私会怎么样？想起这段时间已经足够了解的男友的性格，师培有点不敢再想下去。

"我没有告诉他关于你的事。"宗佑的第二句话让师培稍稍松了口气，直到这时候她才突然感到对宗佑有点愧疚，毕竟这件事本来和对方并没有什么关系，自己却利用他的信任欺骗了他。不等师培想好怎么道歉，手机里面就只剩下嘀嘀的忙音……

虽然宗佑说过若泽暂时还不知道她打听辛晴的事情，但师培还是决定和若泽开诚布公地好好谈一次。并不是她不相信宗佑，而是她觉得是时候摊牌了，想知道的都已经知道，那再扮作鸵鸟去刻意逃避的话就不是她的行事风格了。该解决的问题必须解决，即使最后很可能会以悲剧收尾，师培仍然决定勇敢地去面对。只有解开了彼此的心结，这段感情才有可能会得到一个好的结果。

"你在哪儿？"手机响了好几声后终于被接通，师培努力保持平静。

"在宿舍啊。"若泽回答得很急促，旁边隐隐传来喊他玩游戏的人守塔、补刀之类的声音。

"我有事情找你，等下我们见一面吧。"

"什么事啊，电话里说不行吗？"若泽明显不想离开他的战斗岗位。

"很重要的事情，必须要当面说的。"师培表现得异常坚决。

"那好吧，你等吃晚饭的时候给我打电话……对方团了！快集合！"有些犹豫的若泽终于同意见面，不过听声音貌似战局很不乐观。

"那6点我在操场等你……"师培话还没说完，那边就挂了电话。

师培无言地放下手机坐在床上，发了会儿呆后，打开抽屉将化妆品拿了出来。

据某些所谓的专家证实：化妆是女人天生的技能。此刻的师培就是证明这种不知道要怎么研究才能得出来相关结论的典型例子。在学校的大多数时候并不像别的女生那样花费大把时间在这些东西上的师培，今天却完全颠覆了舍友对她的认知。很多平时觉得既麻烦又浪费时间的化妆品她都认认真真地一个一个用上。虽然和那名叫辛晴的女孩并没有过真正意义上的见面，但看过照片的师培仍然不想有一丝一毫被比下去的可能。

时间在有事要做的情况下过得很快，看着镜子里自己的模样，师培突然有点不认识自己了，草黄色的连衣裙一直垂到了脚面。这件长裙是她上大学后自己买的衣服中最喜欢也是最满意的一件，虽然大部分时间她都将它压在了行李箱的最下面。毕竟士为知己者死，女为悦己者容，纵使有花容月貌却不知给谁欣赏又有何用？这是师培和若泽交往后化得最认真也最仔细的一次妆，同样也有可能是为了若泽而化的最后一次妆……

工大的操场是晚饭后工大各路人马最喜欢聚集的地方。虽然已经到了深秋，白天的时间依然不短，落日余晖懒洋洋地洒在身上，让人感觉很舒服。

即使约会的次数并不多，师培仍然很了解若泽很少按时赴约的习惯。但今天的师培还是早早地来到了约好的地点，独自站在草地的边缘默默等着自己也许还在宿舍里打游戏的男友，因为那颗早已纷乱的心已无法让她再安静地留在宿舍之中。

在若泽出现前的这段时间里,师培很忙,短短几十分钟就已经有两位曾在买饭时打过照面的学长上来询问食堂的位置,一位拿着手机的学弟过来打听现在几点了,然后他们都不约而同地表示愿意请她共进晚餐以表谢意。对此师培很有风度地表示自己没空:"不好意思,我在等我男朋友。"

目送神情失望的学长学弟离开,师培在这一刻得到了以前从未有过的关注度。毕竟在普遍崇尚朴素的大学校园里,这样底子不错又精心打扮的女孩还是比较少见的。

操场上饭后散步的情侣不少,从她身边路过的男男女女走过后总有忍不住回头的,男的满脸惊艳,女的神色复杂。一袭长裙的女孩拿着手包亭亭玉立地站在草地边缘,面向夕阳的方向凝望着远山。此刻的师培全身散发着某种不知该用何言语形容的气场,周围路过的不少男生看到这幅犹如油画的场景后,都不约而同地联想到了同一个词语——女神。

对于身旁发生的一切师培并不意外,毕竟这是自己能拿出的最完美的状态。平常不这样打扮是因为不知道该给谁看,后来终于有人值得自己这样打扮的时候,她却已没了这样的心情,而现在这种情况很可能已经到了最后的最后,就像樱花一样,最美不过凋零时……

超过约定时间快半小时后,姗姗来迟的男主角终于出现在了草地的边缘。不过还没等走到师培面前,他奇怪到离谱的表情就表明他正处于受到惊吓的状态。

过了好一阵后,若泽才将过度吃惊的嘴巴合拢:"那个……你今天真漂亮。"

"谢谢。"师培轻轻地笑了下,对于男友的夸张反应有种小小的满足。

"刚才我们宿舍的那群废物叫我玩一场,结果他们水平太菜一直打到现在才赢。"连输了一下午被舍友骂了数小时菜鸡,最后被忍无可忍的大伙儿赶出宿舍的若泽似乎想要解释下自己迟到的原因。

"我知道,刚才电话里我听见你们打游戏的声音了。"师培平静地回答,即使此刻她的内心早已起伏不定。

"吃过东西了吗?"短时间的空当后若泽找到他能想到的最好话题。

"我不饿。"已经一天没有吃过东西的师培微笑着表示拒绝,然后提议道,"我们走走吧。"

刚想说"我最近发现食堂有家新开的刀削面档口味道很不错"的若泽将到了口边的话又咽了回去,跟在师培后边绕着操场开始漫步,彼此都没有再说话。不同的是师培是在思考如何将"辛晴"这两个字说出口,而若泽则还沉浸在刚才的惊艳中没有恢复过来。

就这样,穿着长裙、化了妆、被认作女神的女孩和穿着T恤牛仔裤、明显午睡后没有整理发型的男孩,让那一天工大操场上看见这一幕的不少师兄弟们感觉三观有点崩溃。他们不由自主地想象把若泽换成自己站在师培旁边的话是不是会显得更加般配,然后不约而同地从内心深处升起一股鲜花插在牛粪上的无奈感慨。

"我知道辛晴。"师培最后还是决定先开口,她已经受够了这种折磨。

"嗯……辛晴？你调查我？"若泽反应得很快，突然出现的熟悉人名让他短暂失神后立刻就转为愤怒。毕竟这应该是除了他自己的名字外最熟悉的两个字，而且他很确定自己从来没有将这个名字告诉过这所学校里的任何人。

师培没有否认，因为若泽说的确实是事实："我只是想知道你在和我交往的时候到底想的是谁！"

若泽没有回答，停下脚步直直地看着面前知道了真相的所谓女友。而师培也毫不退缩地站在原地用虽然平静却很坚定的目光和自己刚刚交往了短短几个月的男友对视。

时间仿佛停滞了一般……终于，若泽的眼神从愤怒逐渐转为淡然，不再和师培对视："你是一个好女孩，一定会找到比我更好更喜欢你的人……对不起，我还有事，先走了。"

说完不等师培开口，若泽就逃似的转身离开，夕阳下略显瘦弱的身影看起来有些孤独，但离去的步伐却异常坚定。

望着若泽渐渐远去的背影，即使已经有所准备，但师培还是莫名地感到心痛，很痛很痛。她很想叫住若泽，但直到对方的背影彻底从操场上消失，师培也没有开口，不是不想，而是她的骄傲和最后的尊严让她真的开不了口。

虽然很难接受，但师培知道，她败了，败给了那个从未见过的对手，败得很彻底，败得很干脆，败得根本就看不见一丝胜利的光芒……

Chapter 17 谢谢

长秦国际机场候机楼的咖啡厅里，师培和宗佑面对面坐着，桌上放着两杯没怎么动过的拿铁。

宗佑一直有种错觉。在咖啡厅的单子上，常被客人点中的饮料，字体颜色仿佛都比较亮；很少被点中的，字体颜色明显暗淡不少。就像古代皇帝宠幸妃子一样，比较受宠的容光焕发，独守空房的往往气色并不太好。此刻坐在他对面的师培，脸色看起来就有些憔悴。

"对不起，把你扯进这件事里来。"师培抿了一口早已放凉的咖啡，开口说出一直没机会说出口的道歉。

"没事，我没有放在心上。"宗佑笑着回应，他说的是真话。那天从若泽口中意外得知了师培的真实身份后他刚开始确实挺生气，但更多是因为感觉自己白白看了那么多类似桥段的小说电影，在这件事上竟然像个傻子一样。等过了几天冷静下来后，他又觉得也许是因为一般大家根本想不到的这么狗血的事情竟然真的会发生，并且自己第一次碰上没有经验，不然等下次再碰到的话以他的聪明才智应该不难一眼就看破……

这样成功给自己找到了台阶下的宗佑也就不再对师培的刻意隐瞒那么耿耿于怀了。毕竟这也不是什么光彩的事情，传出去他也觉得面上无光,而且若泽好歹也是自己多年在游戏里最亲密的战友,平常他也挺关心这家伙的终身大事。这么多理由汇集起来,宗佑的气也就消得差不多了,不然如果真的还在生气的话,他现在是不会出现在这里的。

"不管怎么样,还是要谢谢你。"师培很诚恳地说道。这件事她确实做得太过自私,今天宗佑肯来相见让她真的有些感动。

"谢什么啊,最后不还是这结局嘛。"宗佑叹了口气。他刚才已经听师培说了后面发生的事情,知道她和若泽最后还是以悲剧收场。这让他有些遗憾:"你应该一开始就给我说明白,那样我也就可以多帮你们一些,其实我感觉你和阿泽还是挺配的。"

"都已经过去了,现在再说这些也没什么意思了。我和他注定是有缘无分。"师培的表情有些微微的苦涩。见她这样说,宗佑也没有再说什么。其实那天在知道师培和若泽正在交往后,宗佑立刻就猜到了对方刻意隐瞒身份接近自己的目的。只不过他刚开始根本没想到这种电影中的桥段会真的发生在他的身上,如果有人给出关键提示后再想不明白那就太侮辱宗公子的智商了。

反应过来后的宗佑同学很快就把事情的真相在心里拼了个七七八八。既然师培已经从自己口中得到了情敌的大部分资料,宗佑也就提前预感到了他们的结局。作为知道并亲眼见证过若泽从高中到现在一年一表白的仅有的几个知情者之一,他再清楚不过辛晴在若泽心中是何等的地位。所以从某种角度来看,师培和若泽虽然最后还是有很大概率以悲剧收场,但能如此快地走到今天这一步貌似也有自己几分功劳。想到这里感觉有些心虚的宗佑决定换个话题:"怎么突然要去浙江?你上次不是还说你们老师把你推荐到长安的哪家公司了吗?"

"我暑假实习时做的一款熊猫踏板车,被浙江永康那边的一家玩具厂看中,买下了专利准备量产。他们老板很欣赏我的设计,前段时间发了 offer(录用信)邀请我加盟他们公司,不用面试,进去直接就是主设计师助理的职位,待遇比咱们这边要好很多。"师培笑着回答。她没有骗宗佑,但也没有完全说真话。浙江那边的待遇确实比这边要好一些,但家里人都不同意她一个女孩去那么远的地方。长安的这家公司虽然待遇略低却有家里的关系,以后升职的机会更多,但师培还是和家里大吵一番后执意选择了去远方。

"可以不走吗?"宗佑拿着瓷勺轻轻敲打着咖啡杯。

"我已经签了合同了。"师培略显无奈地答道。

"这样啊。"宗佑的表情有些落寞。

这让师培也有些难受,望着杯中的咖啡,过了很久后,她微微低了低头再次开口:"其实我也犹豫了很长时间。如果,我是说如果,如果有人跟我说别走,我想我很可能会放弃;如果有人对我说请永远留在他身边,我真的愿意放弃一切,放弃一切陪在他身边。"

"我估计这种话若泽是说不出口的。"宗佑笑道。

"我知道他是不可能说的。"师培也笑了。

"看来你非走不可了。"宗佑没有再纠缠刚才的话题。

"嗯,没什么的,我又不是不回来了。"师培笑着安慰宗佑。

"那你回来的时候记得要给我带礼物哟。"

"没问题……"

后来的对话中宗佑和师培都没有再提起若泽,虽然没有他的话他们也不可能认识。宗佑很清楚师培为什么会背井离乡独自去陌生的地方,他也知道若泽知道师培今天要走。师培给若泽发了微信,看来即使到了现在师培还是对若泽抱有希望的,然而这个故事注定不会出现奇迹,直到广播里传来提示登机的声音,师培等的那个人最终还是没有出现。

宗佑把这一切都看得明明白白,但他决定保持沉默,并没有给若泽打个电话的想法。除了觉得这件事其他人真的不适合掺和以外,他现在也真的是不知道该怎么面对自己这位好友了。虽然是师培别有目的地接近,但关于辛晴的事情确实是从他口中透露出去的,事情发展到今天这地步他也觉得有些难辞其咎。更麻烦的是,宗佑觉得这件事实在不好向对方解释。他很想告诉若泽自己真的是不小心上了师培的当,其实根本没有叛变,还是站在他那边的。但知道真相的若泽会相信听起来这么巧合的故事吗?

广播里再次传来催促登机的语音提示,站在检票口的师培最后望了眼机场大门的方向,向来送行的宗佑挥了挥手,轻轻地说了一句谢谢,然后走进了安检门。从此以后彻底给这段不愉快的感情画上句号,去新的地方重新开始吧,这座城市已经没有值得自己留恋的了。转过身去的师培这样想着,而被谢谢的那个人也不可能知道,她最后那句谢谢到底要谢他什么……

望着师培消失在转角的背影,宗佑忽然想起了张震岳的那首《再见》。他有种很强烈的感觉,他和师培,这次见面以后,恐怕再也不会再见了。

Chapter 18 送行

长秦国际机场是长安和秦都两城共用的机场,最早是在长安的西郊。后来因为距离城区太近、噪声太大、地方太小,机场就搬到隔壁秦都北边的塬上,离长安市区的距离一下就增加了20多公里。没有机场大巴的时候想到那儿去,打车就成了唯一的选择。

在长安开了十几年出租车的老王平时最爱跑这条线。一般赶飞机的乘客付钱比较爽快不太讲价,偶尔碰上慕名来这秦汉古都旅游的国际友人更是能小赚一笔。比如像他今天路过工大时拉上的男孩就非常豪爽,一上车就拍出几张红票:"师傅,飞机场,麻烦快点!"

"赶飞机啊?"老王是个自来熟,总喜欢和搭车的乘客聊上那么几句,即使对方有时候根本就不搭理他,老王也还是乐此不疲。虽然每天来来往往要见到不少人,但是出租车司机到底还是一个非常寂寞的职业。

"不是,送人。"副驾驶座的男孩看起来很急,时不时地拿起手机扫一眼。

"送女朋友啊?"问完未等对方回答,老王就下了结论,"这么急,绝对是女朋友。"

"师傅,能再快点吗?"男孩没有接话,只是不停地看着手机。

"放心，今天不堵车，很快的。"老王安慰着男孩。不知为什么老王突然想起了年轻时的自己，为了村上那个总是梳着大辫子、笑起来很好看的叫小芳的姑娘，他曾经也急得这么坐立不安。想到这里老王又加了句："去机场的这条路我开了十几年，绝对赶得上。"

可惜老王今天的运气似乎不好，吹出去的牛飞到了天上。眼看都能望见机场的航站楼了，没想到双向八车道的机场高速却突然堵住了。

老王下去看了看，然后回来无奈地对男孩开口："前面好像出了车祸，把路堵得死死的，实在过不去。"

男孩真的很急，听他这么说留下几张红票直接打开车门下去了。

"喂，找你钱……"老王正准备从腰包里掏出零钱来，一抬头却发现男孩早就已经跑开很远了。

"还是年轻好啊。"老王看着飞奔的男孩不由得有些感慨，然后又想起了很多年前的自己。为了赶着去送到外地打工的小芳，他也曾像眼前这个年轻人一样，从村子里一路飞奔到了火车站。那时候的他好像全身都有使不完的劲，不管跑多远、跑多久，都不会累……

被老王羡慕年轻有活力的若泽此时已经忘了上次像这样奔跑到底是在什么时候，或者说他什么时候曾经这么奔跑过。说实话，他从来就不喜欢运动，至少不喜欢像跑步这样的剧烈运动。

记忆中,在中学的运动会上,为凑数报了1500米长跑的他虽然最后连跑都没跑完,但过后还是好几天走路腿都打战。等上了大学后他就更是很少运动,每学期体育课考试的时候也总是选那些不怎么费力的项目(如太极拳什么的)来应付。而在和舍友一起拼酒吹牛中渐渐隆起的小肚子,也让他即使偶尔想好好运动运动,最后也只能心有余而力不足。但即使这样,此时的若泽仍然希望自己能跑得再快那么一点,虽然他真的已经跑不动了……

等拖着仿佛灌了铅的双腿跑到航站楼的时候,若泽早已累得连腰都直不起来,身上更是像淋过雨一样完全湿透了。被候机厅的空调一吹,若泽不禁冷得打了个哆嗦,同时晕乎乎的脑袋也被刺激得清醒了许多。直到这时候他才突然发现,即使辛辛苦苦赶到地方,他也仍然没有想好接下来到底应该怎么做。挽留吗?可为什么挽留?又凭什么挽留?或者说他若泽有什么资格对师培说留下来?送行?现在还有送行的必要吗?他又有什么颜面来给师培送行?

不知所措的若泽有些迷茫地站在候机厅的大门口发起了呆。

交通事故很快就被赶来的交警处理了,道路恢复畅通后老王还是将车开到了机场。刚刚沉浸在自己青春年少回忆中的他现在很想抽根烟,准备等一下早点收车回去。晚上是不是陪家里的黄脸婆出去转转,也时髦一把去吃顿西餐?没等老王想好今晚的计划,他就再次看见了那个勾起他回忆的男孩。

"怎么样,赶上了没?"等男孩走过来,老王主动打起了招呼。

"没来得及。"男孩笑着拉开车门上车,"师傅,回市区吗?"

"本来想抽根烟的,你来了就算了。"老王很同情这个男孩。他当年听到消息去送不告而别的小芳最后也没有赶上,而等对方再次回到村里的时候,已经挺着大肚子成了别人的婆娘……

"不着急,师傅,给我也来一根吧。"

"那行,等咱爷儿俩抽完这根烟再走。"老王似乎很理解男孩的心情,将自己的烟盒连带打火机都递了过去。此刻他们头顶的天空上,一架刚刚起飞的客机正向着南方渐渐飞远……

这天傍晚时分,工大校园里的操场上,若泽绕着草地不知疲倦地慢跑着。从黄昏开始直到夕阳彻底落下,他已经跑了不知多久,引起了周边不少散步者的注意。

"呦,这兄弟猛啊!跑了好几圈了吧?"有男生看着不停从自己身边"超车"的若泽赞叹道。

"你看看人家再看看你,天天就知道窝在宿舍打游戏,叫你陪我逛个街都懒得去。"男生旁边的女孩趁机数落男友不爱运动来表达对其不愿意陪自己逛街买包包的不满。

"你还好意思说!给你花那么多钱办的瑜伽卡你去过几次?你看看你们宿舍那谁会的姿势比你多多少……"

若泽没有理会因为自己而即将爆发的一场大战,甚至连四周嘈杂的声音他都没有注意到,此刻的他仿佛置身于只有他一个人的世界,机械地一圈又一圈不停地奔跑着。

若泽终于用完了身上最后一丝力气，直接疲惫地仰躺在草地上，望着越来越黑的天空，他无声地苦笑了起来。

对于师培知道辛晴的存在，若泽并没有感到惊讶，从中学到大学这么多年的时光，不管是 QQ 空间还是什么别的地方，总会留下那么一些痕迹。若泽知道在和师培交往的同时一直挂念另外一个女孩是件很不道德的行为，他不得不承认自己喜欢过师培。对方是个很好的女孩，聪明、贤惠，对他也很好，几乎可以说是他熟悉的女生中最好的，唯一可惜的是，她终究不是辛晴。而现在他心底最深处停留的，还是那个第一次带着他起舞的身影。

凭良心讲，最开始若泽也并不想对师培有什么刻意的隐瞒，只是还没想好该怎么和她说起这段过去，同时也想试试和师培在一起的时间长了，自己会不会不再对辛晴那么念念不忘。但让他没有想到的是，就在他还没做好准备坦白时，师培竟然就自己想办法知道了辛晴的存在，这就让若泽彻底陷入了进退两难的地步。他实在不愿意骗师培也骗自己，说他真的已经不在乎这份持续了那么多年的单恋。这样的话，也许只有分手，才是他和师培最好的选择。

师培要去浙江的事情其实若泽很早就从她们宿舍的女生口中打听到了，他也看见了师培给他发的微信，但师培走的那天他却一直都在纠结到底要不要去送行。等最后犹犹豫豫赶到机场的时候，若泽其实看见了正在过安检的师培，也就是在那一刻他终于不再纠结，没有进去而是选择了直接原路返回。

这不仅因为若泽不知道要不要挽留或该以什么理由、什么身份去挽留师培，更因为他看见了离师培不远处那个背对着自己的熟悉身影。也就是在那一刻，困惑他多时的疑问有了答案，若泽终于明白师培是从什么地方把辛晴找出来的。毕竟知道他喜欢辛晴的人寥寥无几，而那个熟悉身影刚好是仅有的几个知情人中知道最多细节的那一个……

想到这里，若泽再次苦笑了起来，虽然有种被出卖的感觉，但他并不是很生气，或者说他并没有资格生气。因为在很多很多年以前，他也曾做过类似的事情，只不过那时他出卖的是现在出卖他的人，那时向他收买情报的则是这次另一位被出卖的……

Chapter 19 魔兽

师培去了南方，若泽也好长时间没了联系。除了不知道该怎么给若泽解释以外，宗佑也怀疑对方是不是已经猜到是他当了叛徒，泄露了辛晴的情报。想到这里宗佑就觉得非常委屈，明明自己上当受骗也是受害者，怎么最后搞得自己好像成了卧底一样，这也太冤了吧！

跳进黄河也洗不清的宗佑感觉心情非常不好，心情不好就容易郁闷，郁闷久了搞不好就要成疾。成疾也就是生病，作为名义上未来要救死扶伤的预备大夫，宗佑自然不想生病。不想生病的话就得想办法干掉郁闷。郁闷的原因是心情不好，而心情不好最直接最方便的解决办法自然就是发泄一下。

当然不同的人有不同的发泄方式：好色点的喜欢去夜店、酒吧胡乱释放荷尔蒙；变态点的则爱到健身房、篮球场之类的地方加深马甲线；听说还有些素质水平不及格的经常流窜到各大超市去偷偷捏方便面。和以上这些比起来，既不好色也不变态、总说别人没素质的宗佑同学发泄的方式就比较特别了，他最爱干的是去虚拟世界里"虐待"小朋友。

可惜如今这年头，比较流行的几款热门游戏都是多人对战的即时竞技，这样就需要有人配合，不然单枪匹马混迹路人局的话很容易双拳难敌四手，说翻车就翻车，那就虐人不成反被虐了。宗佑现在已经很郁闷了，自然不想被虐得更郁闷，那就需要找人来搭把手。以前和他一起并肩作战配合最默契的自然是刚刚被他无意中出卖了的若泽，若泽显然是不能找了。所以宗佑想了想，就给卫辰打了电话。

和现在尽量躲着避免见面尴尬的若泽一样，卫辰也是宗佑高中时候的同学兼好友。当年他们那个每天下午放学后相约到网吧联机的小团体中，留在长安和秦都附近的除了宗佑和若泽，也就只剩卫辰了。而且比起若泽那种经常被队友嫌弃最大作用是吸引火力的菜鸟来说，卫辰明显属于可以抱大腿躺赢的好兄弟。

宗佑他们上高中的时候，最火的精神鸦片非大洋彼岸那边传过来的《魔兽争霸》莫属。走在街上随便找家网吧进去都能看到有人神情激动地坐在屏幕前指挥一堆满身肌肉的半兽人或者金发碧眼的欧美男人拿着刀、剑、斧、锤等各种武器互砍。作为班上知名网瘾少年的宗佑和卫辰自然也是这款游戏的忠实爱好者，只要有时间两人就会相约在学校后边城中村的黑网吧里切磋。宗佑同学在游戏里喜欢玩亡灵，靠着一招"骷髅海"也算是在小圈子里颇有几分名气的三流高手，所以自称"鬼王"。卫辰惯用精灵，一般10场里也能赢宗佑那么三四次所以被后者封为"月神"。他们那个小团体其实刚开始还有两个都将人类选作本命种族的小伙伴，结果为了"人皇"这个虚名火拼了几十场还是不能取得决定性的战绩。最后实在没办法了，其中一个毅力稍差的改行去玩了没人玩的兽族被大家送上"兽王"的尊称，才算皆大欢喜。时间长了，宗佑就和这几个与自己齐名的好兄弟谦虚地一起合称为"彩虹魔兽四天王"。可惜当初他们那级常玩这款游戏的人总共也不过七八个，所以很遗憾地无法排出"彩虹魔兽十大高手"。

在这些小伙伴里要数宗佑同学对《魔兽争霸》最为痴迷，有段时间他为了刷新在某对战平台上的胜率，基本每周都要打上几十局，每局从十几分钟到几十分钟不等，算下来和平时上课的时间也差不了多少。如此努力自然就有回报，很快宗鬼王的游戏技术便有了突飞猛进的提高。最明显的证据就是在连续摧枯拉朽地屠杀了几次齐名者后，其他三位天王就再也不愿带他一起玩了。碰到这样小肚鸡肠的对手，鬼王大人也只能徒呼奈何。无聊的高手寂寞了一段时间后也渐渐对这款游戏失去了兴趣，转去玩别的游戏了。

这个下午，接到宗佑电话的卫辰很快就赶来和这个相爱相杀了多年的老同学会合。两人也有段时间没见了，此次兄弟相聚除了找网吧重温旧梦切磋身手以外，也顺便边打边说，聊起了近况。

"你最近怎么样？"宗佑瞄到卫辰开局貌似比自己发展得快一点便立刻开始提问。

"差不多，就那样吧。"和宗佑打了多年交道的卫辰自然能看破对方险恶的小心思，虽然嘴里在回话，但手上丝毫没有放慢操作的速度。

看卫辰没有上当反而差距有越拉越大的趋势，宗佑眼珠一转决定来点狠的："怎么，还一个人？"

不得不说他这招屏幕外的战术很有效果，对手明显被问得愣了一下。

其实从中学开始卫辰就是一个被同学公认的心思缜密的男人,所以无论当初在彩虹中学,还是来到现在的大学,他都很有女人缘,吸引了不少怀春少女。可奇怪的是不知道什么原因,从中学毕业到现在这么多年了,卫辰竟然一直单着。而且他还和两人共同的好友若泽同学不一样,人家若泽至少还半明半暗单恋着辛晴,卫辰则是真正意义上的单身。这就让身边的兄弟们纳闷了,按理说以其各方面的条件来看,卫辰怎么也不像是找不到女朋友的。可他偏偏就这么单着,大家谁都没有见过卫辰和哪个女孩有过可以让人误会的关系。

为此偶尔聚会闲聊时,朋友们也会好奇地问他为什么一直单着。结果卫辰通常是眼神忧郁,以45度角抬头仰望天空,然后用充满悲伤的语气回答:"怎么说呢,其实我注定要交往的那个女朋友什么都好,可惜就是方向感太差,这么多年还没有找到我。没办法,我就只能再等等了。"每次听卫辰这么讲完,兄弟们总是大眼瞪小眼地互相望来望去,都不知道应该怎么说才能接上对方的话,然后这个话题也就不了了之了。

由此可见卫辰同学的情商真的不低,情商不低自然反应也不会太差。卫辰很快就从某人设下的小陷阱里跳了出来:"不单着我现在怎么可能坐在这里陪你个单身狗玩游戏?你又不是不知道我女朋友什么……"

"行了行了,你女朋友什么都好就是方向感太差,我们大家都知道。"宗佑不耐烦地打断了卫辰的话。他刚才趁对方发愣的那会儿扳回了不少劣势。而为了将局势变得对自己更加有利,宗佑决定先发制人继续分散对手的注意力:"说白了,你小子那就是太挑了:找个漂亮的嫌不放心,丑的还看不上;爱打扮的嫌人家爱花钱，不打扮的又觉得人家没品位；活泼可爱的担心人家招蜂引蝶，沉默寡言的又嫌人家死板像木头。你小子这样活该脱不了单，哪个女孩能受得了？"

不得不承认宗佑这番诛心之言颇有几分杀人不见血的水平，旁边那位被说得手都不由自主地慢了几拍。但卫辰好歹也算久经沙场，还是非常迅速地反应了过来，眼瞅着宗佑的兵力马上就要超过自己，他也开始反击："我靠，你也别光说我，你自己不也一直单着吗？"

然而早有准备的宗佑知道问话的人不怀好意，直接选择无视，装作没有听见。

卫辰反击了一句看貌似没什么效果，于是加大力度："你也别单着了。我记得康乐就不错，和你怎么也算青梅竹马，不行就娶了吧。"他和宗佑、康乐都是同学，自然知道二人之间那剪不断理还乱的复杂关系。

"我去，你能有点文化不？听没听过兔子还不吃窝边草呢，那么熟怎么可能下得去手？"刚玩过这套的宗佑岂会上当，不仅没有被干扰反而加快速度准备决战。

"得了，你窝边草吃得还少吗？别说咱们班了，当初咱们年级漂亮点的女孩哪个你不认识？"卫辰也拼尽全力扩充兵力以备最后一搏。

此时队伍基本成型，开始集结兵力的宗佑终于有工夫说句心里话："这么给你说吧，如果我想和康乐好的话，那么很多年前我们俩就好了。很多人都说我，你总是在寻找美好的风景，却不知道最好的其实一直在身边。我告诉他们，也许最好的一直在身边，我也只能相信前方会有更好的。否则这些年来我路过风景的那些时光岂不是浪费得毫无意义？"

宗佑这番前所未有的心里话让卫辰吃惊不小，但现在根本不是仔细思考这些话有什么深刻内涵的时候，对方眼瞅着就要打过来了："哎，你这纯粹就是死鸭子嘴硬。你能耗，人家女孩子能陪你耗多久？人康乐又不是没人要，别搞不好哪天被人挖了墙脚你哭都没地方哭去……"

"别扯远了，你小子做事能不能认真点。咱们现在是在玩游戏，你当是吃火锅啊？你还打不打了，再废话我就灭了你！"已将手下那群乌合之众集结好的宗佑就等说完这句话开战。

"我靠，几个月没见你小子长本事了，还想灭我？我今天就让你知道什么叫老虎不发威你当我是机器猫啊！"这边也已准备得差不多的卫辰不甘示弱，同样将杂七杂八拼凑起来的部队拉了上去。于是一场恶战就此爆发……

Chapter 20 拯救

以要好好看书复习考研为由严词拒绝了某人试图拉他一起通宵打游戏的无理要求后,卫辰在家里挂钟敲响第十一下的时候赶了回去。

进屋简单洗漱了下后,他就直接卧倒在床上,打开微信找到那个熟悉的蝴蝶头像,输入几乎每天晚上都要输入一遍、早已被输入法记住的几个字:"嗨,我来拯救你了。"

消息发过去没过多久,对面的蝴蝶头像就亮起了红点:"嗯,今天怎么这么早?"

微信的摇一摇可以说是这年头不少痴男怨女的最爱。有道是妻不如妾,妾不如偷。这条不知哪位古人总结的名言放在当下也很有市场。毕竟世界这么大,总会有一些肉体或者精神寂寞甚至二者都寂寞的存在,这种情况下被誉为新时代约炮神器的摇一摇也就间接发挥了一些开发者可能都预想不到的作用。比如眼前的这只蝴蝶,就是卫辰某晚寂寞无聊时摇了半天摇出来的收获。

其实凭良心讲,卫辰同学沉迷摇一摇的目的还是比较单纯的,和相约去做某些事比起来,他更在意的是和陌生人聊天的感觉。所以卫辰一直尝试着和每一个摇到的女孩认真地聊天,可惜经常是聊不上几句。他还没称赞完今天的天气，消息就再也发送不过去了，毕竟人家妹子急着去填充空虚，怎么可能有那闲时间和你这个目的另类的屌丝走心？

虽然屡屡被拉黑，但坚强的卫辰同学毫不气馁，还是坚持每天晚上临睡前摇一摇，坚持尝试和每个摇到的女孩认真地聊天，坚持一次次消息发送失败后继续去摇一摇。时间长了这就变成了卫辰的一个小习惯，而他的坚持也没有被辜负，在不知被拉黑多少次后，卫辰终于摇到了那个他一直在等的人，一个用纸折蝴蝶作为头像的妹子。而对方也是第一个头天晚上和他聊天气聊到半夜后，第二天消息还能发送成功的女孩。这样几次以后，卫辰就在每天晚上固定的游戏时间结束后多了一个新的习惯，上床后和蝴蝶聊上几句，聊一聊今天的天气是晴朗还是阴沉，聊一聊今天各自做了什么或遇见了什么有意思的事情。后来时间久了，卫辰和蝴蝶将他们这种临睡前的聊天称为"拯救"，两个被寂寞打败的晚期孤独症患者彼此拯救……

"当然是想早点来拯救你啊。在做什么呢？"看见蝴蝶出现，卫辰开始继续打字。

"看书复习，我们马上就要考试了。"

"听说书看多了会被字吃掉，像我这么善良的人，当然要避免这残忍的事情发生，所以我们还是来愉快地聊天吧。"

"聊什么？我今天很烦躁，没有心情聊天。"

蝴蝶虽然没有拒绝，但好像很不高兴的样子。这让卫辰不由得有点紧张起来，赶快关心地问道："怎么了，出什么事了吗？"

"我被自己蠢哭了，居然把英语四级考试报名的时间给忘了。"

"那有什么，我也没报上。"虽然是在安慰蝴蝶，但卫辰还是感觉有些心虚。今年他们班报考四级的名单里确实没有他的名字，却不是像他说的那样没报上名而是他压根就没去报名。反正对他来说报了名和没报并没有多大区别，最后的结果都是考不过。

虽说从很小的时候就被家里花大价钱送到培训班去学英语，可这么多年下来卫辰学得最好记得最熟的也就是新概念英语第一册的第一课：Excuse me（打扰了）。从中学开始每次考试他的英语成绩都和好朋友宗佑不相上下，始终徘徊在及格线的边缘，要不然他也不至于高考时被英语拉了太多分差点被逼着去上专科。等到上大学后，卫辰虽然年年都会随大流和兄弟们一起豪赌四级，可实际上也就是做做样子以免被女同学笑话太没上进心。每次都离过线差了那么七八九十上百分，到最后参与了多次的卫辰也就直接认命，彻底放弃了在大学期间考过四级这个对他来说不切实际的幻想。

"虽然知道你是在安慰我，但还是觉得心里好受了不少，谢谢。"

还好对面的蝴蝶并不清楚某人说谎后的心理状态，回信接受了他的安慰。

"谢什么，我的使命就是拯救你啊。"

"傻瓜，先救救你自己吧，晚安。"

"安。"卫辰打完最后一个字，虽然明知道蝴蝶不可能看到，但他还是不由自主地往上翘了翘嘴角，露出了个自认为温暖的微笑。

过了几小时后,下午战败认罚后被灌了太多冰可乐的卫辰睡到半夜突然感觉肚子疼得厉害,忍了半天没忍住只能无奈地从床上爬起来跑去上厕所,最后被套牢在马桶上的他无聊地打开微信打发时间,没想到竟然刷出了蝴蝶刚刚发的朋友圈。

那是张明显在黄昏时分拍的照片。可以看见一条不知道是哪里的小巷,一个挂着药字招牌的铺子前拦腰折断了一棵像是梧桐的树,上面配着文字:今天风刮得好大,中午回家拿衣服,店门口的大树竟然倒了,真吓人。

"怎么这么晚还没休息?"卫辰没想到蝴蝶竟然还在,就试着发了条消息过去。

"宿舍太热睡不着。"对方很快回复了他,蝴蝶果然还没睡。

"宿舍不是一般都有风扇吗?"卫辰问道。这两天的天气确实有点反常,秋老虎的虎威发得特别厉害,他卧室里的空调现在还开着。

"我对铺的女孩太矫情,说晚上开风扇容易感冒,硬让我把风扇关了。"蝴蝶的语气有些抱怨。

"这样啊,住宿舍就是这一点不好。"

"你呢,怎么也没睡?"

"我已经睡了一觉醒来了。"

"……"

一串省略号后就是沉默,毕竟除了热恋中的情侣外,这个点其实并不适合聊天。短暂的纠结后卫辰突然下了决心,为此他已经攒了整整一个夏天的勇气:"有句话我想对你说。"

"什么话?"

"我想说,我们,交往吧!"寥寥8个汉字卫辰用了3个标点符号,以此来表明他此刻复杂忐忑的心情。虽然卫辰也知道据说最适合这种没有把握的表白的时间是每年的4月1号,在那天对喜欢的女孩表白,成了自然是皆大欢喜,如果不幸被发了好人卡的话也只需要一句"其实是开玩笑啦"便可缓解尴尬的气氛。可惜现在已经到了深秋,而他却没有多少把握可以等到明年的愚人节。毕竟从直观的角度来看,他和蝴蝶再怎么说也只不过是网友,还是连照片都没见过的那种,即使某天早上醒来后突然再也无法成功发送消息也不算意外,就像他以前常常经历过的那样。

蝴蝶沉默了很长时间,就在卫辰忍不住想要打字说句"其实是开玩笑啦"准备放弃的时候,对方终于回复了他。

"怎么这么突然?你又了解我多少?"

"虽然我们连面都从未见过,但从某种意义上来讲,我和你确实已经认识了整整一个夏天的时间。我说了你也许会觉得可笑,但在认识你之前,我从来没有谈过恋爱,朋友们都很好奇我为什么单着。我告诉他们,其实我一直在等这个世界上属于我的那个什么都好就是方向感太差的女孩来找我,然后和她一起搭上那趟开往春天的地铁。经过整个夏天的确认,我感觉我等到了,所以我决定上车。我真的很希望,当我站在车上的时候,能在车厢的那头看见有你的存在⋯⋯"

受到蝴蝶回复了他的鼓舞,原本快要心灰意冷的卫辰立刻又振奋了起来,一口气将憋在心里很长时间的话语倾诉了出来。同时他也做好了被骂有病的心理准备，毕竟作为网友像这样表白，排除以约炮为目的的花言巧语外，确实像是病得不轻。

"为什么对我说这些？"过了很久，蝴蝶再次问道。

"因为我觉得我们会交往，因为我希望我们能在一起。想和网友成为真正情侣的话，那一开始就说谎话也太累了。"

卫辰毫无保留地说出心里真正的想法，然后又是难以忍受的长时间沉默之后，屏幕上出现了几个让他瞬间感觉心如刀割的文字："其实，我有男朋友了。"

"是吗？你有男友了啊，不好意思。"虽然此刻心脏仿佛正被这几个字化成的刀锋渐渐割裂的卫辰非常难受，但他还是强忍着痛感尽量让自己看起来没那么可笑。

"但我和他已经很久没联系，其实和分手也没什么区别了。"

"那我们交往吧！"从未想过柳暗还能花明的卫辰心痛突然减轻了不少，然而这条消息带来的治疗效果很快就被新的消息所抵消。

"我分了之后，就不会再谈了，所以不想耽误你。"多委婉的拒绝。

"为什么呢，能告诉我理由吗？"不甘心的挣扎。

"我现在不幸福，却也不想再投入另一场不幸福的恋爱之中。"

"不幸福？我们还没有开始，你怎么知道我们不会幸福？"

卫辰很想立刻去厨房把他母亲大人平常最爱用的那把菜刀拿来剖开胸前的肥肉让蝴蝶看看自己的真心。可惜对方根本没有给他自残的机会:"我要的幸福很简单,但你是给不了我的。"

"那你至少得让我知道,你想要什么样的幸福。"冷静下来的卫辰准备对症下药,他相信没有什么是此刻的他做不到的。然而事实证明这世界上还真的有很多事情并不是只要有信心就能做到的。

"你确定了解我多少?我脾气坏,说脏话,任性,爱无理取闹。你根本就没有真正地了解我,又怎么能确定我们在一起会幸福?"

卫辰被蝴蝶的自白堵得再也接不上话,他确实对她的了解只限于虚拟世界的聊天。这就是作为明明处在黑暗中的网友却妄想暴露在光明之下的悲哀。哑口无言了半天后,卫辰还是慢慢地开始打字:"本来我觉得通过整个夏天的拯救已经足够了解你了,却没想到不仅是你的模样和你的名字,还有这么多关于你的事情我都不知道。其实这些都无所谓,我很喜欢这种每天都会有那么一个人等着你出现、在临睡时互道晚安、有什么开心或烦恼的事情可以随时分享的感觉。虽然不清楚我们能这样坚持多久,但至少我知道,这种感觉真的很不错,我想要一直就这样下去,直到永远。"

再次长时间的沉默后,蝴蝶最终回复了他:"谢谢,听完你的话我真的很感动。也许下一站真的是幸福,可我还是无法陪你上这列车。我真的不想也不敢去赌,也许像我这样的女孩本来就不值得被喜欢,不值得得到所谓的爱情。认识你我真的很高兴,但请就这样吧。"

失败了吗?卫辰看着屏幕上最后的信息苦笑了起来。他有种感觉,对方也许真的已经到了情绪的极限,这样的话再说下去也不可能有什么意义了。

卫辰就这样坐在马桶上发了很久很久的呆,直到双腿麻木得实在受不了的时候,他才有些自嘲地打开朋友圈,将那张已经保存了一个夏天的纸折蝴蝶的图片发了出去,然后一个字一个字地打着:

"真的很想陪一只蝴蝶,一起去看看这个世界……"

Chapter 21 白旗

生日后就和渣男分了手的郑凌最近心情一直不是很好,这天下午原本想去练练瑜伽的她却感觉怎么也提不起精神。在健身房浪费了半个多小时后,郑凌还是决定找康乐一起去逛街散心。想起对方前两天曾经说过最近家里有事会帮忙看店,于是她就没有打电话提前联系,而是直接打车去了康乐家的便利店。

结果一到地方郑凌就觉得有些不对劲,仔细看了看后她才发现到底是哪里不对。康乐家的店里此时正有一个陌生的男孩在勤快地打扫着卫生,而自己的闺密则有些无奈地站在旁边,看起来像是劝了没劝住的样子。

听见郑凌和康乐打招呼,那男孩抬头望了一眼,麻利地将扫好的那一点点灰尘倒进垃圾桶里,然后对康乐说:"来朋友啦!那我先走了。"康乐面无表情地嗯了一声算是回答。对方也不以为意,临出门的时候还对有些发呆的郑凌轻轻笑了一下。郑凌下意识地回以微笑,直到对方走远她才回过神来。等康乐招呼她找地方坐下后,郑凌立刻就迫不及待地开口问道:"什么情况?刚那帅哥谁啊?"

"你认识的。"康乐有些无奈地坐在郑凌对面回答。

"我认识?谁啊?我怎么没印象?"郑凌对这个答案感到

很疑惑，虽然刚才她也觉得对方有些面熟，却怎么也想不起来曾经在哪里见过。

"咱们以前的同学，小学二年级时转走的赵敬。"

"赵敬？"康乐给出了答案，但郑凌还是想不起来。毕竟现在大学都要毕业了，小学二年级实在有点遥远，她连高中同学都快忘完了。

"以前住在我们院子的，小时候你到我家来玩的时候应该见过。"康乐淡淡地给予了提示。

其实刚才在自家店里突然看见赵敬的时候，康乐都以为自己眼花了。她完全没有料到对方会出现，即使是小时候认识的朋友，也已经有十多年未见过，按照常理来说，双方应该很难再会有什么交集。然而这个世界总是充满了各种意想不到的常理之外的事情，有时候怎么看都觉得明明不可能发生的事情往往就会莫名其妙地偏偏发生，于是康乐同学继上次公交车上的偶遇后再次意外地看见了赵敬那张有些胖乎乎的脸。相反，对对方能找到这里，康乐并没有感到惊讶。毕竟作为曾经的邻居，虽然赵敬已经搬走了多年，但曾经住过的院子还在，也没有像对面的城中村那样被拆迁。所以赵敬只要回到小时候住过的地方问问那些认识的老邻居，就能轻松地打听到离东院并不远的这间小店。

"不是吧，又一个青梅竹马？"郑凌有些吃惊，虽然她还是没有想起这位赵敬和自己到底做没做过同学，但并不影响她瞬间被点燃的熊熊八卦之火。

"别闹，难道小时候随便认识一个男生放现在都能叫青梅竹马吗？"康乐被郑凌呛了一下，她突然感觉有些怪怪的，貌似从小到大别人对她说到这个成语的时候,所指的对象都是另一个家伙。

"当然不是随便什么人都能这样叫。"郑凌好像没有注意到自己闺密略显复杂的表情,像是在陈述一个简单的道理,"但如果对方和你小时候就认识而现在刚好又喜欢你,那称呼为青梅竹马貌似也没有什么不对吧?"

"你哪只狗眼看出人家喜欢我?"康乐被郑凌说得感觉不自在起来,"而且只是小时候认识,现在连普通朋友都算不上好不好!"

"不喜欢你跑你家来扫地?怎么没人跑我家去给我扫扫地?他那样子要不是喜欢你,我这么多年的男朋友就都白交了。"郑凌明显不同意康乐的说法,把对方反驳得哑口无言后还有些意犹未尽,于是又补充了一句出口就后悔的话,"宗家那位公子可能跑来帮你打扫卫生吗?"

说者无意,听者有心。想起那个此时不知道在哪里泡妹子或者玩游戏的家伙,康乐突然感觉心里有点难受。宗佑会来帮自己打扫卫生吗?答案不用想就知道是否定的,有这工夫他也许更情愿躺在床上打个盹养养精神吧。

"你没事吧?"看康乐好像被自己说得愣在那里很久都没有反应,自觉失言的郑凌小心翼翼地问道。

"嗯?没事。"康乐回过神来,这才想起刚才聊的话题,不由得脱口而出,"我不可能喜欢他的。"

"你不喜欢人家,可架不住人家喜欢你啊。"看见康乐好像没有被自己刚才的话影响,郑凌这才松了口气,同时又忍不住说出自己的观点。

"那又怎么样，我的想法你难道还不明白吗？"康乐强行阻止了闺密那颗熊熊燃烧的八卦之心，话里潜在的意思也让对方实在无法反驳。

"你到底喜欢宗佑哪一点？"虽然知道对方明显不想继续这个话题，郑凌却还是忍不住开口问了一个困惑自己多年的问题。这个问题她以前也曾问过多次，但从来就没有得到过准确的答案。

"那家伙又花心又自大，怎么看也配不上你啊。"郑凌实在想不明白自己这位最好的闺密到底被那个一看就不像好人的家伙灌了什么迷魂汤。如果是她自己碰到宗佑这种渣男，不上去赏他两耳光都算客气的。

"别这样说，他没你说的那么差。"虽然闺密口中又花心又自大的家伙并不在身边，但康乐还是不由自主地替对方辩解，"这些年你也知道，他其实也没怎么谈过，不然每次聚会也不用我陪他去了。"

"你别那么傻了好不好，那家伙表面看起来没交过多少女朋友，可你难道没发现他认识的漂亮女孩有点太多了吗？"郑凌显然不同意康乐的说法，或许别的女孩见不得身边熟悉的闺密比自己更幸福，但郑凌此刻对康乐只有恨铁不成钢的感觉。

"也许像他们那种有钱人家的少爷就那样吧，书上不都是这样写的吗？"康乐被郑凌咄咄的气势逼得有些哑口无言，不得不说了一个连自己都不太信的理由。

"就他们家？撑死也就是个土财主。"对于康乐的解释，郑凌明显不满意，"宗佑都这样对你了，你还总替他说话。"

"听说过斯德哥尔摩效应吗？又被称为人质情结，是指受害者对于加害者产生依赖情感,甚至反过来帮助加害者的一种……"

"听不懂,说人话!"

"我犯贱。"

和郑凌不欢而散后,康乐也没了继续自习的心情,直接关上店门回到了家里。她能理解闺密对她哀其不幸、怒其不争的关心。但对方毕竟不是她,或者说对方并不了解对于她来说,宗佑这个名字到底意味着什么……

康乐打开小锁,拉开自己书桌前那个藏着秘密的小抽屉,从一堆都有故事的东西里小心翼翼地翻到那条带有暗红色血迹的手帕,思绪不禁飘回到小学四年级时的某个黄昏。

那天马上就要放学的时候,毫无准备的康乐突然人生第一次碰上了"亲戚"的来访,而且那天她穿的还是一条白裙子。正当康乐手足无措不知道该怎么办的时候,坐在她后面的宗佑突然跑过来找她聊天,当时的她害羞地想要逃开,却被宗佑抓着手不让她从位置上起来。他拿着一本快被翻烂了的漫画滔滔不绝地讲着皮卡丘有多么可爱,搞得康乐当时想死的心都有了。

就这样一直等到放学同学走光了后,宗佑才松开了按着她的爪子,然后递了这条手帕过来:"刚才我无意间看到你裙子后面有点红了,担心被别人看见不好,就过来拦着你起来。"

康乐恍恍惚惚地握着手帕,盯着宗佑不知道该说什么,后者被她看得有些不好意思,摸摸头说道:"你别这样看我好不好。我家里学医的你又不是不知道,这些东西我很小就懂了。

趁没人赶紧垫上,我在外面等你,你这样子今天搭不成公交车了,我出去借辆车子送你回去。"

等康乐小脸红通通地稍微整理了下出来后,宗佑果然推着辆不知道从哪里搞来的山地车在校门口等着。那天的康乐就这样被宗佑用车载着带回了东院。等到她家楼下后,还没等因为害羞一路低着头的康乐说声谢谢,蹬车蹬得满脸是汗的宗佑就抢先开口:"你先回去吧,我去把车子还了,那帮家伙还在街机厅等我过去呢。"

康乐呆呆地望着宗佑边说边骑,飞快地向院子外冲去,根本没有注意对方后面还没有说完的话:"你记得写作业,我等下回来去你家拿……"

康乐将这条故意忘还了十几年的手帕重新小心地叠好放回到抽屉里,她已经记不起到底是从什么时候开始喜欢宗佑的。因为类似这种能让女孩喜欢对方的事情他对她实在做过太多太多太多,多到让她都快把他对她的好,当成了习惯。

他会在她每月最痛不欲生的那几天里笨手笨脚地照着菜谱炖乌鸡汤,熬好后小跑着送到她家来给她补血,虽然他做的汤经常汤如其名和乌鸡一样黑得让她实在提不起食欲。他还会在她过生日的时候装作根本没有记起来,然后悄悄跑到超市装满整整一后备厢她喜欢吃的零食,再装成很忙抽不出空的样子叫她帮忙去后备厢里拿东西。他甚至因为她随口的一句"好看",就偷偷趁着天黑跑到公园里的樱花树前没素质地猛摇,然后装满一口袋的花瓣回去晒干后装在玻璃瓶里送给她……

他做了太多太多让大家、最主要的是让她误会的事情,但问题的关键是,他却从来都没有对她明确地表白过。所以他仍然可以到处勾搭漂亮的妹子,而她却只能默默地独自等待不知道哪天才会玩累的他。这就好像是一场从开始就不曾公平过的持久之战,战争的主动权握在对方的手里,不管他什么时候发动进攻,她都只能对他竖起白旗……

Chapter 22 路过

仔细思考了很多天后，卫辰还是决定不管怎么样也要见上蝴蝶一面。虽然知道实现这个愿望会很困难，但卫辰还是下定了决心，毕竟这是他有生以来第一次真正喜欢上一个人，他实在不想留下可能是一辈子的遗憾。

然而当卫辰将这个想法告诉关系最好的死党宗佑时，却没有得到想象中的支持。

"知道对方叫什么名字吗？"宗佑问道。

"不知道。"卫辰老实地回答。

"知道对方在哪所学校，有对方的具体地址吗？"

"不知道。"

"见过对方没有？或者见过对方的照片没有？"

"没有。"

"那你有什么？"宗佑的语调越来越高。

"有一张疑似她家店面的照片。"卫辰想了半天后终于找到了仅有的线索。

"别蠢了！你不知道名字，不知道地址，甚至连对方长得什么样都不知道，然后给我说你就要这样什么都不知道地去找一个女网友？"

死党宗佑感觉自己正常人的思维受到了挑衅，伸手抓住卫辰的衣领，对方这种颓废的样子让他非常生气。

卫辰没有反抗，任由宗佑抓着自己的衣领，抬起头望向天空，视线不知道飘到了哪里。很久后，他露出了一个自嘲的笑容："至少我知道，她和我一样，就在这座长安城中……"

虽然有种烂泥扶不上墙的感觉，但怎么说也是自家兄弟，宗佑也不能真的撒手不管，所以也就只能积极地帮忙出谋划策想办法。

"我给你查了，网上说如果在陌陌或者微信上摇到妹子，记下你的位置和两人间的距离，把对方关注一下，然后再换两个位置重新记下距离，最后以这三个点为圆心、三段距离为半径画三个圆，交叉重合的地方，就是妹子大概的位置。"

"这都多长时间了，我怎么可能还记得当初摇到她时我俩间的距离？"卫辰一听就觉得好友的办法不太靠谱。

"这倒也是，那你这也太难了。"发现办法有漏洞的宗佑也开始头疼起来，在他看来这件事根本就是一项不可能完成的任务。最后想得烦了就直接拿出最简单粗暴但也是看起来最有可能成功的解决办法："不行就豁出去试一次，直接给对方说想要和她见一面。如果她同意了，那说明你们俩还有机会，否则就干脆拉倒别浪费时间了！"

卫辰被这个过于直接的提议说得不知道该怎么接话，过了半天才开口："算了，我还是按着照片去找吧。"

"长安这么大，这么多巷子，你找要找到什么时候？"宗佑有些不可思议地看着自己的好友，觉得对方很可能是疯了。

卫辰扔掉还未抽完的烟，用虽然不大但听起来异常坚定的声音答道："一条一条地找，总有找到的一天！"

从那天开始，只要有超过半天的空闲时间，卫辰就会骑着宗佑支援的那辆破单车开始对长安和秦都这两座城市城区内星罗棋布的小巷展开地毯式的搜索。虽然这是最笨的办法，但同样也是卫辰能想到的最有希望成功的办法，毕竟他至少还有一张可以参照的照片。

就这样，卫辰放弃了几乎所有的娱乐活动，不仅以前每天都要玩上半天的游戏很久没有再上过线，同学和朋友组织的聚会也基本全都推掉了。搞得不少人都猜测，他这样仿佛人间蒸发一般，莫非是正躲在家里头悬梁、锥刺股准备考研或考公务员？

卫辰从别人口中听到这些关于自己的传闻后只是笑了笑，没有回应也不去解释，继续日复一日地骑着单车晃荡在长安的大街小巷中。

就这样过了半个多月，已经逛完大半个长安城的卫辰站在这条叫作光明巷的巷子里，看着前面那个半新不旧似曾相识的木桩，心情颇为复杂。

他现在所处的位置是在长安西面城墙边的玉祥门附近，巷子外面就是长安人民引以为豪的回坊。据说回坊在清朝的时候是关中地区贵族子弟居住的地方，后来不知怎的就变成了全国十大美食街之一。虽然照片中那棵被风刮倒的梧桐树早已不见了踪影，但卫辰仍然可以确定这里就是他寻找了半个多月的地方。顺着眼前那光秃秃的树桩向前望去，一块白底黑字的药字招牌在微风中轻轻地摇摆着。

花费了大量的时间和精力才找到这里的卫辰此刻却突然犹豫起来。事实上在刚开始的时候，他虽然决定要拼尽全力，但其实对最后能否成功并没有多少把握。毕竟好友说得很对，在这样一座人口数百万的大都市里，想寻找一个不知道名字不知道长相的普通人真的像是一项不可能完成的任务。

卫辰不知道自己是不是应该感到自豪，他竟然真的创造了一个奇迹，完成了这项看似不可能完成的任务。而也是直到这个时候，他才突然发现，自己其实并没有做好和蝴蝶见面的准备，或者说是他根本还没有想好要对蝴蝶说什么。继续表白？已经被拒绝了还要自取其辱吗？告诉她他只是想见她一面？只不过是网友人家为什么要见他？进去还是不进去，卫辰陷入了无比纠结的选择之中……

回民街既然能作为长安人民的骄傲，自然吸引了全国各地无数慕名而来的吃货。即使这条巷子距离卖各种美味小吃的主街已经有段距离了，但依然时不时有游客逛过来。在来来往往的人流中思考了很久以后，卫辰还是决定进去看看，不为别的，只为不留遗憾。

这是家规模并不是很大的药店，对着门的那面墙前摆着中药专用的抽屉柜，两侧则是放西药的玻璃柜。也许是因为正午刚过，大家还在午睡，店里面冷冷清清的，只有一名看起来四十出头的中年妇女坐在结账的电脑后面好像在追剧，看见有人进来后她就关了声音站起来问道："要点什么？"

"你好，给我拿一盒江中健胃消食片。"卫辰道出在外面想好的说辞，这是他贫瘠的医学知识里仅有的几种吃了没有副作用的药之一。

"吃的东西不消化吗?"阿姨很和蔼地一边询问一边转身去拿药。

"最近肠胃有些不太好。"卫辰也一边附和一边趁机打量着四周。

"年轻人要注意身体,肠胃不好将来老了很麻烦的。"阿姨善意地提醒着,然后很快就从柜台里拿好了消食片回过身来。趁这会儿工夫卫辰也完成了对整个店面的"侦察",结果很失望地发现除了面前这位不知与蝴蝶是什么关系的阿姨外,他始终没有找到其他人的存在。

"谢谢。"卫辰从裤兜里摸出钱来付了账,虽然结果让人失望,但他也没有别的理由可以继续留在这里,更没有向这位有可能是蝴蝶妈妈的阿姨打听她女儿的胆量。

至少知道了她姓肖。卫辰有些遗憾地转身向外走去,这是他此行最大的收获,从挂在墙上的执业资格证里看到的店主姓名。

就在卫辰伸手拉门准备出去的时候,玻璃门被人从外向里推开,一个扎着长发的女孩迎面走了进来。

虽然从未见过,卫辰还是在第一时间就确定了,这个女孩就是自己苦苦寻找多时的那个人,说不上为什么,就是一种很奇妙的感觉。但卫辰并没有停下脚步,只是在和对方擦肩而过的瞬间,偷偷瞥了对方一眼,然后就直接走了出去。店门在身后慢慢合上的时候,里面的声音也渐渐传了出来:

"你今天怎么跑回来了?"

"回来和你们商量件事,我们学校要挑人去做交换生……"

对话的声音渐渐模糊，卫辰一直走到了放单车的地方，从始至终他都没有回过头。在扶好车子坐上去后，卫辰才掏出手机，盯着那只熟悉的纸折蝴蝶看了很久后，苦笑着按下红色的删除图标，这样就没有遗憾了。

做完这一切后，卫辰蹬起单车向巷子外骑去，在他的微信里已经删除的某个朋友的朋友圈里，一张倒掉的梧桐树照片下出现了一行新的留言：你一直觉得我不会出现在你的生活中，但事实上曾经有那么一个瞬间，我真的从一只蝴蝶的世界里路过了一次……

Chapter 23 宿敌

宗佑是意外收到郑凌的信息后,才临时决定从去找乐子的路上拐到康乐这边来的。

郑凌在微信里将她前几天在康乐家店里碰见赵敬的情况简要地给他说了一遍,最后还留了"不要后悔"几个字。本来宗佑并没有将那个不知道从哪里冒出来的儿时小伙伴放在心上,但能让郑凌难得如此郑重地发消息提醒,就让宗佑不得不稍微重视一点,觉得有必要过来看看到底是什么情况了。毕竟他和郑凌的关系,一直都是坐一起吃饭,吃着吃着搞不好就能打起来的那种……

结果宗佑刚到地方还没来得及停车,就看见了那个曾经和自己肉搏过数十回合的旧时手下败将正从康乐家的店里走出来。

"哟,这不是老同学吗?"宗佑主动开口打招呼,只是说话的语气听起来怎么都感觉不太正常。

相比起郑凌始终想不起来有过这么一位小学同学,宗佑可是一眼就认出了赵敬。这不仅是因为对方除了是他的同窗还曾做过邻居,实在是宗佑同学长这么大基本没亲自施展过几次拳脚。他有限的几次实战经历基本都集中在小时候,而和眼前这家伙的那次恶战更是他赢得最艰难、伤得也最重的一次。

"宗佑？"刚刚从康乐家店里打扫完卫生准备回校的赵敬有些不确定地问道。虽然对方看起来和小时候相比变化不大，但已经过了这么多年，他也不敢太过确定。

"难得你还记得我啊，我都以为你忘了呢。"宗佑对赵敬能认出自己并没感到多么意外，毕竟自己还是和小时候一样英俊，"对了，听说你考上研了？"

"好久不见。"赵敬没有回答某人明显听起来带着调侃味道的问题。不知为什么，他总觉得这位童年的玩伴对自己有种淡淡的敌意，难道对方这么记仇，还对当年打架的事耿耿于怀？这种怀疑让他不想再继续交谈下去："我还有事，先走了。改天有空的话大家一起吃顿饭聚聚。"

"到时候再说吧。"宗佑把话说得模棱两可，既没说答应也没说不答应，然后也不再理赵敬，直接走进康乐家的店里。

"那小子跑到这儿来干什么？"还没等门外的赵敬走远，宗佑就迫不及待地开口问道。

"我怎么知道他跑来干什么。"康乐面无表情地回答。刚才她在店里自习的时候赵敬再次不请自来，一进门也不说什么，卷起袖子就把她刚刚扫过的地又扫了一遍，而她从始至终都没怎么搭理他。

"我听人说这小子最近三天两头往你这儿跑。"宗佑望了眼已经看不见背影的赵敬，然后又转过头来看了看康乐，"那家伙不会是对你有意思，想追你吧？"

正在收拾自习课本的康乐停下动作，抬头冷冷地看了宗佑一眼。

"你去问他!"

此时刚刚坐上回校公交车的赵敬,也正在回想着方才的场景。直到见到宗佑的那刻,已经去康乐家的店里打扫了多次卫生的赵敬才猛然惊觉,这么长时间自己都忽视了一个非常严重却又无法绕过去的问题——如果想成功追到康乐的话,他首先就得想办法摆平那个多年前就破坏了自己好事的宗佑。毕竟在他已经有些模糊的遥远记忆中,从很小的时候开始,对方和康乐就始终形影不离。和他那短暂的童年时的接触比起来,后者其实才是真正和康乐一起长大的那种诗书中所谓的青梅竹马。

发现宗佑这个威胁后,赵敬突然感觉事情变得非常棘手,怎么看自己都更像是电视剧中那种后来乱入的插足者。而且更致命的地方在于他和康乐真的已经有太长太长的时间没有再相处过,十几年的时光足以让很多曾经熟悉的东西发生很大的改变。说具体点就是对于康乐而言,宗佑比他多了3000多个日子所积累起来的感情,如果这种情况换作别人的话,赵敬觉得像这样的久别重逢,有很大的可能两人的小孩都会跑了。

但事情最诡异的地方也就在这里,经过多方的信息收集后赵敬惊讶地发现,再次重逢后不但他没有被两人的孩子叫叔叔,而且康乐至今还是单身。也就是说想象中危险性最大的竞争对手宗佑甚至还不是康乐的男朋友,两人的关系竟然至少在表面上还维持在朋友的阶段。虽然很多人都觉得他们迟早会在一起,但就是这个所有人都以为迟早会发生的结果,偏偏还没有真正成为既定的事实。

这就给了本来因为宗佑的存在而感觉有些心灰意冷的赵敬

难得的希望之光。虽然这束黑暗中的光芒很可能只有那么可怜的一丝，但只要有这么一线希望，赵敬就决定押上去赌一次。不然他觉得自己一定会像多年前那样，留下很多年都不能释怀的遗憾。

然而没过多久，刚刚亮起希望之光的赵敬又开始苦恼起来。因为根据他亲身实践得来的经验，追一个有喜欢对象的女孩远比追一个孤单寂寞的妹子要困难。事实也证明，在这段时间的接触之中，康乐对他真的非常冷淡。而且不管从女孩的哪个择偶标准来看，他都和自己那位童年的对手有一定的差距，不只是物质层面。虽然通过和东院的老邻居交谈，赵敬知道对方远比自己更符合传说中的高富帅形象，但他相信康乐不是那种爱慕虚荣的肤浅女孩，不然也不值得自己去喜欢。虽然这次重逢赵敬不无嫉妒地发现宗佑貌似脸比小时候还要白了不少，但他觉得自己稍微有些虚胖的男子汉气概和稍微黑了点的肤色应该比小白脸更值得有品位的女孩喜欢。其实真正让赵敬感到差距明显的，是记忆中对方那强大到无耻的情商。

赵敬直到现在都没有忘记，很多年前刚在幼儿园上小班的他们吃午餐的事情。年幼的康乐还不太会用筷子，笨手笨脚地尝试了几次都没夹上东西，急得都快要哭了。前几天刚刚学会独立用筷子吃饭的赵敬正准备过去教她筷子是怎样用的时候，就看见明显也没学会用筷子的宗佑已经蹿到了康乐旁边，然后直接用刚刚和他互相砸过泥巴的爪子抓起饭菜递到康乐嘴边："来，张嘴，我喂你……"

每次回想起这件往事，赵敬就觉得宗佑这小子是个人物。而目前看来在这场二追一的对决中对方也是占尽了优势，比自己和康乐相处了更长时间、积累了更多感情、比自己更优越的家境、比自己更白的小脸，还有那比自己更过分的无耻。怎么看自己的胜算都属于那种渺茫到庄家都不敢开盘的级别。

不过坚强的赵敬同学还是相信自己也有强过宗佑的地方，至少是在对事情的认真程度上。在他记忆中，宗佑小时候不管做什么事情都像是在开玩笑，而他赵敬认定的事情从来都是不管多么不现实都要想办法去实现。比如当初他想要康乐的一件东西作为分别礼物，即使嘴里说不出来手上也会动起来，所以他抢了康乐的发卡。虽然最后没有成功，但这种说到做到的精神就是他参加这场赌局的底气，也是他那位占尽优势的竞争对手最有可能不如他的地方。

如果把追求康乐看成是一场战争的话，那即使是一个人的战斗，他也会坚持到最后。只有坚持得更久，他才有机会战胜宗佑！

Chapter 24 纳新

虽然亲眼撞见了那个小时候就比较讨厌现在看起来更讨厌的旧时玩伴从康乐家店里出来，但宗佑仍旧没有将其太放在心上。即使对方真的像郑凌提醒的那样不自量力地想当癞蛤蟆，宗佑也相信康乐这只白天鹅是不可能给对方任何机会的。毕竟在一起这么多年，有些东西即使彼此从未真正说出口，他心里也还是明白的。况且最近宗佑顾不上也没心情去仔细考虑这些有的没的，因为他现在有更急迫更烦心的事情需要解决，比如说此刻摆在他桌子上的那张红色请帖。

说实话，宗佑其实并不喜欢参加婚礼，不仅因为每参加一次自己可怜的钱包都会遭受不定量难以挽回的损失，更关键的是在婚礼现场每当台上的主角不管是真心还是假意彼此山盟海誓的时候，台下经常以单身狗身份出席的宗佑同学就会觉得自己和这刻意制造出来的甜蜜气氛是那么的格格不入。可惜的是，尽管宗佑不停给自己找着可以推托的理由，但这次他却不得不去，因为发来请帖的新郎叫作老郭，是大学时睡在他上铺的兄弟。

如果说宗佑中学时最好的朋友是若泽，那在大学里的老郭绝对符合做他好友的标准。毕竟从一个学校那么多人中凑巧碰到一个能真正玩在一起的朋友其实也挺不容易的，尤其是彼此的习惯爱好还差不了多少。这从大学时某天早上两人之间的对话就能清楚地体现出来。

"老郭,上课不?"

"昨晚买酒找零的那几个硬币,你拿去抛一下,全部正面就去上课。"

"这个就算了吧,有点太冒险了。"

"那怎么办?"

"我看看窗外,天亮了就继续睡,反正天亮了一定上课了,现在去绝对迟到。天如果还黑着那就起床去吃早餐,然后再考虑要不要去上课。"

"好主意,天亮了没?"

"亮了。"

"那就再睡一会儿?"

"英雄所见略同。"

以上就是宗佑和老郭的大学日常生活的缩影之一。两人常常是一觉睡到自然醒,然后去已错过早高峰不用排队的食堂慢悠悠地享用早餐,吃饱后再讨论是回宿舍睡个回笼觉还是去网吧打游戏。

有段时间两人简直可以算是形影不离,哪天如果谁有重要的专业课不得不去上的话,剩下的那个多半也会因为一个人玩着无聊从而也跑到教室去发会儿呆。唯一可以让这对好朋友长时间不在一起集体行动的就是每学期的期末,专业不同的兄弟俩每逢这时候就不得不秒变难兄难弟,只能暂时分开各自去借笔记画重点,准备小抄以对付该死的考试……

3年来一起吃喝玩乐、共同挂科培养出来的感情自然是弥足珍贵的，所以从各方面来讲，宗佑都应该积极主动地去见证这位知交好友人生中最重要的一天。但宗佑仍然下不定决心，而让一向洒脱的宗公子犹豫不决到如此地步的是因为一个人，一个他真的不想见的人。老郭虽然可以说是和宗佑玩得最多、最投缘的，但在宿舍里和他感情最深的，其实还是杜亚。

宗佑和杜亚的相识可以说是非常偶然，那还是在他们刚刚迈进大学校门不久，医大学生会按惯例换届的时候。

其实中学里也有学生会，但不幸的是因为有高考这个不可抗拒的庞然大物压着，学生会基本可以算是名存实亡。所以从理论上来讲只有到了大学的学生会才算比较正式。而作为大学校园里最有官方背景的社团，同时也是最大的校内社交场所，大学时期如果谁能想办法挤进去哪怕纯粹是打杂，那在小圈子里也立刻就能有高人一等的感觉。前景如此光明，自然每年纳新都会吸引无数各有心思的新人慕名前来。

可惜学生会不是夜总会，并不是谁想进就能进的，人家也是有原则的。名义上是学生们的自治团体，其实大家都知道学生会里的水深得可以淹死人。所以虽然每年看起来纳新名额很多，但真正放出来能咬的骨头也就那么几根。而妄想抢到这寥寥可数的骨头的则是来自祖国各地各个民族数不清的同龄对手。大家都一样年轻，而年轻自然就气盛，何况文无第一武无第二，嘴上说着"小弟才疏学浅没什么本事"，实际上谁又能看得起谁？在这里考试成绩什么的并不吃香，都已经混到大学了，还有几个像中学那样唯分数论英雄的？这里看的是情商、智商、财商等各种商的综合实力。虽说每年也总有不少路子野、关系硬、走后门拿到"门票"的关系户，但总体来说还是相对比较公平的。剩下那些有幸抢到骨头的幸运儿大多也都是有两把刷子的，当然家里有钱、能吹牛或是长得漂亮、放得开也可以算是有刷子的一种……

那时候的宗佑同学还比较年轻或者说还比较热血，虽说整个中学时代他从未当过包括小组长、课代表在内的任何班干部，甚至连团员都不是，每次填个人资料都要在政治面貌那栏写群众。宗佑一直觉得那是因为中学的格局太小实在没有必要暴露才华，现在到了大学有了大格局，那就差不多可以试试手脚展展抱负了。于是在学校布告栏看到学生会张贴的红纸小广告后，他就兴冲冲地跑去报名，准备为学校里的各位漂亮学姐服务。

结果等纳新大会正式召开的那天，宗佑才发现和自己同样胸怀大志的实在不少，一眼望去整座大礼堂黑压压的都是人头，不仅某些座位出现了一个位置上坐着两个人的场面，就连过道都站满了连想挤着坐都没机会的可怜人，场面堪比那年头最火的周杰伦的演唱会。宗佑不得不感慨还是大学生的思想觉悟高。

当然主席台上端坐着的医大学生会的高层领导们对这些活动组织上的小问题并不在意，也没有时间理会下面这群找不到地方坐的学弟学妹腿会不会站酸。此刻各位高年级的部长、副部长们正全神贯注地听着刚刚换届换上来的新任学生会主席讲话。不知是新主席多年媳妇熬成婆太过激动还是本身天赋出众口才了得，原本走过场的就职演讲被这位面相老成并且瘦得一看就是纵欲过度的制药专业的学长讲得激情四射，不仅感染得台上一众直属部下手都没歇过，就连台下的听众也被煽动得跟着激动，会场不时爆发热烈的掌声并久久不息。

可惜宗佑同学当时的思想觉悟太过有限，实在欣赏不到这位学生会新任一把手讲话里的深刻思想内涵，反而听了没多久他就昏昏欲睡。而就在宗佑眼皮越来越沉马上就要栽倒的时候，突然旁边座位传过来的一句"全是废话"让他觉得深有同感并立刻就睡不着了。

于是台上的新官继续口若悬河、激情澎湃，台下的宗佑也和刚才一针见血的兄弟闲聊起来，聊了两句才知道身旁这位所见略同的英雄叫杜亚，是康复治疗学专业的新生。更有缘的是，两人都是本地土著，宗佑在秦都西边的彩虹中学上了6年，杜亚则在秦都东边的四中待了6年，虽然不是校友但却是货真价实的老乡。

那次纳新最后的结果是杜亚运气不好名落孙山，宗佑也许是因为颜值较高、情商不错、财力也相对丰厚所以比对方幸运一点，刚好成了孙山。

不过可惜的是，宗佑同学的政治觉悟实在没有他自己想象得那么高，混了两年多不仅没能混到一官半职不说，后来大三换届竞选主席时准备了很久并且原本呼声很高的他还是被狠狠阴了一次，别说主席，连副主席都没捞上，只获得了一个带有安慰性质的可怜的副部长的职位。更让宗佑气得差点吐血的是，除了那届新当选的主席是那个虽然长得抱歉但家里和校领导是同楼邻居的花花公子外，他的顶头上司竟然是一名和那个花花公子传过绯闻的妖艳女生。对于这种赤裸裸的暗箱操作，宗佑出离愤怒，一气之下就有了彭泽县令不为五斗米折腰的骨气,潇洒地选择了"辞官归隐",从此告别了曾无限向往的大学社团生活。当然这些都是后话了。

虽然没能一起加入学生会大展拳脚,但这并不妨碍宗佑和杜亚成为关系不错的好友,而且很快对方就帮他解决了一个不大不小的难题。

Chapter 25 宿舍

作为从小在秦都长大的西北汉子，中学时的宗佑也曾幻想过去京城或江南的大学深造，毕竟不论怎么说在一座城市待上近 20 年也是会感到有些厌倦的。可惜这个世界上从来都是想法很美好而现实很残酷，高三突击转成艺术生的宗佑虽然在艺考时豁出老命拼了个名列前茅的笔试成绩，结果却在第二轮学校面试时被考官一句"矮了 3 厘米"而被刷了下来。直到现在宗佑都没有想明白，自己报考的戏剧影视文学这个专业和身高有什么关系，也许是因为他不识时务地没有去上那位主考官办的考前辅导班。

最后高考总分超了那年艺术类分数线将近 200 分的宗佑，只能万般无奈地选择了从小就和一群小伙伴在里面躲猫猫的秦都中医学院也就是医大，开始自己的大学之旅。去京城欣赏北国胭脂或到江南勾搭水乡佳人的美好愿望就此无疾而终。

因为学校离家实在太近，宗佑的大学生活和以前比起来根本没有多大变化。相比分散到祖国各地的同学，不夸张地说他上大学也就是从马路这边走到马路那边，甚至比上高中时都方便，至少不用再每天起个大早去赶公交车了。再加上宗佑打小生活自理能力就极强，不到 2 岁就拥有了晚上一个人睡的单间，所以开学报名的时候他根本就没有去登记宿舍。可惜医大管宿舍的后勤领导非常尽责，开学后没几个星期就找到了躺在家里舒服大床上的宗佑，然后残酷地告诉他学校没有走读生这一说。

蒙混过关失败的宗佑一想到要和 5 个大老爷们儿共居一个斗室就感觉非常郁闷，却又想不到任何可行的理由说服领导安排他与几个最好或清纯、或妖娆，各种风格都有的女同学相处一室。最后还是杜亚在意外得知宗佑的烦恼后热心地提议他们屋刚好空了一个位置。宗佑想想反正躲不过去，到那儿至少还有个熟人，于是就找人把宿舍登记到了杜亚所在的 127 宿舍。

和一般的大学宿舍不一样，127 宿舍的内部排名并不是看年龄，而是看进入宿舍的先后顺序。这就导致中途插队进来的宗佑很不幸地被吊了车尾，不过即使按年龄来排的话，他的名次也很不乐观。

宗佑的床位是正对宿舍大门的下铺，这里本来是兄弟们准备用来放多余杂物的地方，结果还没来得及将杂物堆上去，就被宗佑鸠占鹊巢了。他的上铺就是即将步入婚姻坟墓的老郭，同排的下铺则是杜亚。刚开始宗佑和杜亚喜欢脑袋对脑袋地睡在一起以便熄灯后夜谈，可后来宗佑不幸地发现杜亚晚上打呼噜打得实在厉害，鼾声如雷，吵得他根本就无法安心做梦。而让杜亚换个方向睡宗佑又担心自己的宝贵秀发感染对方的脚气，最后没办法的他只能自己换个方向对着门口睡。可怜他们宿舍的斜对面就是公共水房兼厕所，所以兄弟们半夜起夜一开门宗佑就首当其冲，不是被风吹醒就是会闻到一股难以形容的气味，最后被逼得没办法的他每晚睡觉都要蒙着头。杜亚的上铺是宿舍实际年纪最小的小杨，家在离秦都不远的周边县上。对面那张架子床的下铺躺着报名第一天抢先赶到宿舍安营扎寨所以坐了头把交椅的老大刘同，他是从宗佑的老家汉中那边过来的，可以算作宗佑的半个老乡。睡刘同上铺的叫作宇文，是秦都最北边的长武县人。以上就是医大北校区2009级127宿舍的6位成员，也是宗佑理论上要朝夕相处4年的伙伴。

宗佑在很长的一段时间内都觉得自己能在127宿舍度过大学生活是比较幸运的，因为这个宿舍的所有成员他都感觉还不错。毕业后很多年大家也都还保持着联系，这在如今这个时代还是比较不容易的。而在学生会上一见如故将他引入这个宿舍的杜亚，不仅是宗佑大学里最好的朋友，同时也曾是他唯一的创业搭档。

宗佑他们上大学的时候正赶上智能手机开始普及，微信、微博里各种骗点击率的鸡汤文层出不穷，被这些大部分靠标题来唬人的文章接连不断地洗脑，加上为了提高毕业生就业率，学校有意无意地引导、暗示，让大学生自主创业成了一个活跃度很高的话题。殊不知当代大学生毫无基础只凭一腔热血的创业基本上不如意事常八九，而那唯一侥幸成功的一个就成了正面典型被反复宣传。可惜这些东西大部分只有甘愿做小白鼠以身试药的过来人才能明白。当时在这种知道的不说破、不知道的想知道的氛围和环境下，学校里自信能白手起家变成第二个比尔·盖茨的大有人在，其中就包括了127宿舍的各条好汉。

大一那年的情人节，经过长时间在喝酒吹牛中慢慢达成一起打江山、共同谋富贵的统一思想的兄弟们，终于准备借着这个对当代大学生来说重视度最高、参与者最多的重大节日来迈出创业的第一步。

"听说前两年七夕,有师兄晚上在小操场那边卖玫瑰,2块进10块出,一晚上就赚了一学期的生活费。"

"你那是哪年的老皇历了?这两年学校里卖花的你去数一数,搞不好比过节的都多。"

"那要不我们卖套套吧?就在前面城中村的小旅馆门口卖,绝对稳赚不赔。"

"你想多了,学校都快被卖套的无人售货机占领了,谁还上你那儿去买?"

"就是,而且这年头谁还用套?你见老大和他媳妇用过套吗?"

"我×,我用没用套你怎么知道?"

"你们每次都不拉窗帘……哎呀……别动手老大……我猜的,我……"

"快、快、快拉住老大……"

"老大你别冲动,有话好好说……"

"是啊,是啊,我们真没趴在窗子上偷看……"

可惜兄弟们对理论的激情要远远大于对实践的热情,以至等情人节都过了大家还没有争论出具体可行的方案。这让当时中鸡汤之毒最深的宗佑同学非常无奈,深恨这群竖子根本就不足与谋。但让他稍感欣慰的是,就像古语中的那句"十室之邑,必有忠信"一样,这群"竖子"里面还是有一个相对孺子可教一点的。

宗佑和杜亚合伙创业干的第一单也是唯一的那单生意是1000条牛仔裤的买卖。

其实原本两个人也没想第一次就整这么大，可惜那时候扫码支付才刚出现，大家都还习惯用现金交易，于是进货那天看完货的宗佑跑去找银行取钱，等回来后就发现在他不在的这段时间里杜亚已经不知被风韵犹存的老板娘怎么忽悠着，一下把对方的库存全部吃掉了。理由是这批明显质量有问题的压仓产品价格实在便宜得吓人，不说和宗佑的那些牌子货比，就连杜亚腿上穿的那条裤子价钱的五分之一都没有。这么便宜的货怎么看都不像能赔的样子，这次进少了下次再来估计就没机会了。宗佑虽然觉得有点不妥，但也不好打击对方的积极性，于是只能转头出去再取一次钱。

可惜杜亚同学过低地估计了学校里被他定位成主要市场的所谓农村同学的消费水平。那些同学似乎一个比一个有钱，尤其那些领贫困生补助的，身上的有些牌子连宗佑都不认识。而真正那部分没忘艰苦朴素身份的，人家虽然买不起什么名牌，但也不至于喜欢他们这些残次品。所以在学校惨淡经营甩卖了几条给看起来不像正常人的校园行为艺术家和翻修宿舍楼的民工兄弟后，宗佑和杜亚合计了一番又决定把货拉到杜亚他们家村子的集市上卖。结果生意仍然惨淡，让两人不由得感叹还是国家的政策好，大家的生活都富裕了。到最后两人甚至悲哀地发现他们真金白银买回来的东西竟然连送都送不出去，不说宿舍的兄弟们不停婉拒宗佑和杜亚要送给他们每天换着穿一个月都穿不完的破裤子的好意，就连送给杜亚村子里的邻居，人家都是一脸嫌弃的表情。

生意做到这种地步自然是亏得血本无归,最后算完账发现宗佑和杜亚各赔了几千块。那时的几千块对宗佑来说也是个大数目,搞得他那段时间连游戏都玩不起了,不仅频繁跑回家蹭饭,还连续找康乐江湖救急了好几次。相比之下杜亚就更惨了,考完试放暑假后连家都没有回,而是直接跑到市里的酒吧街找了家不怎么正规的KTV当服务生,早出晚归打了一个夏天的黑工才算还清借的本钱。

等后来大二时宗佑靠倒卖游戏道具发了笔小财后,曾再三邀请杜亚携手再战都被对方拒绝,显然那次创业给他留下的阴影太大至今还没消散。对此,宗佑某次在宿舍喝醉后对着同样喝高了的杜亚评价道:杜亚可以做很好的朋友,却不能做一起拼搏的伙伴,和他只能谈友情,不能谈奋斗。

可惜当时说话的宗佑并不知道,很快他和杜亚连朋友也做不成了。

武侠小说里有句名言,叫作有人的地方就有江湖。医大的人不少,自然也有江湖,有江湖就有纷争。

比起女生那边堪比清宫戏的复杂关系,男生这边就要简单许多。大学时男生间的关系很好处,随便去食堂炒俩小菜再搬箱啤酒就能找地方坐下来联络联络感情了,彼此交流下哪个班的谁谁谁长得确实漂亮,或者探讨下如何做小抄才不会被发现,最后再一起骂骂让自己挂科的老师,两三瓶啤酒下肚后差不多就能斩鸡头、烧黄纸了。与之相比,女生间的情况就要复杂很多,既可以当面好到相见恨晚互称姐妹,也能在背后互骂对方是妖精、小婊子。同样女生宿舍的斗争也有多种情况,比如上铺的骚货新买了一个包包拿来给舍友欣赏,或者对面的贱人这次考得比自己多了一分。女生之间发生的一切事情都有可能转换成一场战争的导火索,也许女人天生就是喜欢钩心斗角的动物吧。

这样对比起来男生宿舍引发内讧的原因就简单多了,毕竟大学四年上千个日夜一起翘课、喝酒、联机玩游戏积累起来的感情,基本可以算是达到了不是兄弟胜似兄弟的地步。而按照古人兄弟如手足、女人如衣服的逻辑,能让一群亲如兄弟的家伙互砍对方手足的,那就只能是衣服了,还得是特别漂亮的那种。然而在这个故事里最不幸的地方就是,情同手足的127宿舍里也曾存在着这么一件漂亮的衣服。

Chapter 26 林沫

　　林沫是制药专业的新生，也曾是杜亚和宗佑共同的好友，虽然很不想提，却不得不承认林沫这个名字对于127宿舍来说，是一个怎么也无法绕过去的存在。甚至在很长很长一段时间内，熟悉他们的同学都觉得127宿舍超员严重竟然有7个人，因为林沫没事就喜欢跑过来玩，待在127宿舍的时间远远超过她留在自己宿舍的时间。以至从某种角度来看，宗佑甚至觉得林沫要比自己更适合成为127宿舍的一员，毕竟他还会时不时地回家住上几天。

　　一个女孩如此频繁地出入于一间男生宿舍自然就容易出事，尤其是因为来得次数太多实在太熟，对方经常省了敲门这道必要的手续。

　　比如有次宗佑他们哥儿几个吃过午饭后闲得无聊跑到操场去打了会儿球消食，回来后又热又累都准备脱光了擦擦，凉快一下好午睡。结果还没等大家脱完去打水，就听见虚掩着的宿舍门咯吱一声被推开，兄弟们就目瞪口呆地看见林沫拿着一沓打印纸闯了进来。当时大家伙虽然脱衣服的速度不一但基本腰部以上都身无寸缕，个别动作敏捷手脚快的更是连裤子都脱了一条腿了，被林沫这突然袭击整得继续脱也不是穿也不是直接就愣在了那里。

而造成整个 127 宿舍所有兄弟瞬间石化的林沫丝毫没有做错事该有的觉悟，反而很彪悍地环视了一圈说了句"你们继续"后，径直走到身手最麻利脱得只剩一条裤腿挂在脚上的宗佑面前将手里那沓装订过的密密麻麻全是字的打印纸递了过去："手稿还你。"

这时候就需要重点表扬一下我们的宗佑同学。在身边几乎所有人都手足无措愣在那里的时候，他仍然临危不惧大大方方地将手稿接了过来。宗佑平举着手稿悄悄挡住某人从前方向下看的视线，同时暗暗吸气挺起不太明显的胸肌以图吸引某人的注意，最后眼神专注地直直盯着面前的女汉子说道："看完了？那你先回，等晚上吃饭的时候我把后面写的第二部给你送过去。"这套连环组合拳下来任是彪悍如林沫也有些扛不住了，脸色微红地答了句好，然后就快速扭头逃了出去，不知道是不是走得太急连门都忘了给兄弟们带上。宗佑若无其事地提好裤子过去把门关上，然后非常镇定地转身给大家解释："前两天林沫要看我以前写的小说，我就拿给她看了，没想到她这么快就看完了，改天再给她拿一本……"缓过神来的兄弟们听完解释彼此对视了几眼后，又一起目光不善地看向了某人……

虽然受林沫彪悍乱入的连累不得不请被殃及了池鱼暴露春光的兄弟们出去下了顿馆子赔罪，但宗佑并没有生气。那时候的他可以算是在整个 127 宿舍里和林沫关系最好、走得最近的。而宗佑能认识林沫也可以算是和杜亚做朋友而产生的连锁反应，那还要从他们那届的开学迎新晚会上说起。当时制药专业为晚会准备的节目是个话剧，里面有个高富帅的角色，可惜在他们班全体男生中实在找不出符合要求的人，最后不得不决定由虽然性别不符但气质颇为相近的林沫来女扮男装客串该角色，然后很快就又带出了新的问题。林沫是个女生，自然没有配套的戏服，而刚刚步入大学这个缩小版社会的少男少女们也大多还没有来得及置办校园交际必要的行头。

刚好那时候杜亚已经认识了宗佑，估摸着像对方这样脸比自己白的应该不是屌丝，于是就带着林沫跑来向宗公子借衣服。而宗佑同学也确实够意思，二话不说直接将两人带回家打开衣柜让他们自己挑。那是宗佑和林沫的初次见面，等后来他搬进127宿舍后因为和对方见得多了也就熟悉了，而两个人真正成为很要好的朋友则缘于不久后的一次意外醉酒。

比起年年号称要减负却年年课本变更厚的中学时期，大学里的日子真的可以说是轻松了太多太多，以至让挺过高考鬼门关的新人们一时都有些不太适应。在这里，忙与闲都在学生们的一念之间，如果不担心期末挂科的话，天天去网吧玩游戏或者睡死在床上一天不起来也没什么关系。不过据宗佑同学亲身体验后得来的经验，游戏玩得太多还是会吐，睡得时间太长脖子也还是会疼的。

那天下午按惯例翘掉不重要课程的宗佑，就刚刚玩吐了游戏、睡疼了脖子，最后闲得无聊的他跑到校内小超市里提了箱纯生啤酒准备回宿舍找人喝酒吹牛好打发时间。结果在路过宿舍楼前小花园的时候，他碰见了刚认识不久同样翘课出来看风景的林沫。于是打完招呼后宗佑顺嘴客气了句:"要不要一起?"按一般小说的情节发展,这时候林沫应该出乎宗佑意料地答应下来才好引出接下来的故事发展,而事实上林沫也真的是连犹豫都没有犹豫一下就接受了某人假得不能再假的客套。

没想到等两人提着啤酒回到127宿舍后他们才惊奇地发现宿舍里不正常得连一个活人都看不见。发短信问了才知道那天康复班的某门选修课老师有事,临时换了位第二性征发育十分突出的研究生学姐来代课。接到消息后原本准备去网吧联机的兄弟们都对自己这种不好好学习的行为突然产生了深深的负罪感,于是整个宿舍除了不知情的某人外,其余成员均迷途知返跑去用肉眼测量小姐姐的胸围了。就连宗佑翘课的传统盟友老郭这次也没能例外选择了中途变节,由此可见老师身材好是多么的重要。

看到回信的宗佑气得差点破口大骂这群见色忘义的家伙太不够义气,有这种好事怎么可以不叫上自己?虽然宗佑非常有心地也想跟着去长长见识,但考虑到现在课已经上了一半,自己一个外系人员突然跑去,醉翁之意太过明显,而且更关键的是那群混账不知是有意还是无意,回信里竟然提都没提这节课到底在哪个教室。郁闷得半天说不出话的某人虽然很想就此问题咨询下身边的林沫同学,但思来想去始终还是不好意思开口,最后只能咬牙切齿地无奈选择放弃,垂头丧气地坐在床上有一搭没一搭地和林沫闲聊,等待他那群重色轻友的兄弟回来。

其实事情直到这时候都还算正常,两个人有一搭没一搭地聊天耗着时间,然后耗着耗着就感觉有些口渴。宗佑便和林沫各开了瓶啤酒准备先润润嗓子,结果潘多拉的魔盒就此开启。

实事求是地讲,宗佑同学很有点人来疯的嫌疑,半瓶啤酒下肚后就强行占据了话语主导权,从自己从小到大对红色毛爷爷执着的喜爱说到多年来辛辛苦苦收藏的几个T硬盘的干货再说到想要为国争光拿一个诺贝尔奖的终极理想。宗佑越说越兴奋,越兴奋说得越多,而林沫就坐在对面的床上默默看着他发酒疯,然后不时地和说得激动到站起来的宗公子干一杯好让他重新坐下去。

就这样过了不到半小时宗佑就发现有点不对劲了,自己看东西都能看出重影了,而对面的女孩却貌似和刚开始没有什么区别,仍然眼神明亮、吐字清晰。这就让大男子主义爆棚的某人感到非常伤自尊了。虽然每次宿舍兄弟们聚众酗酒就数他喝得最少,但宗佑觉得这并不能代表他的酒量不行,而是因为那伙混账实在过于凶残。所以此刻的他怎么也不愿相信自己比不过如狼似虎的那群禽兽就算了,难道还没有一个看起来软绵绵的丫头片子能喝吗?

可惜接下来的事情发展一点一点地残忍撕碎了宗公子那脆弱的自尊心。从最开始的林沫一杯换宗佑两杯发展到一对一再到最后的宗佑一杯林沫两杯,宗佑就有些羞愧地不得不承认对面妹子的酒量实在不是他可以对付的。具体证据是酒箱空了后林沫摇摇晃晃地摆摆手自己走回了宿舍,而某人则直接扶着桌子狂吐不止。

等后来得到消息的林沫老乡们来找宗佑算账时才发现,想象中的不怀好意者早已倒在床上不省人事,而他们以为的受害者回去休息了会儿后又夹着书本晃去了教室自习,于是气势汹汹的老乡们在一脚踹开 127 宿舍的门后又轻轻地将门掩上回去了。

"我一直以为要数东北那边的姑娘酒量好，万万没想到咱们这儿的妹子也这么能喝。唉，看来我还是太过年轻，以前小看了天下巾帼。"改天在食堂打饭的时候宗佑心有余悸地对杜亚感慨道。

"废话，和你比起来哪儿的妹子都能喝。"杜亚一副恨铁不成钢的样子，根据他们欣赏完代课学姐的傲人胸围回来后的现场分析，那箱平均只有 3.6 度的汉斯牌纯生啤酒宗佑只喝了不到四分之一就狂吐不止，醉得连最喜欢的女孩是谁都不知道了，害得兄弟们帮他收拾了半天的卫生。而林沫则喝完了剩下的 8 瓶后却依然能够气定神闲。两相对比起来兄弟们都不好意思承认认识某人了。

"老实交代，你那天是不是准备把人家妹子灌醉了干什么坏事啊？"

"坏事？我去！我像那种人吗？"虽然宗佑有时候也挺向往那种把女孩灌醉后一起做些想入非非的事情，但实际上那时的他尚处在只有贼心而无贼胆的入门阶段，所以对杜亚接近真相的猜测当然要坚决否认。

"不像。"杜亚看着宗佑很认真地说，"因为你本来就是。"

宗佑一时语塞。

不管搞得多狼狈，反正自从那次难以启齿的醉酒后，宗佑和林沫就变成了很要好的朋友。偶尔两人也会一起去教室上自习，虽然某人基本看不了几分钟书就开始玩手机；一起去食堂打饭，虽然每次都是某人临时发现忘了带饭卡主动凑过去的；

一起去操场上散步，虽然某人经常还没走几分钟就被叫去打游戏了。这让很多人都对他们产生了深深的误解。可事实上，宗佑并没有和林沫更进一步的打算，两人也从未做过什么超出好朋友界限的事情，准确来讲，只能说他们的关系有点暧昧。

其实大学时的宗佑和很多关系好的女孩都存在类似的情况，而且这种容易让人误会的关系也不是固定不变的。通常时间越久彼此间的感情温度也就越低，到最后往往会以普通朋友的关系收场。前后变化如此之大则是因为宗佑的性格就是这样，那时候的他信奉的是万花丛中过、片叶不沾身这种高深莫测的佛学境界，所以他和林沫的关系更像所谓的兄弟、闺密而不是情侣、恋人。况且当时和林沫达到类似亲密程度的男生也不只宗佑一个，而这恰恰是他最反感也最不喜欢的。宗佑从来不相信同龄的异性间有所谓的纯友谊，在他的印象中，我把你当朋友你却想睡我的情况才比较符合人类本能。更何况除他以外与林沫关系最暧昧的那个男生宗佑实在太过熟悉，熟悉到直到那次充满戏剧性的意外发生之前，他从来没有想过会是他……

Chapter 27 撞破

当时的医大有南北两个校区，宗佑他们所在的是比较破旧的北校区，也就是老校区。这里作为医大曾经多年的主校区有着和校名同样悠长的历史，宗佑很小的时候就常常带着康乐和其他小伙伴跑进来玩。其深厚的底蕴远不是趁着扩招东风才新建起来没几年的新校区可比的。

当然和占地近千亩的南校区比起来，北校区就小得有点惨不忍睹了，校园小自然学生也少，可惜再少的学生北校区的旧楼也装不下。比如宗佑他们宿舍所在的那两栋三层宿舍楼就听说是这座大院子里最长寿的建筑，不仅家在附近的宗佑同学上幼儿园的时候就对这两栋黄色的矮楼有些印象，更夸张的是据也是医大毕业的宗母回忆，她当年上学的时候就曾在那楼里住过，这样算起来这两栋楼搞不好比医大的岁数都大。

虽然这两栋堪称爷爷级别的旧楼比大部分人想象的还要高寿，但如果仅从外面观察的话那是绝对看不出来的。而这就要归功于医大英明的校领导，年年夏天趁着假期人少楼空的时候都会请匠人来给旧楼换身新装。毕业一届人就刷一次墙，每刷一次墙就送走一届人，新生来后往往会被崭新的外墙所迷惑，全然不知自己要住四年的地方有很大的安全隐患。勤俭持家的学校领导用刷墙这个既省钱又省事的办法，很形象地给同学们诠释了"金玉其外,败絮其中"这个成语的具体含义。宗佑同学当初不想住宿舍的原因除了他们家离学校实在太近以外,也有为自己的生命安全着想的成分。

虽然宿舍楼的硬件设施看起来实在让人有些不忍直视,但包括127宿舍的各位兄弟在内的不少北校区男同胞还是对它很有感情,甚至很多人要毕业离校的时候还对其恋恋不舍,一有机会回学校就会来此故地重游。这倒不是大家在楼里蜗居出了非同一般的感情,只不过因为这两栋其貌不扬的旧楼实现了一个全国大学男同胞都梦寐以求却做都不敢做的白日梦——男女混合同住。

这不是开玩笑,也不是故意夸大其词。就以127宿舍所在的2号旧楼为例,其中一楼住的是宗佑他们那届中医、康复和药剂三个专业的男生,而二楼和三楼这两层是这几个专业的女生宿舍。宗佑猜不到负责管理宿舍的学校后勤处领导到底是怎么想的,其他男同胞同样也想不到会有和女同学共住一个屋檐下的这一天。以至晚上睡觉的时候很多兄弟都会咬牙切齿地盯着头顶,一想到只有一道天花板之隔的楼上那些可能正穿着暴露的认识或者不认识的女同学,整个楼层、各个宿舍、不同专业的广大男性同胞就都一致难以入眠,为此还经常出现意外的受伤事件。比如有些眼神太过专注试图获得透视能力的兄弟就常常不幸被天花板上不牢固的墙皮掉下来砸中眼睛。更过分的是一楼到二楼的楼梯口连道隔离门都没有,这就意味着每天晚上熄灯后的两层楼之间完全就是畅通无阻的状态。有心的话根本不用爬树翻窗户,只需在夜深人静的时候偷偷摸上楼去轻轻敲敲门,就有可能进入大学时期属于绝对禁地的女生宿舍,当然前提是对方愿意给你开门而不是强行破门而入。

所以宗佑在学校住宿舍的时候，偶尔也会在熄灯后出门去楼梯口吹吹风。当然这绝对不是试图偶遇穿着睡衣出来洗漱的女同学，而是宗佑很想看看到底有没有那种色胆包天之徒真的会在大家都睡着后偷偷上楼去。可惜不知道是宗佑出来得不是时候还是大家的行动太过隐蔽，直到毕业离校他都从来没有碰到过豪放的女同学或无耻的男同学。直到这时候宗佑才有些明白学校领导的远见，除非真有网络小说里那种自带吸引美女属性可以让一个宿舍6个人同时一看就眼泛桃花的男主角，不然即使其中有人对你有意也总不能冒着被围观的风险半夜开门吧。这种情况人家一般都是选择学校对面城中村里那些只要50块钱就能共度一夜春宵的小旅馆。

当然每逢寒暑假人少的时候，也不时有一些不知道是没钱去小旅馆还是喜欢玩刺激的男女在宿舍里衣衫不整地被堵住的情况。比如宗佑他们的127宿舍就发生过这么一起，被堵住的女孩是前不久才灌倒过宗佑的那位，涉事的男方则是打呼噜打得宗佑不得不掉头而睡的罪魁祸首。而那天无意撞破两人好事的，恰恰是难得想上节课所以回宿舍取书的宗佑……

杜亚喜欢林沫，虽然他喜欢得非常隐蔽，随着时间的推移，渐渐也还是被宿舍里的兄弟们察觉到一丝端倪。但直到这次被宗佑意外撞破之前，大家谁也不知道两人是什么时候好上的，即使他们一直表现得都很暧昧，但暧昧和真正的在一起明显还是两个不同的概念。这让兄弟们极度震惊的同时又开始一起围观宗佑的反应，毕竟从明面上来看貌似他才是和林沫走得更近的那个。

然而宗佑却并没有想太多,他虽然和林沫关系不错但远没有到喜欢的地步。刚开始的时候他还挺替两人高兴,毕竟从某些角度来看,看起来一脸忠厚老实的杜亚和无论怎么看都算性格豪爽的林沫确实挺般配的。

见他这样的反应兄弟们也就没有再说什么,毕竟在大学里只要人家愿意,谁跟谁交往就和午餐吃什么一样都是稀松平常的事情。于是日子又恢复了平静,如果没有后来那改变了很多人的一夜,大家很可能还是会像往常一样颓废却又开心地度过剩余的大学时光……

Chapter 28 寒夜

从中学开始，宗佑都会在每天晚上临睡前关掉手机，以免半夜被骚扰短信或陌生电话突然惊醒，打扰到他调戏女神的好梦，这个习惯宗佑已经保持了很久很久。后来有次喝醉后，他语重心长地告诉身边的朋友们，他在大学里最后悔的就是，那天夜里看小说看得太过入迷，以至忘了时间……

出事的那天晚上，宗佑正关着灯躺在家里舒服的大床上捧着手机用熬得通红的兔子眼重温南派三叔的《盗墓笔记》。刚看到吴邪重返张家古楼寻找失踪的小哥和胖子，潜到湖底深处似乎发现了一个人影，当吴邪准备伸手去摸对方的时候，手机屏幕上突然闪出的一条新短信直接打断了剧情。寂静无声的房间里不停响起的嗡嗡的提示音，一下就把已经深深幻想成主角完全代入书里重重鬼影中的宗佑吓得三魂丢了两魂，手一抖手机直接从半空落下砸到他那张本来就很白现在更是惨白的小脸上……

捂着脸过了好一会儿才从惊吓中缓过神来的宗佑同学愤怒地捡起手机打开短信，想要看看是哪个混账这么没有素质大半夜跑出来吓人。结果读完信息后的宗佑彻底没了继续跟着吴邪去寻找小哥和胖子的心情，反正这本书他已经看过无数遍，知道除了女主角，重要的男性角色一个都死不了。

短信是林沫发来的，内容只有一句话："我在湖边，你能过来下吗？"

宗佑感觉有些奇怪，看了看时间发现已经快凌晨了。那时候的林沫和杜亚已经好了有一阵了，以己度人的宗佑为了避嫌早已有意地和林沫保持不会让杜亚疑心的距离，平常最多也就见面时打个招呼。所以在这个时间意外接到对方短信的他感觉应该发生了什么事，不然即使林沫贪恋自己这个小白脸想要红杏出墙，先不说一定会严词拒绝的宗佑同学会如何表达自己视兄弟如手足、女人如衣服的崇高气节，对方也应该选一个更具诱惑性的见面地点，比如说××酒店××房……

猜了半天都没猜出头绪的宗佑最后还是决定过去看看，等他胡乱套上衣服赶到湖边时，对方早已等在了那里。

"什么情况？怎么这么晚一个人跑湖边来？"宗佑问道。然而林沫并没有回答，而是反问："你今天见过杜亚吗？"

"没有，我今天没专业课，所以就没去学校。"宗佑不用细想就直接给出了答案，这时候他才发现林沫好像哭过，"怎么了？你们吵架了？"

"我已经一天联系不上他了。"林沫的声音有点哽咽，但还是没有回答宗佑的问题。

听她这么说，宗佑肯定了自己的猜测，绝对是发生了什么事。他摸出手机找到杜亚的号码，打过去果然只能听见操着标准普通话的女声："对不起，您所拨打的用户已关机。"

这下，宗佑也觉得情况不太对，试探着问道："到底出什么事了？"

"你别问了。"林沫貌似很抗拒，依旧不愿回答这个问题。

"你都不说究竟是怎么回事,我怎么帮你们?"宗佑有些无奈,大半夜的把他叫出来,结果也不说清楚到底怎么了,那叫他出来干什么?

"我真的没办法给你说。"林沫始终不愿意透露原因,但也许是觉得这样对宗佑有些不礼貌,于是又回了句,"告诉你反而影响你心情,总之你能不能先帮我找到杜亚,我担心他做傻事。"

"这大半夜的你又不说原因,这么大的一座城市你让我上哪儿去找?"宗佑有些无语,他刚才一直在怀疑两人是不是吵架了,但如果是吵架的话那得吵到什么程度才能让杜亚这样看起来挺乐观向上的大好青年情绪崩溃到做傻事的地步?林沫说得有点夸张,不过看她的表情倒也不像是说假话的样子,没办法的宗佑只好准备先想办法找到另外一个当事人再说。秦都虽然被隔壁长安压得喘不过气,但好歹也是有上百万常住人口的三线大城市。光凭他们两个深更半夜的想在这么大的一座城市里找到一个人实在有点不太现实。于是从来都喜欢要求别人和他有福同享的宗佑决定将寻找杜亚这个光荣的任务有难同当:"我打电话把老郭他们叫出来吧,人多力量大,找起来也更容易。"

"不要叫他们!"林沫想都没想就否决了宗佑想将祸水东引的险恶用心,"这件事我不想让太多人知道。"

被堵了回去的宗佑心情便有些不太好,作为朋友他觉得应该帮忙,但对方什么都不愿意说,让他也不知道该怎么办了。难道真的要大半夜的像只无头苍蝇般满世界乱晃着去找人?如果到头来对方只是因为吵架闹矛盾,那跟着折腾了半夜的他岂不是显得有些太白痴了？

也许是察觉了宗佑有些不高兴，林沫开口说道："算了，你先回去吧，今晚谢谢你了。"

招之即来，挥之即去？宗佑这下真的生气了，但感觉到林沫现在的情绪明显有些不太稳定，宗佑想了想还是强行把怒气压了下去："那你呢？"

"我现在心里很烦，想再在这里站一会儿。"

"这么晚了，湖边这么冷，你待在这里时间长了会感冒的。"宗佑皱了皱眉，虽然已经快立春了，不过湖边的夜风仍然很冷，从刚才过来到现在他已经冻得哆嗦个不停，放在平时这种寒夜宗佑同学是绝对不会踏出有暖气的房间半步的。

这时候宗佑才后知后觉地注意到林沫的衣着很是单薄，联想到刚才的对话，他不禁有些疑惑对方是不是已经找了一天的男友都顾不上回去加件衣服。这个发现让他感觉有些不忍，开口劝道："要不你也先回去休息吧！不管发生了什么事，反正杜亚那家伙看起来不像心眼小的，说不定就是出去逛一圈吹吹风，想通了就自己回来了。"

宗佑说完看林沫没有动也没有接话，仿佛什么也没听到，他只好无奈地叹了口气，然后脱下自己的外套递给对方。这倒不是宗佑暖男心态发作想要怜香惜玉表现一番，而是感觉看样子林沫一时半会儿不会回去。他可不想一直待在湖边吹风，把外套留给对方的话他一个人回家也能心安点，毕竟自己能做的都做了。

可惜林沫并没有体会到宗佑同学的这番良苦用心，站在那里一直没有伸手去接外套而是直直地看着他。宗佑被看得有些不好意思，正准备主动过去替林沫披上外套然后走人的时候，却看见对方用眼神略微向他示意了下后面。结果满头雾水的宗佑转过身去才发现，行人屈指可数的环湖路上，林沫口中消失了一整天的杜亚不知什么时候站在不远处正望着这边。或许是错觉，也或许是路灯的光线问题，宗佑感觉杜亚此刻的脸色就像这寒夜里的湖风一样，格外冷……

  过了很久之后，宗佑才断断续续从其他人那里听到了一些传闻。那天到底发生了什么，亲身经历了的杜亚和林沫肯定不会告诉别人。大家也都很有默契地绝口不提这件事情，至少是在当事人面前装作什么都不知道的样子。至于林沫那天晚上到底是怎么想的，为什么会独独把他叫出来，宗佑猜不到也不想去猜。可惜的是，有时候有很多事情并不是你不想，它就会放过你……

Chapter 29 陌路

那件事过去差不多半个多月后的某天下午,原本都快把那件事情刻意忘掉的宗佑突然接到了杜亚的电话。对方这段时间一直行色匆匆,不常在学校出现,即使偶尔回到宿舍休息也是脸色阴沉地直接上床睡觉。兄弟们知道他心情不好也尽量注意不去打扰,关系最好的宗佑最近也不太敢过去搭话。没想到今天杜亚竟然主动打电话过来,一开口就让他感到颇为意外:
"喂,有空吗?出来吃顿饭,我想和你喝一杯。"

接到杜亚邀请的宗佑凭直觉就能感觉到事情有些不对,因为在宗佑印象中,他的这位好友貌似从来都不怎么喝酒。

其实大学里的男生不喝酒的很少,127宿舍的兄弟们也经常去学校里的校办小超市提箱啤酒买两包花生、锅巴什么的回宿舍开怀畅饮。边吃边喝边吹牛,既联络了感情又打发了时间,可谓是大学生活中为数不多的一举多得。

宗佑虽然没什么酒瘾属于可喝可不喝的那种,但却很喜欢大家一起喝酒时的欢快气氛。他本来就是个喜欢热闹的人,所以127宿舍里就数宗佑主动买酒买菜组织大家小酌几杯的次数最多,结果最后却经常出现兄弟们一箱啤酒都消灭完了宗佑第一瓶还没见底的尴尬场面。他是真的酒量有限得厉害,不然当初也不会留下没灌倒林沫反而自己被灌倒的丢人战绩。

而杜亚和宗佑一样,也是常常一瓶啤酒从头喝到尾,但和宗佑真的不能喝不一样,杜亚是真的不喜欢喝。而兄弟们却也从来不敢小瞧杜亚,都知道对方属于轻易不喝酒,一旦放开了喝真是不要命的那种。宿舍全体成员可都是亲眼见识过杜亚在林沫和前男友交往时请大家吃饭的那次喝酒如喝水般灌倒一桌人的英雄气概。

所以127宿舍里从没有人敢和杜亚拼酒,包括宿舍里公认酒量最好的老二宇文。其他人是不想像宗佑那样自取其辱,而宇文则觉得即使真拼起来自己也实在没有把握能扛住对方喝酒像玩命的那种气势……

医大北门外的饭店一条街上,某家普普通通的川菜馆里,宗佑和杜亚在一个靠窗的角落相对坐着。桌上的下酒菜虽然摆了不少,但基本都是价格很实惠的那种。不过即使端上几盘宗佑最喜欢吃的生鱼片,他现在也没有胃口,因为自从他坐到这个位置后,桌对面的杜亚一直都没有什么表情。

"怎么突然想起请我吃饭?"宗佑感觉气氛有些凝重,想活跃一下气氛。

"不说这个,先喝酒。"杜亚没有回答,只是主动将两人的酒杯倒满。宗佑扫了眼墨绿色的酒瓶,发现是瓶不是很贵但度数很高的山西名酒竹叶青。

"我不喝白酒。"宗佑说的是实话,他平时一个人的话连啤酒都不怎么碰,更别说白酒了。然而今天这句实话注定说了也是白说,因为他看见同样不太喝酒的杜亚已经一口将杯中的酒闷掉了,见此宗佑只能有些无奈地也拿起酒杯抿了一下。

"我们认识有两年了吧。"杜亚也没管宗佑的偷工减料,只是重新给自己满上一杯。

"差不多,大一刚开学的时候在学生会纳新时认识的,现在大三都要结束了。"

"那就快三年了,没想到时间过得这么快。"杜亚边说边将杯中的酒又一口闷掉。

"你想说什么就直说。"就算宗佑再迟钝现在也感觉到不对了,况且他根本就不迟钝。

"这几年来我要谢谢你,你真的帮过我不少。我谈女朋友的时候好几次生活费提前花完都是你替我垫的钱吃饭;我家里有事也是你陪我去解决的;还有那次寒假我出去找兼职差点被骗去传销,也是你把我硬拽了回来。"

"自家兄弟说这些做什么,当初创业,宿舍里也只有你愿意陪我一起,那次害你也赔了不少。"压抑的气氛让宗佑的心情也开始浮躁起来,"你今天把我叫到这儿来到底想说什么?"

"可惜再也回不到当初了。"杜亚再次一口闷掉杯中的酒,似感慨又似下了决心地说道。

"你说这话什么意思?"虽然已有心理准备,宗佑还是感觉有些难受。

"我喜欢的女孩和我最好的兄弟……这剧情真他妈的狗血。"

"那天晚上被林沫叫出去前我根本就不知道发生了什么事情。"宗佑有些生气了,"况且你认识我这么久了,难道还不知道我的为人吗?我是那种人吗?"

"虽然我也不想,但我实在说服不了我自己,你知道我有多痛苦吗？如果你真的喜欢她就去追，我只会祝福你们，可为什么要搞暧昧呢？"杜亚的情绪有些激动，声音很大。

"我什么时候和林沫搞暧昧了？你把话说清楚！"宗佑的声音比杜亚更大，被误解的他觉得很难受，"别说我和林沫根本就没有什么，即使真的有什么，你和我这么多年的情谊竟然比不过一个女人？"

"你知道那天发生了什么吗？她为什么不找其他人，就偏偏把你给叫出来，大一你俩暧昧的时候你当我是瞎子看不见啊！"

"我他妈怎么知道那天你们俩到底发生了什么？你自己摸着良心说，你和林沫好了后我为了避嫌都快躲着你俩走了，平常和她见面连话都不说了，这也能叫搞暧昧？再说我如果想和她好早好了，哪还能轮得上你？你说两年前的事？两年前谁知道你喜欢林沫？而且如果关系好一点就是搞暧昧，那和林沫关系暧昧的多了去了。"

"她和别人我不管也管不着。可问题是你不一样，只有你最伤我心。你是我在大学最好的朋友，我是真的把你当成兄弟的！"杜亚突然一拳砸在玻璃桌上，立刻惊得店里不多的几个人都看向这边。正忙里偷闲拿着手机看电影的饭馆老板也抬头扫了一眼，看到已经眼睛通红的杜亚一副找人拼命的架势，想了想后又低头津津有味地看他的电影去了。

"你如果真把我当兄弟就不会说这些了，我从来没有想到你会因为一个女人，因为一些莫名其妙、根本就不存在的事情和我这样。"宗佑这时候反而冷静了。

"也许对你来说林沫只不过是个普通的女孩，可她是我的初恋,我本来是想要和她结婚的。"杜亚有些痛苦地说道。

"如果你真的有你说的那样喜欢她,那你那天晚上跑哪儿去了?"说到这种地步宗佑也就放开了。

"那天我本来准备……"杜亚刚说了个开头又强行停住,"算了,现在说这些也没什么意义了。但你知不知道如果那天晚上你没有出现,我本来是准备回来告诉林沫,不管她怎么选,我都会……"

"不要把自己说得和情圣一样,你如果真这么想,那天你就不会一天都不见人影了。那样林沫就根本不用找我,我也不用被掺和进来。"

不知是宗佑的这句话击到了对方的软肋还是对方真的有什么难言之隐,沉默了一会儿后,明显冷静下来的杜亚没有再说什么,只是将酒杯重新倒满:"这是我第一次喝白酒,也是最后一次和你喝酒了。"

"随便。"宗佑冷笑,举起自己的那杯白酒一饮而尽,然后起身离去。

那天以后的宗佑和杜亚再也没有主动说过话,而林沫也没有再在 127 宿舍里出现过。127 宿舍又变回了 6 个人或者说是更少,因为宗佑选择了回家去住。对此,兄弟们虽然感觉很惋惜,但也没有什么好办法能让两个人重归于好,就这样又过了几个月,大三也结束了。

Chapter 30 后觉

随着宿舍楼门口张贴出实习生限期离校的通知,大伙儿才猛然发现也许自己人生中最后一段可以无忧无虑吃喝玩乐的美好时光貌似真的要结束了。这让很多乐不思蜀了 3 年多的兄弟们多少有些措手不及的感觉,一时间各个宿舍都是一片人仰马翻。家里有关系已经被安排好工作的到处找人喝散伙酒,有时候一天要转几个场子。家里没门路的开始绞尽脑汁努力将平淡无奇的简历尽量包装得好看一些,以图能运气爆棚混进好单位。除此以外,更多的则是准备鱼跃龙门的考研大军,学校附近的各个城中村里本来就不低的民房房租直接被再次拉高了一波。

同样上了离校名单的宗佑同学则非常聪明地以准备复习考研为借口,成功推掉了家里帮他联系好的实习单位得以赖在学校。而 127 宿舍的其他兄弟却依然各奔了东西,这让宗佑感觉很不习惯。有好几次无聊的他准备搬箱啤酒回宿舍找人去吹牛,结果没走几步就反应过来,那些曾经朝夕相处的熟悉面孔恐怕已经很难再一同出现在这个大院子里了。就这样过了几个月后,曾经坐过 127 宿舍第二把交椅的老二宇文从实习的医院回到学校来办事,事办完后就顺道跑来看了看已经寂寞了很久的宗佑同学。

宇文其实是个复姓，本来加上名字应该有四个字。不知道是觉得太麻烦还是前面两个字太顺口，反正大家叫着叫着就只剩下姓了，然后一叫就叫到了毕业。而被无辜砍掉名字的宇文也是宗佑他们整个宿舍里唯一能和学霸这类称呼稍稍沾点边的人。此兄刚开始本来是和杜亚老郭他们一样学康复的，等到大一快结束的时候为了其倾慕的某中医系妹子，竟然以让兄弟们瞠目结舌的非人毅力突击了一个暑假后成功通过了转专业考试，在新学期和宗佑做了同专业不同班的同学。如此煞费苦心再不成功那就说不过去了。因为宗佑在这段让人难以置信的"励志故事"中敲了不少边鼓，出了大力，故而成功拿下妹子的宇文和他的感情也算非常深厚。两人在宿舍里的关系仅次于宗佑和以前的杜亚，与宗佑和老郭间的关系差不多。于是宗佑非常高兴地在学校附近找了家馆子给好友洗尘，几杯啤酒下肚后两人自然就闲聊起了彼此的近况。

"你实习的那地方怎么样啊？"宗佑问道。

"怎么说呢？就说吃的吧，我们医院的伙食不行，如果想改善下生活，至少得走1公里才能找到卖饭的。"提起实习的单位宇文明显不太满意。

"我去，有这么夸张吗，怎么听起来像山区？"宗佑半信半疑，他虽然没去实习，但刚开始家里给他找的实习单位是医大的附属医院。他还以为大家都分得不错，没想到听好友说得像是被流放到了无人区。

"你不相信改天过去看看就知道了，我们那医院说是在城乡接合部都抬举它了，整个一乡镇卫生院。"宇文表现得很是委屈,"你当谁都和你一样随便就能分到医大附院那么好的单位,结果你还不去。"

"他们几个怎么样了?"宗佑见有被引火烧身的趋势,连忙转移话题,自从和杜亚闹翻后,他就很少再回宿舍,连散伙饭都没参加。

"老郭要结婚了。"宇文果然没反应过来,被引导着谈起了其他人。

"迟早的事。"宗佑对这个消息并不惊讶,"他和他媳妇都多少年了。"

"老郭赚大了,他媳妇家是搞房地产的,听说在他们市的富豪榜上排不到前50也能排个前100,老郭这一下要少奋斗多少年啊!"

"这个你羡慕是羡慕不来的,人家两个从上高中就开始谈了。"宗佑不得不及时泼盆冷水以防止好友羡慕得快要流出来的口水污染桌上的饭菜。

"哎,你说我怎么就没这么好的运气,被个家里有钱的白富美看上?"宇文有些自怨自艾地在那里感慨,被无奈的宗佑催着喝了一杯啤酒将嫉妒压下去后才又接着说道,"小杨去了唐都,刘同和杜亚分在了一个地方,前两天打电话说还不错,两个人在一起也能互相照应下,有什么活分着干。不过听他们说我们班的小吴好像失恋了。"

"咋回事?"听到有八卦,宗佑一下来了精神。

"具体啥情况我也不太清楚,我也是听老大说的。"宇文虽然嘴上说着不清楚,但讲得却很详细,看来八卦这种东西大家还是都挺关注,"我们班的学委不是和小吴是老乡嘛。最近她刚转科到实习医院的妇科，前几天小吴有事回了趟家被学委家托着给捎了点东西。结果小吴回来后跑去给学委送东西的时候竟然碰见了他刚交往不久的女朋友来做人流，而小吴最多也就摸过对方几次手，连胸都还没碰过……"

"不会吧，这么巧？"宗佑有些不敢相信，在他印象中那个小吴在宇文他们班算是挺聪明的一个人。

"那算什么，隔壁宿舍的胖子你还记得不？就那个来咱们宿舍打牌老送钱的那个。"实习了几个月的宇文明显长了不少见识，"听他们宿舍的人说，那家伙有天被带实习的老师叫去整理资料抄病例，抄着抄着就抄到一个眼熟的名字，一看这不是她女友的名字吗？他开始还觉得挺巧以为是重名，结果仔细看发现信息都对得上，再一看做的是处女膜修补手术，手术日期就是他和他女朋友上床的前几天……"

"我去，小说都不敢这么写吧！"宗佑听得目瞪口呆，他突然感觉自己不去实习错过了很多很多东西。

"这事在他们班都传遍了，我还能骗你不成？"宇文对宗佑的怀疑很不满意，硬逼着他自罚了一杯才接着说道，"其实吧，感情这东西真的不好说，你还记得当年学校里的三围哥吗？"

宗佑心想这不是废话吗，本门祖师爷怎么可能忘："当然记得，咱们学校的名人，怎么了？"

"我实习的医院里有个那届的师兄刚好曾经和三围哥住一个宿舍，我那天没事和他闲聊聊到三围哥才知道这事。三围哥不是在他们学院学生会干过一任什么部长吗，所以和院里的老师都很熟。每年新生体检他都去帮忙，这家伙其实真正的特长是记性特别好，那些新入学的师妹的体检资料都被他记熟了，所以他看人家的三围才那么厉害。"

"有没有搞错？真的假的？"宗佑连续用了两个疑问句来表达此刻自己因为偶像被残酷推下神坛的震惊心情。

"真的假的谁知道，反正我觉得这解释挺靠谱。你知道三围哥后来怎么样了吗？他当时喜欢他们班一个女孩，结果对方一直和他若即若离的，明显将他当备胎。等毕业后那女孩报名当了志愿者跑去援边。三围哥据说本来是可以留校的，他和系里的领导关系都不错，家里情况也好路子也野，需要的花费都准备好了，就差具体操作了。结果三围哥硬是和家里闹翻，追着那女孩跟了过去。听知道情况的师兄说，他们去的那地方也就刚把电通上……"

"人家这叫有魄力，你还别说，有几个能做到三围哥这样不要前程要美人的？"虽然知道了真相，宗佑还是忍不住为曾经的偶像说话。

结果宇文一盆冷水立刻浇了下来："你不知道结局，那女孩过去后没多久就大着肚子跟同是志愿者的某领导公子跑回来结婚了，现在就在长安那边某个很有名的医院里上班，听说工作也是她公公给找人安排的。后来他们都分析那女孩应该就是盯着这公子才会去报名援边的。"

被宇文的冷水当头泼了个透心凉的宗佑缓了半天才问道："那三围哥呢？"

"三围哥不知道是被打击得太厉害还是没脸面对家里，硬是留在那边说要一辈子与蓝天白云相伴。所以说为了女孩放弃前途真是傻得可以。"

宇文的劲爆消息让宗佑一阵失语，三围哥可以说是他大学时最崇拜的偶像。他坚持练习了很多年却不断失败的目测三围之术就是因为对方才没有放弃。然而还没等他消化完如此劲爆的消息，宇文就又提了一个非常敏感的话题："林沫也要结婚了，你知道不？"

"没听说，也没人给我说。"宗佑的心猛地跳了一下，"你听谁说的？"

"我也是听她们宿舍的女生说的，她好像就通知了她们宿舍的那几个，反正咱们宿舍这边貌似都没收到帖子。"

"太快了吧，这才离校多久？"宗佑想起那个让他说不清滋味的女孩有些不可置信地问道。

"差不多了，女孩老得快，哪有时间跟你瞎耗啊？"宇文话糙理不糙地表达着自己的观点，"趁还看得过去的时候不蒙张固定饭票，再过几年年纪大了再想蒙个差不多的都不一定能蒙上。"

"饭票哪儿的？"

"就她们村的，听说是她干妈的儿子，也算青梅竹马吧，好像没上过大学，直接进的厂，她们那边不是煤多嘛。"宇文看来知道得不少，说到这里他顿了下，看了看宗佑的脸色后才又缓缓开口，"其实你和杜亚真的可惜了。"

"有什么可惜的，他自己沉迷女色不可自拔，我能怎么办。"宗佑语气冷冷地回道。

"怎么说呢，其实当初那件事本身就无所谓对错，你们当局者迷，我们在局外都看得清楚，林沫除了你们两个以外走得近的男生不少，跟杜亚在一起前和药剂那边打球打得挺好的那个姓王还是姓什么的不也谈过一阵吗？她那样子，唉……但话说回来，上大学趁着年轻不就是要活得洒脱点吗？喜欢谁就和谁在一起又有什么错？非要怪的话只能怪大家还是太年轻。"宇文仿若看破一切的语气里透着惋惜，说完后看对面的好友没有什么反应，便又接着说道，"其实你也应该站在杜亚的角度想一想。他一直都喜欢林沫，虽然没有明说但我们都能看得出来，结果刚开始林沫反倒和你关系好得让大家都误会了。他和你比起来各方面的条件都比不过，自然心里没什么安全感，换我我也不放心。后来好不容易把人刚追到手就又出了这么一档子事，心里估计都快崩溃了，刚好那天晚上林沫偏偏就把你一个给叫了出去……唉，只可惜你们俩曾经好得和亲兄弟一样，最后竟然闹成这样连朋友都做不成……"

"现在说这些还有什么意义，路都是自己选的。"宗佑淡淡地开口将想劝自己的宇文打断，举起酒瓶将桌上的杯子重新添满，"喝酒。"

那天晚上，医大北门外这家名字普通得不能再普通的川菜馆的老板，在说了无数好话，忍痛打了 9.5 折后，才终于将两个醉鬼请出了自己的小店……

Chapter 31 配角

反复思考了很久以后，宗佑还是决定去参加老郭的婚礼。为此他不仅从衣柜中翻出了那套自从买了后还没穿过几次的阿玛尼西装送去干洗，另外他还将自己那经常脏得让人认错颜色的老款座驾洗得干净到能映出路边姑娘的大白腿。最后他甚至忍痛将蓄了有段时间的爱须也剃掉了，这本来是用来明志给家里看的，以此来表明他不去实习发愤考研的决心。做完这些他能做到的准备后，只剩下最后一个他单独做不到但却又不能不做的准备。宗佑同学实在不好意思独自一人去参加这场注定会遇见许多熟人的聚会，毕竟单身有时候也是可耻的，尤其是在这种微妙的场合。但好在让宗佑感到庆幸的是，这个问题对于他来说也并不是那么难解决。

当康乐发现宗佑鬼鬼祟祟在自家店门外一副想进又不敢进的模样的时候，她正在背单词。看着对方提着疑似装着零食的袋子和满脸假得不能再假的笑容，康乐第一反应就是这家伙又是来找自己帮他写作业的。

康乐已经记不清楚具体是从什么时候，是刚刚开始上小学时，抑或是更早一些还在学前班的时候，每天下午放学后宗佑都会厚着脸皮跟着她回家，然后一边翻着当时流行的小人书，一边等着自己把作业写完好拿去誊到他的本子上。更难得的是只要没有放寒暑假，即使偶尔狂风暴雨电闪雷鸣，宗佑都会风雨无阻持之以恒地天天重复这个过程。搞得不知内情的两家大人还曾开玩笑说，既然两人形影不离感情么好不如订个娃娃亲将来直接凑一对，殊不知宗佑小朋友并不是痴迷康乐小朋友的美色而是一直在贪恋她的作业……

在这个持续多年的误会里面即使有宗佑死缠烂打烦得让人不得不答应借他作业的原因，对方投桃报李的雪糕、巧克力也让康乐狠不下心来严词拒绝宗佑这种不符合三好学生定义的不良行为。结果就出现了偶尔哪天康乐失误做错了哪道题，老师也会惊讶地发现那道题宗佑也会做错的巧合现象。而最让康乐无语的是，宗佑抄作业从刚上小学抄到中学毕业，最后竟然丧心病狂得连到大学都没有停止，这从某次两人关于作业的对话里可以清楚地显示出来。

宗佑："我把作业放你桌上了，你等下记得帮我做完。"

康乐："拜托，老大，你学的是中医，我学的是中文，你的作业我怎么会做？"

宗佑："不会的地方你可以百度啊，反正中文和中医也就只差一个字。"

康佑："完全就不是一个概念好不好，你自己怎么不去百度？"

宗佑："我这不是晚上被他们叫去联机嘛。老规矩，回来我会给你带你最喜欢的蛋挞，就这样愉快地决定了。"

康乐："……"

宗佑的厚颜无耻搞得康乐非常无奈，她感觉自己上了个假大学，虽然名义上学的专业是中文，实际康乐怀疑就算让她去参加中医专业的考试应该也不会挂科。拜宗佑所赐，天天跟各种语法、文字打交道的康乐到后来竟然非常神奇地学会了给人瞧病。朋友如果有些不太严重的小感冒什么的她基本都能给出合理的治疗办法及对症的药物，通常能做到药到病除，毕竟替某人写了多年的作业，翻过的医书太多，想不记点都不行。反倒是按理说应该悬壶济世的正牌准医生宗佑同学，则时常出现把兄弟们发烧的弦脉误诊成有喜的滑脉这类非常尴尬的场面，气得对方大骂某人谋财害命。

康乐有时候不禁好奇地想，抄了自己十几年作业的宗佑是怎么蒙过高考混进大学的？犹记得中考的时候自己还很紧张宗佑如果考不上怎么办，结果成绩公布后康乐的眼镜都快跌破了。宗佑不知是蒙的还是超水平发挥，竟然和因为担心他考不上而有些恍惚的康乐考得不相上下。虽然康乐那时候真的很担心宗佑不能和自己上同一所高中，可当对方奇迹般也成功考上彩虹中学后，康乐既庆幸又感到困惑。天天认真学习的自己能考上重点高中很正常，而天天看小说玩游戏的宗佑竟然也能考上名校，这样岂不是显得努不努力学习根本就不重要吗？这个问题让康乐纠结了很长一段时间，不过最后她还是释然了。也许他天生就很聪明，所以不用功也可以，而自己只是一个笨丫头吧。最重要的是，他们又可以继续一起上学一起回家的日子了。

"我最好最好最好没有之一的朋友，我有件小事情需要你的帮助。"看见被目标发现了，宗佑立刻堆起一脸的假笑走了进来。那副谄媚的表情让康乐实在有些受不了，在她印象中对方每次这样都没有好事:"又要我帮你做什么作业?"

"不是不是,这次是好事。"宗佑立刻把头摇得飞快,同时将手里提的袋子打开。

康乐这才看清楚袋子里面装的东西,满满的冰块中间藏着一盒自己最爱吃的哈根达斯,而且明显是多色的那种大盒。这个发现让她头皮立刻发麻起来,宗佑下这么大本钱,那所求的绝对不是小事情:"说,到底什么事?"

宗佑先讨好地将明摆着的贿赂推到康乐面前,然后用充满期盼的声音问道:"周六有空吗?我带你去吃席。"

虽然宗佑的这番回答没头没脑,但早有经验的康乐还是很快就反应了过来:"谁结婚了?怎么每次这种事情你都来找我?老大,你这样让我以后还嫁不嫁人了?"

"我们宿舍的老郭,你见过的那个。我这不是实在没办法嘛!那群混账都骗到对象了,我一个人去实在不好意思。你就帮我一把,回来后我请你去吃大餐。"

"行了行了,你那所谓的大餐我都听过不知多少次了。"

即使宗佑的脸皮厚得堪比城墙,这时也难得地红了起来,毕竟每次找康乐帮忙就许诺请客吃大餐,过后却没兑现过的次数加起来连他自己都感觉有点不好意思了。

"姐姐,这次真的只有你能救我。星期六就到日子了,这么短的时间你让我从哪儿再去找个女朋友?现谈都来不及。再说这么天真可爱、美丽善良、风流倜……这个不适合你……蕙质兰心、国色天香、倾国倾城、花容月貌、闭月羞花、沉鱼落雁的我最亲爱的乐乐,你是不可能忍心看着我被笑话的吧?"宗佑一口气将自己能想到的形容美女的词语全部说了出来,两只小眼睛还努力地学着猫咪那样瞪大,看样子就差再挤几滴泪水了。

"别装可怜,别卖萌!"康乐被身旁这个无耻之徒搞得起了一身鸡皮疙瘩,终于无奈地开口,"行了,我知道了。"

"你答应了?"看表情都快要哭了的宗佑有些不确定地问。

"你再不在我眼前消失的话我很有可能改变主意。"

康乐话刚说完,宗佑转身就走,一边走一边还不忘回头叮嘱康乐:"记得到时候打扮漂亮点,千万不能丢了我的面子呀……"

康乐气得牙根直痒痒地望着宗佑的背影消失,过了很久后还是轻轻叹了口气,从袋子里拿起对方留下的哈根达斯,却怎么也提不起享用的心情。自己到底算什么呢?小时候叫宗佑起床的闹钟?上学后给宗佑抄的作业?长大后陪宗佑参加聚会的临时女友?这些就是自己对于宗佑存在的全部意义吗?

康乐越想越感觉迷惘,从中学到现在,即使配合过再多次,假装的男女朋友终究不是真的情侣。就像电影里经常扮演女二号的演员,即使偶尔逆袭一次成功上位,大家仍然还是习惯将她当作配角……

Chapter 32 观礼

老郭的婚礼办得很大,据说是包了他们县城最豪华的星级酒店。为此宗佑还特意数了数,发现摆了有五六十桌,这让来观礼的同学们都不由得感慨老郭家的祖坟风水确实好,不然怎么能骗到一个家里这么有钱的媳妇?然而只有包括宗佑在内的原127宿舍的成员才能明白老郭和他的女朋友能走到今天这步,其实也挺不容易的。

和其他的大学男生宿舍一样,127宿舍也时常集体组织学习各位"老师"的作品。留意观察的话就会发现,不定期在某个月不黑风也不高的晚上,127号宿舍就会毫无来由地将门反锁把灯熄灭,伪装出一副宿舍全体成员集体出去上自习的假象。不知情的看见后自然以为里面没人,殊不知被拉得密不透风的窗帘后面的黑暗中,有群人正鬼鬼祟祟地围着一台破笔记本电脑两眼放着光。如果这时候有人过来串门的话,被吓一跳以为闹鬼都算轻的。如果进来的还是一个女生,那画面宗佑都不忍心去想……

这种深受兄弟们喜爱的宿舍集体活动在整个127宿舍里只有两个人很少参与,一个是宗佑,一个是老郭。宗佑不参加是因为这种东西他从中学到现在看得实在太多早已提不起兴趣,把他那几个T的硬盘的收藏贡献出来就算杜亚他们一天看一部搞不好看到毕业都未必能看得完。而且他的实践经验远比宿舍里的这群屌丝丰富，自然不屑于与他们一起进行初级的理论学习。至于另外一个同样不合群的老郭同学，则是因为那时的他就已做好了随时进入围城的准备。

当时的老郭是宿舍里最早也是唯一结束单身的，而他的罗曼史已经不是短短几年的大学时光可以概括得了的。俘获了老郭后半辈子的胜利者是他高中的同学兼隔了几条街的邻居，因为姓车所以被宗佑他们简称为小车，实际上她比在127宿舍里实际年纪最大的老二宇文还要大上那么一点。但有时候人类的思维就是这么奇怪，年龄差不多的话不管女孩比男孩大多少，人们都会下意识地认为她还很小。同时小车优越的家庭条件也让兄弟们对"女大三，抱金砖"这句俗语的准确性赞叹不已。老郭这不就直接可以开车了？事实上老郭和小车的爱情并非其他人想象的那么一帆风顺，7年都有所谓的七年之痒，更何况是一场跨度将近10年的马拉松……

老郭和小车之间的痒出现在宗佑他们大二那年。不知道具体是因为什么，反正当时两个人已维持了多年的感情很突然地就到了崩溃的边缘。

那段时间的老郭非常反常，会像宗佑一样突然跑去上课，然后在教室里发上一整节课的呆；也会像小杨一样常常拿着手机偷偷窝在被子里面不知道在看什么；甚至某天深夜还被人发现像宇文一样大晚上一个人抽着烟在女生宿舍的窗户外面晃来晃去，搞得里面的女同学提心吊胆地把窗帘拉了又拉，就差泼洗脚水了。而最夸张的一次是他在宿舍喝酒喝着喝着就喝没影了。结果那天晚上由于战况太过激烈，其他人也都先后喝到断片愣是没人注意到。一直到第二天下午大家都睡得差不多了准备起床去吃晚饭的时候才发现情况不对，怎么少了一个？再打电话发现老郭手机也关机了，联想到最近隐约察觉到的端倪，一屋子的兄弟都急了，担心老郭别是想不开去跳学校对面的秦都海了。于是大家不顾腹中饥饿直接组团杀到海边想看看有没有新打捞上来无人认领的遗体，结果自然是一无所获。正当兄弟们准备举手表决要不要打电话报警的时候，老郭居然自己又出现在了这个时空。

因为不清楚到底是个什么情况，宗佑他们也没敢问，后来老郭得知大家找了他一天连晚饭都没顾上吃后就请宿舍的人吃了顿饭表示感谢。兄弟们看他心情不错这才委婉地表示想知道他那天到底是怎么回事。

"昨晚我喝多了，想出去抽根烟清醒下，结果在楼门口被风吹着吹着我就觉得不甘心。我们在一起这么多年了，怎么可以说分就分？她有没有问过我的意见？不管怎么样，我觉得我必须亲口向她问个明白。于是我就借着酒劲直接打车去了她们学校，结果她不愿见我也不接我电话，我就发短信告诉她我就在她校门口等着，她不见我我就不走了。"老郭笑着开口讲述昨天晚上他失踪后的经历。

"然后呢？"兄弟们看他笑得挺真，也就继续八卦下去了。

"然后我在她校门口站了快两个钟头，酒劲都被风吹散了，接着头就开始疼，一摸很烫，估计是发烧了。"

"再然后呢？"

"再然后她就出来了，陪我去校医院打退烧针。其实我发完短信不久她就出来了，只不过一直站在我看不见的地方看着我。"

"你能直接说重点吗?"

"重点就是打针的时候我告诉她我感觉我不能没有她。而她看到我当时那样子心里也感觉仍然会难受,于是我们就和好了。"

兄弟们听完这个刚听到开头就能猜到结局的故事后,不约而同地对老郭和小车之间深厚的感情表示赞叹,然后就以庆祝他们复合的名义点了店里最贵的那几道硬菜。

以上关于新郎新娘的故事是宗佑同学的亲身经历,但现在的他却没有工夫为两人这段来之颇为不易的爱情感慨。因为此时的他已经望见了从门口走进来的那个曾一度让他犹豫要不要出现在此地的男人。

其实宗佑已经有很长时间没有见过杜亚了。他和对方彻底闹翻后就搬回家住了,平时也很少再回宿舍,接着没过多久,学期结束后大家就分开去实习了。所以这还是自大家离校后的第一次见面。

不过这也在宗佑的意料之中。来之前他就想过像老郭结婚这么大的事,一个宿舍住了几年的兄弟没有理由不来的,而且一般情况下肯定还会被安排在一张桌子上。宗佑也想到了杜亚有可能并不是一个人来,所以他也千方百计地拉来了康乐。有些出乎他意料的是,杜亚带来的女孩看起来非常特别。

"好久不见。"杜亚走过来和同学们打着招呼,同时很随意地介绍了身边疑似老外的女伴,"这是我女朋友,小马。"

反应过来后的大家分别回话打招呼,只有暗自猜测那女孩是哪国人的宗佑没有反应,坐在那儿一动不动好似陌生人一般。

"兄弟们就等你了。"旁边的宇文看场面有些尴尬,连忙起身招呼两人坐下,顺便准备替杜亚将酒满上,大家碰一杯活跃下气氛。没想到却被对方用手把杯子遮住拒绝了:"不了,我现在已经不能喝酒了。"

"怎么回事?什么叫不能喝酒了?"宇文有些意外。

"我皈依伊斯兰教了。"杜亚一语惊人,连装作不认识的宗佑都忍不住抬头望过去。

看见大家好像都被自己惊到了,杜亚笑着指了指那个叫小马的女孩解释道:"我女朋友是回民。"

众人这才释然,怪不得杜亚的女朋友看起来像混血,关中这边的回族人确实姓马的比较多,宗佑回忆了一下,好像认识的那几个回民都是马姓。

"我以茶代酒,敬大家一杯。"杜亚举起茶杯提议道,大家迟疑了一下,也都举起了杯子。整张桌子只有宗佑没有动作,康乐看了他一眼,感觉有些奇怪,然后也没动,在外面的时候她一直都很配合宗佑。

"我还有事,失陪了。"杜亚喝完杯中的茶水就带着回族女友离开了,留下面面相觑的一桌人。

看到对方坐到隔壁桌的宗佑面无表情地将自己杯中的酒一饮而尽。不知为什么,此刻的宗佑忽然想起了很久以前看过的一部香港电影,确切地说,是想到了电影里的一句台词:酒,越喝越暖;水,越喝越寒。

让宗佑稍微好受点的是,另一个他不想见的人并没有出现。

虽然发生了一段小插曲,不过好在很快就正式开始的婚礼仪式迅速地冲淡了这些不愉快。只见立着鲜花拱门的酒店台子上,一口本地方言的主持人正在很敬业地念着主持词:"敬爱的各位来宾,欢迎大家在百忙之中前来参加郭涛先生和车艳小姐的婚礼。大家都知道,郭涛先生和车艳小姐很早很早之前就已经相识,从高中的时候就开始交往,整个中学时代基本都在一起。据车艳小姐漂亮的伴娘团透露,车艳小姐一直梦想成为一个可爱的新娘。当然,新娘可不可爱,我们的郭涛先生最有发言权。我们英俊的郭涛先生经过多年不懈的努力,终于可以在今天正式和美丽动人的车艳小姐一起携手共度美好的后半生。对于多年来无论快乐还是难过都一起度过的两人,对方的存在对彼此来说都非常珍贵和重要。郭涛先生、车艳小姐,大大的地球上从今天开始又多了一个小小的家,恭喜你们喜结连理,从此成为世界上最幸福的一对儿。"

不得不承认主持人的口才不错,虽然主持词半土半洋听不出具体风格,台下却仍然掌声不断,而且就数这边几张桌上的同学拍得最响,时不时还能听见有人在吹口哨。

一群人里面唯独宗佑同学比较安静,他刚才听着听着就感觉哪里有点不对,怎么这些话听起来这么耳熟?仔细从头到尾理了一遍后,宗佑终于反应过来到底哪里不对了,这说的不就是自己和康乐的翻版吗?想明白后的宗佑扭头想看看康乐的反应,刚转过来就发现对方也正转头看着自己,目光短暂相交后两人又同时迅速地别过脸去。

不知为什么，宗佑突然感觉有些热，摸了一下才发现脸上竟然出汗了。于是他习惯性地转身，准备去向一起出去时总是负责保管零碎小东西的康乐要纸，结果却看见坐在自己身旁的康乐正拿着纸巾在擦额头上的汗……

Chapter 33 纠结

老郭的婚礼结束后,宗佑拒绝了宇文他们晚上一起去闹洞房的提议,连夜赶了回去,结果到秦都的时候天已经很晚了。

康乐家还在宗佑小时候曾经住过的东院,就在宗佑现在住的小区的马路对面。往常一起回来的时候宗佑都是把车停在马路边上,然后两人分别朝相反的方向各回各家,但今天的宗佑却有些反常,车虽然还是停在和往常一样的地方,他却执意要亲自将康乐送回去。康乐虽然感觉有些意外,但并没有想太多,此刻的她只想早点到家,因为她的脚已经痛得快受不了了。

其实康乐从小就很少穿也不喜欢穿高跟鞋,在过去的20多年时光里,她穿高跟鞋的次数真的是屈指可数,甚至可以说那些穿高跟鞋的经历基本都是和此刻跟在她背后的那个男人有关。比如客串对方的临时女友陪他去参加聚会,甚至自己那为数不多的几双高跟鞋几乎都是宗佑特意按他的欣赏水平买来后软磨硬泡逼她收下的,为的是参加聚会时不落他面子。

直到现在康乐仍然清楚地记得自己第一次穿高跟鞋的场景,那还是在他们高中的毕业舞会上。

本来当时的康乐并不准备参加,可实在架不住宗佑劝她一起去的说辞:"拜托,人生就这么一次高中毕业舞会,错过了岂不是很遗憾?"

　　为此康乐仔细思考了半天,然后沮丧地发现对方的这个理由实在让人无法反驳。而据她了解,宗佑之所以表现得这么积极,是因为那里除了有漂亮的妹子以外,还会提供免费的小吃、果盘和饮料。

　　于是,那天的康乐就在宗佑同学的指导建议下穿了一条淡紫色的长裙并搭配着一双蓝色高跟鞋,有些不知所措地站在由学校对面的工人俱乐部临时改的舞厅的角落里,从开场后便连续拒绝了几位"人靠衣装"的男生的邀请。

　　而离她不远的宗佑当时正在和桌子上的零食进行着激烈战斗,显然和跟妹子跳舞比起来,盘子里的水果和点心对他的吸引力更大一些。

　　"喂,你怎么不去跳?"在康乐拒绝了第四个还是第五个邀请者后,宗佑终于感觉到了不对劲,不得不暂时放下和水果、点心的深仇大恨开口问道。

　　"我不会。"康乐老实地回答。她虽然在学校的兴趣小组里学过舞蹈,也经常在校内活动中和一群女生登台表演,但显然那些东西在这种场合是派不上用场的。

　　"我去,你怎么这么笨?"宗佑虽然很想和桌上的美食进行第二轮战斗,但考虑到康乐是自己硬拉来的,而且真要这样下去和康乐开战的概率更高。于是纠结了半天后他还是决定等一会儿再来和零食们算账:"好吧,好吧,谁让我这人这么重感情呢!来,我教你。"

　　说完还没等康乐回话,宗佑就一把拽住她的胳膊杀入舞池中央。在宗佑看来自己能放下美食,做出这么大的牺牲,康乐实在没有理由拒绝，而且在他的印象中从小到大对方基本就没有拒绝过自己的要求。事实上康乐也确实没有想过拒绝宗佑。这样一来就可怜了刚才那几位穿着各色小礼服邀请康乐失败的男同学，此刻他们只能目瞪口呆地望着开始共舞的两人，同时恍然大悟：原来这种冰山美人喜欢强硬类型的啊！于是后面就出现了试图模仿的兄弟被其他实践对象骂作有病的尴尬局面。而之所以产生这种差之千里的错误认识，是因为他们和宗佑、康乐两人没在一个班上不是太熟，不然他们就会知道除了宗佑以外换作其他任何一个男生这样做的话，搞不好康乐同学那天穿的高度超过10厘米的高跟鞋就会产生新的用途。比如就像她现在抱怨的这样："我说，你能不踩我的脚吗？"

"踩到你了？不好意思，不好意思。"虽然宗佑打小做错事就很少改正，但他承认错误的速度从来都是很快的。

"你真的会跳吗？"康乐开始感觉对面这个总是自称为"舞林高手"的家伙貌似有些不太靠谱。

"废话，我当然会跳，只不过最近好长时间没机会跳，有点忘记了。"宗佑坚决否认康乐的怀疑。其实他对于这种交际舞的所有经验也就是从影视作品里学习观摩过几次，一旦亲自实践很快就手忙脚乱了。

好在灯光够黑，宗佑的脸皮也够厚，不仅说起谎来面不改色、心不跳，同时还能一边拼命回忆以前看过的电影里的步法，一边镇定地拉着康乐现场练习。这样临阵磨枪的结果就是等到那天舞会散场的时候，康乐那双刚买不久的蓝色高跟鞋基本报废了，而作为罪魁祸首的宗佑后来好几天走路都是一瘸一拐的。

时间回到今天晚上，此时一心只想早点回家好脱掉这该死的高跟鞋的康乐走在前面，而不知在想什么的宗佑则慢腾腾地跟在后面，就像很多年前上中学时每天晚上两人下晚自习回来时的那样，路上映着一前一后紧紧挨着的两道影子。

虽然自己家早已搬到了马路对面，但宗佑对这座叫作东院的单位家属院还是有很深的感情。毕竟是曾经生活了十几年的地方，院子里的花花草草都和他童年时的美好回忆有关。黑暗中，宗佑环顾着熟悉的四周，院子里这些只有6层高的矮楼据说是20世纪70年代末的产物，这样算起来已有三四十岁的高龄。一般这种破旧的老房子总是给人一种阴森的感觉，这里当然也不例外，尤其是在诸如此刻这种夜深人静的时分，更是显得格外寂静。不过还好宗佑和康乐两个人并不寂寞，因为他们走过的路上，不时会出现一些绿幽幽的小眼睛陪着他们。

东院有很多猫，其中有不知从哪里流窜过来的野猫，也有院里老人养的家猫，在宗佑的印象中好像老人都喜欢养猫。东院有很多老人，老人多了自然猫也就多了。也许比起忙于自己生活的子女来，这些小东西陪伴他们的时间更多吧！老人在的时候猫猫们自然被宠到天上，但等老人真的去了天上后，很多原本在"天上"的猫猫就被打落尘埃，从家猫变成野猫，需要开始为吃得饱、冻不死而奋斗了。这就像是一个奇怪的数量关系循环：老人越多，家猫越多，野猫越少；老人越少，家猫越少，野猫越多。而不管是家猫还是野猫，总之东院有很多很多的猫。

小时候冬天的晚上，宗佑和康乐出来玩时，经常会碰见一只只白、黑、灰、花各种毛色的喵星人或卧或趴地聚在井盖上，懒洋洋地享受着从井盖下的暖气管道缝隙冒出来的白腾腾的热气。蹲在地上逗逗这些猫主子成了那时候的两人最喜欢也最常玩的游戏。甚至直到长大后，康乐还是会时不时地从店里拿些过期或者破碎的小饼干什么的来喂它们，时间长了就出现了像现在这样许多记住她的猫一路跟在她身后的画面。

其实宗佑也很喜欢小动物，但前提是这些可爱的小东西生活能够自理。宗公子经常连自己都懒得收拾，放假不出门的话脸都无法保证一天洗两次，更别说每天花大把时间替主子们铲屎、喂食、按摩放松了。有那工夫他更愿意去玩玩游戏或看看小说，再不济也可以躺在床上打个盹养养精神，生活如此简单的男人让他费心费神地去伺候这些爱挑剔的小主子那就有点太难为人家了。

然而已经很久没有回过东院的宗佑今天格外注意这些很久未曾见过的老朋友，可惜他盯着一路遇到的主子们仔细看了半天也无法确认这些是不是自己童年时的故猫。估计小时候曾打过交道的那几只早就回喵星了吧，这些应该是它们的猫子猫孙。井盖上趴着的猫换了几茬，而自己和康乐也长大了，想到这里的宗佑突然感觉有些莫名的惆怅。

"我到了，你早点回去休息吧。"先从回忆中醒过来的康乐叫醒了还在回忆中的宗佑，此时他们已经走到了康乐家的楼下。

"好的，你回去也早点休息。"宗佑抿着嘴回答，熟悉他的人都知道，一般只有他犹豫不决、下不定决心的时候，才会出现这样的动作。

"那我先回去了。"然而康乐并没有注意到此刻对方有些反常的表情,因为她的脚现在真的痛得快坚持不住了。

"康乐!"

就在康乐准备上楼的时候突然又被宗佑叫住,她有些无奈地转过身来:"又怎么……"

康乐的话说了一半就说不下去了,因为宗佑已经将她拦腰抱住,然后直接用嘴将她还未说完的话堵了回去。

突然的袭击搞得康乐有些发蒙,反应过来后费了很大的劲她才将占尽了便宜的无耻家伙推开,擦着嘴唇恨恨地道:"你发什么疯啊?"

"好疼。"宗佑没有第一时间回答,而是用手擦了擦嘴唇,结果发现手上隐约可见红色的液体,"我去,你接吻能不能管管牙齿,你看我的嘴都被你咬烂了。"

"拜托,是你突然发神经好不好!"康乐也发现自己好像咬伤了某人的狗嘴。天地良心,她刚才被突然袭击得头脑一片空白,嘴上完全是下意识的动作,真的不是故意的。

"其实你温柔点的话挺好的,我觉得我可以接受。"宗佑也不纠结自己受伤的嘴了,有些自嘲地笑着,微微低了低头后开口。

"什么?"康乐没有听太明白。

"我说,要不咱俩凑合凑合,结婚吧!"宗佑重新大声地喊了一遍,看他那样子似乎能说出这句话也挺不容易的。

这下康乐听懂了,她实在不知道该怎么形容此刻的心情,只能下意识地回了句:"你是不是喝醉了?"

"也许吧,不然我还真没办法把你当女人看。算了,不管喝没喝醉，康乐，我们……疼！疼！你做什么？"

"浑蛋，有人在喝醉的时候向人求婚的吗？快收回你说的话，浑蛋！"没等宗佑的话说完康乐就一耳光扇了过去，此刻的她明显很愤怒，"你知道你在做什么吗？这种话能随便乱说吗？你知不知道你随便说的一句话别人真的会当真？你什么都不知道还要这么说，浑蛋！"

"对不起，我道歉，我开玩笑的。"宗佑被康乐从未见过的激动样子有些吓住了，以至根本没有注意到此刻的对方早已是泪流满面。

"这种事也能开玩笑吗？你说什么我就必须信吗？你是我的什么啊？我的初吻也被你抢走了，你知不知道我等了……"康乐有些哽咽地又推了宗佑一把，然后话没说完就直接转身跑上了楼，留下还没从惊吓中恢复过来的宗佑，以及一群围观了全程的喵星人。

竟然猜错了？宗佑摸着还在隐隐作痛的脸颊不由得苦笑起来。

第二天，一夜没睡好的宗佑同学再次难得地起了个大早，因为他要去找康乐道歉。

"昨天……"赶到康乐家店里的宗佑欲言又止。

"昨天？昨天怎么了？"康乐的表情好像昨天什么都没有发生过。

"昨天，我好像……"

"没事啦，你发酒疯又不是第一次了。"宗佑还未说完就被康乐打断。

"那就好。"宗佑长舒了一口气,不知为什么,他突然感觉康乐好像有了些变化,而到底是什么变化,宗佑却说不清楚。他也不知道,这种变化对他来说到底是好还是坏。宗佑唯一能确定的就是,自己和康乐的关系,貌似和从前变得不太一样了……

Chapter 34 日记

又到了一天的末尾，帮父母整理好明天进货的清单后，康乐回到了自己的房间。想上床却感觉还没有什么睡意，于是她就坐到了书桌前，打开那个上锁的抽屉，拿出了自己最新的那本日记。

从很小的时候开始，康乐就有写日记的习惯，在如今这信息爆炸、感情速溶的时代，用原始的纸和笔来记录喜怒哀乐的人早已所剩无几。但康乐还是一直坚持着每天晚上闲了后打开日记本写上几句，她喜欢用这种最原始的方式来记录属于自己一个人的秘密，就像她最喜欢的那句诗一样：从前的日色变得慢，车、马、邮件都慢，一生只够爱一人……

　　昨天我陪他去参加他大学舍友的婚礼，本来我并不想去的，但我实在无法对他的要求说不，就像他拜托我帮他写作业，拜托我帮他打听他喜欢的女孩喜欢什么，拜托我在他有需要的时候扮作他的临时女友那样。不管他提的要求有多过分，我都很难坚定地拒绝他，我是有多么一厢情愿，又有多么傻里傻气。这样的我，怎么能让他有除友情以外的感情呢？我讨厌这样的自己。从小时候开始，即使已经过去了十几年，我们都长大了，我却仍然那么在意他。

他舍友的婚礼办得场面很大，看着台上幸福的新娘，我真的有些小羡慕。每个女孩子都梦想着穿上漂亮的婚纱，可如果不是和心爱的人在一起的话，即使穿上婚纱，还会觉得快乐吗？

　　在婚礼上我又听见了《婚礼进行曲》，记得小的时侯很喜欢听这首曲子，只是单纯地觉得那种场合配合那种气氛听到那种音乐，会让人感觉很感动。可现在为什么再听到这熟悉的旋律，却会感觉有些难过？

　　说实话，前两天当他跑来找我，请我扮作他的女友陪他去参加这场婚礼时，我是非常生气的。不仅因为他的要求很无理，更重要的是，为什么，为什么要假装？为什么不能是真正的情侣呢？

　　回来的路上他发酒疯，说我们结婚吧。那时的我真的很高兴，即使这是他喝醉后才说出来的。可为什么，为什么要道歉？哪怕是喝醉了，哪怕是开玩笑，哪怕是骗我也行啊！我的初吻也被他夺走了，竟然还怪我咬疼了他。那可是我的初吻啊，浑蛋，宗佑你个大浑蛋！

耳旁又传来某些不安分的声音，康乐叹了口气，搁下手中的钢笔，回头望向发出声音的地方。放在房间角落里的那个透明鱼缸，里面住着某人送给她的宠物——一只叫作阿杰的巴西龟。

　　其实阿杰最开始的主人是宗佑姑妈家的表姐和表姐夫，在它还是幼龟的时候就被还在谈对象的两人逛街时买走，所以可以说是见证了宗佑的表姐和表姐夫从相识、相恋直至结婚生子的爱情全过程。然而可惜的是后来它的小主人也就是宗佑的小外甥实在英雄了得,刚学会爬连走都走不稳的时候就做出徒手抓金鱼、脚踢小奶狗等惊人壮举,让宗佑的表姐和表姐夫担心最后剩下的阿杰再遭爱子毒手,于是就把它送给了宗佑。

至于阿杰原先叫什么名字现在已经不可考了。宗佑收到它的时候,表姐没有说,宗佑也没有问,等到将它带回来给康乐时,他才发现好像忘了问名字。那时候的少儿频道不像现在这样被一群羊和两头熊轮番霸屏,当时流行的是隔壁日本那边传过来的动漫。其中有部叫作《宠物小精灵》的动漫里面有只叫作杰尼龟的乌龟看起来蛮可爱的。所以等到康乐问起时,宗佑拍拍脑袋就立刻做主给阿杰起了现在用的这个新名字,全程连3秒钟都不到。

虽然逃离了原来小主人的魔爪,但阿杰的苦难日子并没有就此结束。比如说宗佑养它的时候就经常忘了喂食,结果有次康乐去看阿杰时发现它无精打采的,就问宗佑你喂东西了吗?彼时正在打游戏打得废寝忘食的宗公子立刻拍拍脑袋说好像很久没喂了。结果那天他家的冰箱刚好没有新鲜的肉食,于是宗佑就随手将中午没吃完的米饭倒了些进去,然后两个人就很惊奇地目睹了肉食性的巴西龟阿杰竟然将那些饭粒全部吃掉的奇景,以至那段时间康乐总担心有天阿杰会被某人无意中饿死。而且大家都知道宗佑同学是个非常怕麻烦的人,乌龟虽然可以很长时间不喂食,但必须经常换水,不然水就会发臭。宗佑养了段时间后就受不了每天换水的辛苦,按他的说法是他自己洗澡都没这么勤。这样几经周转后康乐就成了阿杰第三个也是最新的主人。

直到这个时候，阿杰才终于苦尽甘来重新过上了失去已久的好日子，不仅有吃有喝，还能经常享受在上个主人那儿都没享受过的待遇，如美人搓澡。结果日子越过越舒服的阿杰也就渐渐暴露出了它本来的面目。

　　以前不知道，反正宗佑养阿杰的时候从未允许过它离开鱼缸，而康乐刚养阿杰的时候曾经在某个阳光明媚的午后将其带到楼下的草丛里晒太阳。结果一被放出鱼缸，这家伙就如脱缰的野马般立刻开始向草丛深处潜逃。其速度之快竟然让猝不及防的康乐来不及追，彻底颠覆了她对于"龟速"这个词语的认知。最后康乐和被打电话叫来的宗佑费了好大劲围追堵截了半天才将它活捉了回去。

　　明白兔子为什么会输给乌龟后的康乐虽然再也没有犯过相同的错误，可惜见识过自由世界后的阿杰从此就再也没有做过安分的龟。除了冬天外，其他时候的阿杰总是在锲而不舍地试图越狱。虽然玻璃鱼缸的四壁很滑，阿杰每次连一半都爬不到就会很滑稽地滑下去，但屡战屡败的它还是坚持不懈地屡败屡战，继续一次次做着无谓的努力。

　　康乐刚开始看见这一幕的时候还略带嘲讽，时间久了见得次数多了后，却不自觉有些莫名的感动。就像此刻，康乐静静地望着反复爬上来又滑下去的阿杰，突然感觉它和她其实很像——自己也曾想过彻底离开宗佑的世界，最后却还是停留在了原点。只不过阿杰是失败后地无奈滑下去，而自己则是心甘情愿走回来的……

Chapter 35 硕雪

天气越来越冷，宗佑也变得越来越懒。基本上一天里的大部分时间他都躲在有暖气的房子里不愿出门，全然装作没看见其他认识或者不认识的同样在准备考研的同学每天起早贪黑即使被冻成了重感冒也要跑去占座自习的励志场景。

其实宗佑的性格很复杂，其中就有很宅的一面。与其一起长大最了解他的康乐就曾无语地吐槽道：如果宗佑想宅起来，只要有足够的零食和饮料，他绝对可以一个人待在家里玩游戏、看小说直到把能吃的东西全部吃完，饿得实在受不了的时候才会主动出门去找东西吃。为此康乐就经常指责宗佑一到冬天就吃了睡、睡了吃的生活极像某种又肥又壮的可爱动物。对此宗佑抗议得非常强烈，反驳说首先他不仅只有冬天的时候才喜欢吃了睡、睡了吃；其次一年四季12个月只要条件允许他都喜欢吃了睡、睡了吃；最后说他像那种可爱动物也是完全不恰当的，因为除了吃了睡、睡了吃以外，他还会看小说、玩游戏……

事实上宗佑同学最近的日子过得非常舒服，前不久以静心复习、准备考研的名义搬出了家的他在学校里找了间单人宿舍，这样他可以想睡多久就睡多久，再也不用痛苦地每天早上还没睡醒就被迫从自己那温暖的大床上爬起来装作去学校自习来应付家里了。

可惜宗佑忘了,他研究很深的相对论里面写得很清楚,任何事物都存在截然不同的两个对立面。放在这件事上就是在彻底实现了时间自由的同时,他也彻底失去了饭来张口的待遇。于是填饱肚子就成了宗佑同学每天所面临的头等大事。更致命的是当时智能手机刚刚被研发出来没多久,还没普及,所以宗佑也没办法像后来那样学会叫外卖后经常十天半个月不出门。而平常可以指望的康乐也因为最近要参与导师负责的大课题顾不上给他带饭。于是可怜的宗佑就不得不每天冒着他感觉能冻死人的严寒出门去寻觅食物。

好在让宗佑感觉庆幸的是,虽然假期学校食堂一律闭门歇业,但医大像所有大学一样,总是养活了许多靠它养家糊口的小摊贩、小店铺,比如一到晚上就布满学校西门外的路边摊,便是凭着量足、价廉、味道重的特点深受广大师生的喜爱。打完球或准备上夜机的兄弟们路过的时候总喜欢顺便吃点东西补充体力好回去休息或出去继续战斗。而宗佑同学之所以选择这里,则完全是因为此地距离他住的地方最近,不用走太长的路。

于是这段时间里宗佑几乎每天都要过来解决午餐或者晚餐。有家他常去的面摊,老板是一对40岁左右的中年夫妻,很普通的干拌面不仅味道不错,更关键的是老板家的漂亮女儿偶尔也会过来帮忙,所以大学时宗佑就没少来过这里。其中让他印象颇深的是,每年放完暑假开学后他过来吃碗面,付账的时候老板总会笑呵呵地说涨价了。从4块到8块,大学上了4年,一碗面的价格也刚好翻了一番,虽然还赶不上房价的涨幅,但对于大学里的穷学生来说也算相当恐怖了。当然这对宗佑来说不算什么,所以他还是经常来照顾老板家的生意,顺便欣赏人家的漂亮女儿。时间长了后和老板一家也就熟了,到现在每次他过来什么都不用说,对方就会按他平常的喜好把面调好端上来,即使人多的时候他的面也是最先上的。所以今天这家面摊的老板看到他后原本也准备像往常一样给他下面,但刚把面抓起来就又放了回去,因为今天的宗佑并不是一个人来的……

跟着宗佑过来照顾老板生意的女孩叫作顾雪,是他和康乐的高中同学,也是和他关系非常不错的女性朋友,可惜大学考去了渭南,没能留在秦都。前面提到过大学时的宗佑有吃夜宵的习惯,每晚联完机后往往会过来吃点东西再回去睡觉,而在等老板下面上桌的这段时间里,他最爱也最常做的,就是勾搭此刻正坐在他身旁的这位顾雪同学。

平心而论,顾雪的颜值还是挺高的,身材上该有的地方也都有,该大的地方不小,唯一美中不足的就是有点偏胖或者说是比较丰满,如果放在唐代的话绝对可以称得上美人,但放在不懂欣赏的现代就显然被拉低了分数。因此顾雪平常比较注意克制自己,晚上绝对不随意出门,以免一不小心就被满街的美食给拐走。所以宗佑以前吃夜宵的时候最喜欢干的就是,故意把自己的夜宵拍下来然后"误发"给也许正在忍饥挨饿想睡又睡不着的对方。怎么吃都不会胖的人诱惑喝口水都能长肉的人,造成的后果自然是仇恨值经常被拉到爆表。

这样的场景一直持续到有一天宗佑在朋友圈刷到顾雪发的

情侣照片才算告一段落。也就是那天晚上,这家面摊的老板有些诧异地发现,那个经常都会要求自己加面的男孩第一次没有将面吃完,甚至都没有动过几口。从那以后宗佑很久都没有再去打扰过顾雪,所以在今天接到对方邀请他晚上一起吃饭的电话时他颇为意外。尤其是宗佑想起自己很久以前貌似答应过顾雪要请她吃大餐却总是因为记不起来而没有兑现后,顿时觉得对方这次很有可能来者不善,估计不会轻易放过他。为此他不仅忍痛带上了最近已经瘦到只剩一口气的钱包,还特意多拿了一张信用卡。好在让宗佑略感庆幸的是,秦都这小地方不像北上广那种大城市,基本没有奢侈到随便一盘土豆丝的价钱就能吓死人的地方,不然他估计今晚搞不好得去借高利贷了。

"就吃这个?"结果让宗佑惊讶的是顾雪最后选的地方竟然完全出乎了他意料,选在了自己学校西门外的路边摊,这让已做好破产准备的他感觉落差实在有点大。

"对啊,上大学的时候你诱惑了我那么多次,今天我当然要补回来。"顾雪笑着开口,找位置坐了下去,选的还是宗佑最常去的那家面摊,动作熟练得让他有种仿佛顾雪已来过这里很多次的错觉。

"老板,两碗面。"见顾雪选好地方,宗佑也就熟络地和老板打起招呼,同时暗暗为成功保住钱包的性命松了口气。

"好嘞,女朋友啊?"也许是因为太熟,老板也笑着回话。

"没有,是朋友。"宗佑赶快解释,人家既然已经名花有主,那自然就不能再乱开玩笑了。想到这里宗佑偷偷瞄了眼顾雪,发现对方好像没有听见,这才放下心来。

也许是已经放了寒假的原因,这晚面摊的生意冷冷清清,并没有多少顾客,所以他们刚坐下还没多久,热气腾腾的面条就被端了上来。吃面的时候宗佑原本想边吃边聊活跃下气氛,但看着旁边的顾雪只是低头吃面不太想说话的样子,让他感觉有些无趣,于是也埋头专心消灭面条,但心里却越来越感到疑惑:对方今天突然跑来找自己,难道真的只是为了吃碗面吗?好在顾雪并没有让宗佑疑惑太长时间,吃了不到半碗面后,顾雪就放下了筷子,开口缓缓说道:"我有男朋友了。"

"恭喜你。"宗佑将刚刚送进口里的面条直接咽了下去,然后抬起头笑着祝贺道。这件事他早已有预感,毕竟身边的女孩虽然稍微胖了些,但其实长得并不差,算得上是美女。何况世界如此之大,各人的审美标准也不一样,对方如果大学都毕业了还没有男朋友,那才不正常。

"谢谢。"顾雪也笑了起来,感谢了宗佑的祝贺后接着说道,"他也是咱们老乡,以前四中的。其实他从大一的时候就开始追我,但直到前段时间我才同意。"

"嗯?"顾雪的这番没有来由的话说得宗佑有些莫名其妙。

但还没等他将话里的意思想明白,对方就继续说了下去:"我等一个人明白我的心,等了整整6年,到最后才发现虽然我姓顾,却永远也无法蛊惑他的心。也许那个人什么都明白,但我却无法叫醒一个装睡的人。但这又有什么关系呢?我用生命中最美好的6年时光写了一篇童话,虽然我喜欢的王子始终无动于衷,但我也等来了喜欢我的骑士,也许这就是所谓的有失必有得吧。我的幸福最终还是守恒的,公主还是会像童话里写的那样幸福地生活下去。"

一直保持着笑容的宗佑伸手想将手中的筷子横放在碗口，但不知道是不是因为天气太冷，摆了几次都没有摆好。事实上在刚才之前，他猜过无数个顾雪突然来找自己的可能，却从来没有猜到她会给他讲一个如此悲伤的故事，这让宗佑感觉有些难受。

然而顾雪却并没有给他留下平复心情的时间："谢谢你请我来这里吃面，弥补了我最后一个遗憾。时间不早了，我回去了。"

"我送你吧。"还没有完全缓过来的宗佑下意识地起身想要送送顾雪。对方却直接拒绝了这份来得太迟的好意："不用了，我男朋友还在单位加班，我要过去等他。"

"哦，这样啊，那我帮你叫车。"宗佑笑了笑，他能听懂话里那没有说出来的深义，被误会就不太好了，所以他并没有再坚持，只是站在路边陪着顾雪等车。

时间确实已经不早了，宽阔的马路上不仅行人稀少，出租车更是望不见几辆。这个点的夜车司机基本都会去相熟的路边摊吃点夜宵，好应付接下来的漫漫长夜。而且这几年秦都的出租车流行拼车，不仅上下班的高峰期没有空位，平常只拉一个客的也不常见，好不容易过来的几辆车还都不顺路。

就在两人等车的时候，天空又开始渐渐飘起了雪花。也许是感觉到了发梢上的凉意，一直沉默的顾雪抬起头望了望看不见星星的夜空，良久之后，有些怀念地说了一句："知道我最难忘的是什么时候吗？大一的那年冬天放假，我从学校回来，你特意来火车站接我，那天的雪，真的好大。"

宗佑无声地笑了笑，表示自己听到了，此时的他不仅记起了那年那天的那场雪，更想起了不久前刚刚学会玩微博的他，无意中刷到了身旁的女孩写的那条也许以为主角永远不会看到的微博：

有个人，他很搞笑，很爱装成熟，很自恋。他有才华，会写小说，会弹吉他。他长相不赖，我说他像混血，我认识他6年了。他喜欢逗我，我喜欢挖苦他；他喜欢做饭，我喜欢吃。他曾经会每晚吃夜宵而不长胖，他总会在吃夜宵时发短信告知我，来让我羡慕。他总爱幻想自己写东西会出名，我总爱打击他。他前段时间做了手术瘦了很多，我很担心他但是嘴上还是不饶人。他要工作了，是家人的安排，并非自己意愿；我也要工作了，也是出于不得已。不知道以后什么样，不知道他会不会变，不知道我会不会变，现在想想还是高中时候最无邪。人生若只如初见……

Chapter 36 苏凉

终于来了一辆空车，顾雪打开车门说了声再见后就离开了，宗佑站在原地轻轻地挥了挥手，目送对方远去，心里突然感觉有些失落。这已经是他最近一段时间内第二次碰到类似的情况了。貌似那些熟悉的女孩一到毕业立刻都变成了恨嫁女，赶着趟将自己预订出去，比如说现在的顾雪，又比如说前几天来和他告别的苏姐姐。

苏姐姐闺名苏凉，而苏姐姐这个称呼也是宗佑最先叫的，因为对方确实要比他大上那么几个月。

前面说过大学刚入校时学生会纳新，彼时的宗佑同学还是个自认为比较有志向有追求的上进青年，于是就满怀热情地跑去报名并很走运地从众多同样拥有远大志向的竞争者当中脱颖而出，光荣地成为学生会里一名负责跑腿打杂的最基层人员。而人家学生会当然不可能一年只收他一个人，学护理的同年新生苏凉就是同一批被选上的幸运儿之一，更巧的是分配新人时两人非常有缘地同被分到了文艺部。等到后来学生会组织活动的时候，作为同批次的新进菜鸟自然经常被划分到一组，给部里的领导打打下手。这样时间久了，宗佑和苏姐姐成为好朋友也就是件水到渠成的事情了。毕竟武侠小说里连明明有着深仇大恨的男女意外被困在孤岛之上，过几年带着孩子一家三口回家的狗血桥段都有，那同事之间因工作而日久生情，也就不难被理解了。

所以大一时，宗佑和苏凉有段时间走得非常近，除了经常互等对方下课好一起去大街小巷到处乱窜着吃东西外，还曾在学校对面的电影院里以平均两天一部的频率连续贡献过将近一个月的票房，以至有些比较火的大片常常被两人二刷、三刷、四五刷……

这样明显不像普通朋友的关系让身边认识他们的不少人都误会他们早已开始交往，但事实上宗佑同学从始至终都将他和苏姐姐的亲密度刻意保持在友人以上、恋人未满，从未有过任何进一步深入发展的想法。

反倒是后来大二的时候，他同宿舍的好兄弟宇文同学曾经有段时间非常迷恋苏凉。虽然对方在同级的女同学里算是年龄比较大的，但这对于当时沉迷于苏姐姐丰满身材无法自拔的宇文来说并不算什么问题，毕竟如果127宿舍像别的宿舍那样用年龄来排交椅的话，他这个老二可是能称霸整个127宿舍的男人。因此那段时间被苏姐姐勾得心痒难耐的宇文做梦都想要接近对方，无时无刻不在考虑向苏姐姐表白成功后去对面城中村里的哪家小旅馆比较好。

当然表白这件事也具有很高的风险性，不是光想想就行，比如他们127宿舍坐第五把交椅的小杨，有次和班上一个外号叫苹果的女同学在一个风和日丽的天气里去学校对面的秦都海散步，结果回来后小杨就像刚从水里捞出来那样全身滴滴答答水滴个不停。兄弟们见此大惊，追问怎么回事，小杨说："苹果对我表白把我吓得跳到湖里去了。"兄弟们诧异，苹果按理说人如其名，有胸有臀上下都圆，模样也不差啊，怎么会吓成这样？改天再问苹果，苹果说："什么啊，是小杨对我表白，我把他推下去了……"

同班同学尚且如此，何况是本就不太熟悉的其他专业的女生。所以为了避免同样被推进秦都海里去洗澡，不会游泳的旱鸭子宇文同学吸取教训没敢轻举妄动。也许是觉得宗佑和苏姐姐的关系看起来比较亲近，于是甚少请兄弟们吃肉喝酒的二哥宇文那天难得地去食堂专门买了几个菜并提了箱啤酒，好来贿赂宗佑帮他搭条线。

可惜宗公子虽然菜照吃酒照喝，吃饱喝足后却语重心长地对一心想要勾搭苏姐姐的宇文说了一段颇为打击他的话："都是自家兄弟，我为你好劝你一句，你不是苏姐姐的对手，要是只想玩玩的话还是趁早换个好打主意的吧！"

难得出次血却眼看要打水漂的宇文自然不甘心，反驳道："你怎么就确定我是想玩玩？"

宗佑扔下筷子从上到下扫视了不死心的宇文一遍，然后斜着眼睛开口："不是兄弟打击你，都说婚姻是爱情的坟墓，你想追苏姐姐就得有步入坟墓的觉悟，不然你还是趁早别沾边。那女孩太聪明，你想玩暧昧可不容易，搞不好哪天陷进去就出不来了，你觉得你愿意这么早就把自己套牢吗？你愿意我立刻就给你打电话约人。"

宇文无言，想了半天后还是没有敢接话。

其实宗佑说的都是实话，苏凉确实是他当时为止所见过最聪明的女孩，聪明到连他都不敢招惹，更何况泡妞经验明显差他许多的宇文呢。所以大学时的宗佑始终和苏姐姐保持着一定的距离，然后就这样一直到了毕业。离校后，苏姐姐去了长安的医院实习，后来虽然偶尔还会在微信上聊聊近况，但两人再没有见过。

直到差不多半个多月前的那天，当时同样是在北门外某个上学时常去的小馆子，宗佑做东为专门来看他的苏凉洗尘。

"苏姐姐最近怎么样？工作找得还顺利吗？"即使已经毕业了很久，宗佑还是习惯称呼苏凉为苏姐姐。

"还行吧，前两天我刚和交大附院签了5年的合同。你呢？"苏凉回答完后也问了同样的问题，毕业后的第一次见面，自然要互通下近况。

"我就那老样子。对了，怎么一下就签5年？你不考研了吗？"

"不考了。家里想让我早点稳定下来，考上研的话还得再上3年。反正我们这专业容易找工作，学历高一点低一点没多大意思。"

"这可不像苏姐姐的风格啊。"宗佑有些惊讶，在学校的时候他可记得苏凉学习也算刻苦，偶尔找她打听护理系某些漂亮妹子的情报的时候，对方经常回话正在教室里自习，没工夫帮忙。

"风格又不能当饭吃。"苏凉白了某个不是不想考而是考不上研的家伙一眼后，接着说道，"我又不像某些人能靠脸吃饭，当然要先经济独立能养活自己才行。"

"那还不简单，不能靠脸可以靠身材啊！就凭您这曲线，哪个男人不跪倒唱《征服》？"宗佑故作夸张地上下打量了苏凉一番后出主意道。凭良心说，对方虽然长得不算很漂亮，但身材绝对属于最火辣的那种，该凸的地方凸，该翘的地方翘，完全就是标准得不能再标准的 S 形身材。不然当初也不至于把他同宿舍的好兄弟宇文同学迷得神魂颠倒了那么长时间都难以自拔。

"呦，几天不见某人的小嘴越来越甜了呀。"苏凉毫不在意宗佑放肆的目光，反而悠悠地开口，"我倒是记得某人好像一直说要给我介绍高富帅，怎么介绍了几年介绍到毕业了还连个影子都看不见？"

"咳咳……苏姐姐这么优秀，当然得高标准、严要求，精挑细选，没有三四十把刷子的怎么能配得上您？"宗佑假装咳嗽了两声以便组织语言。很早以前两人闲聊的时候，他确实口头答应过要帮对方介绍认识的高富帅，当然这个承诺从来没有被兑现过。想到这里，宗佑又觉得这样说好像显得自己不够重视，没有尽力帮忙，于是又连忙前后矛盾地推卸责任："而且苏姐姐您要求那么高，一般那种普普通通、排面不够的高富帅还真入不了您的眼。"

"怎么能这样说呢？人家的要求哪有你说的那么夸张，看着顺眼的身无分文也好，看不顺眼的身家千万也罢，全凭姐姐我喜欢。"

"唉，看来我这样的是没什么希望了，长得不够顺眼，也没有几百上千万的身家。"被苏凉说得有点不知怎么接话的宗佑急中生智，"可惜前几天我还在想，再过两年，若我未娶你未嫁，咱们两个凑合凑合算了。"

"那可不好说，说不定姐姐我认定你是蓝筹股，愿意等几年呢。"苏凉的语气突然认真起来。

"咳咳……"宗佑再次开始咳嗽,不过这次确实一口气没上来差点被呛住了,"苏姐姐,这玩笑可不好笑。"

"你怎么知道我在开玩笑。"苏凉望着宗佑,看样子确实不像是调侃。

"哈哈,这里的烤肉挺不错,苏姐姐尝尝。"宗佑没有接话,堆起笑容将盘子里已经有些凉了的烤肉拣了几串递了过去。

"是吗?那我得试试。"苏凉也没有再纠结刚才的话题,接过某人殷勤递来的烤肉开始品尝,好像已经忘了这家馆子两人曾来过很多次。

默默地吃了几串烤肉后,苏凉再次开口:"前几天我去相亲了。"

"那挺好啊,相的哪儿的?"感觉气氛好点了,宗佑也咬着烤筋轻松地八卦起来。

"我们那儿的,是和我一个村的邻居,比我大一岁,很早就认识。"

"不错啊,也算青梅竹马。哪个学校的?现在做什么呢?"

"他没上过大学,高中毕业就去当兵了,今年刚转业安置到我们县上。"

"当兵的好啊,要不是视力不好当年我也去当兵了。"宗佑再次惊讶了起来。在他印象中,苏凉一直是个心比天高、比较有追求的女孩。而她现在说的这个相亲对象却明显听着就很一般,这让他不由得又问了一句,"主要是苏姐姐你感觉怎么样?"

对方没有直接回答,而是问了一个听起来不太相关的问题:"我记得我比你大半岁吧?"

"好像是,那次去网吧时看过你身份证。你是3月的,我是8月的,我比你小了差不多5个月吧。"宗佑努力回忆了一下后答道。

"我今年已经24了。"

"那又怎么样?我也24了。"

"拜托,我是女的好不好,能跟你比吗?女人的青春就这么几年,不早点找张固定饭票,你养我啊?"

"我去,苏姐姐你我可养不起。"宗佑笑着回应。

"我估计你也养不起。"苏凉也笑了起来,过了很久才继续说道,"他们家已经买好了房子,结婚后会找关系把我调回县上的医院。我家里也不希望我嫁得太远。"

"一套房子一份工作就把自己嫁了?苏姐姐你可是曾经立志要嫁入豪门的人啊。"宗佑开玩笑似的调侃。

"嫁入豪门也要有机会啊,高富帅迟迟不上钩,他耗得起,我可不敢耗了。"苏凉的话似意有所指。

"那你们什么时候办事?"宗佑换了个话题。

"顺利的话就定在明年五一。"苏凉也跟着换了频道。

"这么快,感情来得及培养吗?"

"老实地说我们之间没有感情,我上次见他还是上高中的时候。"

"那也太快了吧。"

"再完美的爱情也敌不过现实,我没你想象得那么坚强,其实也只不过是一个平凡的女人罢了。"这一刻的苏凉有种很落寞的感觉。

"别说得这么伤感,到时候记得给我下帖子,我给你送份重礼。"宗佑笑着许诺。

"那当然,忘了谁也不能忘了你啊。"苏凉也恢复了正常,同样微笑着将某人的许诺答应了下来,"唉,被你那所谓的高富帅浪费了3年时光,现在想想还真是不值啊。"

"别这样说,我不是一直在帮你尽心留意嘛。是你自己放弃了,说不定你再坚持几年就成功了呢。"

"你也知道是说不定,也许会成功,也许会失败,我已经赌不起了。"苏凉笑着做了最后的总结。宗佑也就没有再说什么,端起啤酒敬了对方一杯。

这个世界上最愚蠢的莫过于把异性的好友变成男女朋友,那样很可能并不会收获一份爱情,反而还会失去一个朋友。苏姐姐真的很聪明,宗佑也真的不笨,所以不管是从前还是将来,他们可以一直是很好的朋友……

Chapter 37 吉他

有些东西虽然明明知道不是你的，但真正到了失去的时候还是会感到惋惜，这也许就是人类的通病吧。宗佑虽然明白这个道理，但最近连续的被迫出局还是让他感觉心情有些烦闷。于是送走顾雪后他并没有直接返回自己温暖的小屋，而是选择沿着马路漫无目的地散步，想吹吹风散散心，思考一些东西。先是苏凉后是顾雪，一个冬天还没过完两个熟悉的女孩都非常突然地有了主，这对自己到底算是好事还是坏事？宗佑想得脑子都乱了也没有想明白。

好在很快出现的一段拨弦声暂时打断了他的思绪，不然某人本就日渐危险的发际线估计又要往后退上一些。这时候宗佑才发现，自己竟然不知不觉又转回到了学校的西门，惊醒他的声音是从西门对面的公交车站传过来的。那边零零散散地围了不多的几个人，宗佑知道他们是在欣赏吉他哥的演奏。

医大是个大学校，学校大了当然有很多人，而人多了自然也就发生了很多故事。

和外人对医学类院校的主观想象有些不同，什么夜半走廊响起脚步声、太平间里好像有人在唱歌之类的灵异传闻其实在这里根本就没有市场。医大的学生不论男女不分专业，基本都会在首次踏入校门后不久就人手一本《人体解剖学》教材，用来学习了解不穿衣服的灵长类生物肉体构造，等学得差不多的时候还会被时不时带到解剖室去现场实践、巩固学习。如此一番操作下来，即使再胆小的妹子也都把胆子练出来了。和这些很可能早上刚和心肝脾肾打完交道，中午就去食堂打夫妻肺片改善生活的强人比起来，那些所谓的鬼故事就实在算不上什么了。

其中宗佑见过最强的是每年暑假天气最热的时候，许多因为各种原因留校的师兄师姐直接就抱着凉席跑到假期管理松懈的解剖室的走廊打地铺，等到早上凉快了再睡眼惺忪地晃回宿舍收拾打扮，不知内情的看见搞不好还以为解剖室里的标本诈尸了。而说起来也邪门，哪怕外面的天气能热死人，像解剖室这类地方始终都感觉有些瘆人。其实想想也能理解，和泡在满玻璃瓶的福尔马林液体中各类不可描述的人体组织做伴，即使再豁达的人，心里也难免会有些想法，不想还好，一想……

所以在医大这种学校能长远流传下来的基本都是一些大家喜闻乐见的故事。比如宗佑他们就听说过，十几二十届以前，有一位不知道籍贯、专业、政治面貌的师兄在校运会上长跑，跑了一半时还是最后一名，这时候他追的女神不知怎么想的直接就跑上了主席台，抢了麦克风大喊："×××，你要是能跑第一我就当你女朋友。"这下直接全场轰动，除了那师兄以外，其余参赛选手不约而同地都放慢了速度，有的干脆停了下来。每当这位师兄前进一名，那被超过的兄弟都会对其报以鼓励的微笑。既有如此感动医大的好对手，那个师兄自然不出意外地勇夺第一，成功抱得美人归，留下了一段赛场情场双逆袭的佳话。

不过这些传说中的故事实在太过久远,早已经难辨真假,所以宗佑他们当初从各位师兄师姐口中听说的时候也就当个乐子,是不太相信的。相比起来,三围哥和吉他哥的事迹却是真真实实有迹可循的,现在还能在学校里找到众多目击证人。宗佑他们虽然因为生得晚了几年未能赶上和三围哥交流经验,却依然可以每周末在西门外目睹吉他哥的风采。

宗佑也曾是个音乐发烧友,虽然因为先天因素其歌喉和好朋友若泽有得一拼,但对各种流派的世界名曲或多或少还是有些研究的,高中时也曾搭档康乐同学登台表演过一人吹箫一人舞蹈的高难度节目。

等到上了大学以后,宗佑发现玩音乐的突然一下多了不少。别的不说,每年夏天女生宿舍楼下的林荫小道上,就总有那么几个师兄各自抱着一把或名贵或破旧的吉他在那里自弹自唱,如果赶上毕业季那场面更是火爆。晚上品尝过食堂大师傅饭团裹苍蝇的手艺后过来这边散步,从说唱到民谣再到重金属摇滚,几首比较有名的求偶歌循环演唱,不管好听难听反正一片鬼哭狼嚎。有师兄唱到激动处更是突然"×××我爱你"吼上一嗓子,引起四周看热闹不嫌事大的兄弟们一片叫好。大家边听边等着看楼上有没有反应,过会儿听够了再结伴慢悠悠地晃回宿舍睡觉。一晚上吃喝玩乐一样不少,可以说大学的幸福莫过于此。

宗佑有阵子也跟风搞了把吉他,想学两手好去泡妹子,可惜他在西洋乐器上的天赋实在有限。等一起开始学的朋友都会弹《夜曲》了，宗佑同学还没搞清什么是和弦。最后那把重金搞来的深蓝色名牌吉他直接被他有意遗忘在了房间的角落里落灰。

不过医大里玩吉他的虽然不少，但真正以吉他闻名全校的，就只有每周周末出现在西门外的吉他哥了。他也可以算是那几年医大除了三围哥之外，另一个可以看得见摸得着的真实传奇。

其实刚开始吉他哥并不瞩目，毕竟这年头广大人民群众的生活水平不断提高，玩得起也有时间玩音乐的不少，步行街甚至地下通道都常常能见到类似的卖艺之人。但即使下着大雨只要是周末就仍然能准时在西门外的车站看到那个怀抱吉他的眼镜男，这就不得不引起大家的注意了。而且对方从来不像那些街头艺术家总是摆个帽子什么的变相要钱，就是在那儿旁若无人地弹着吉他。宗佑考上医大的时候，就已经能每周末看到吉他哥和他那把看起来有些年头的暗黄色的旧吉他了。至于对方为什么能坚持多年如一日地常年出没于西门之外，医大里有很多版本各异的传言。流传最广的说法是此兄暗恋校内某系某位身材诱人的师姐，可惜落花有意流水无情，师姐始终冷若冰霜对其视若无睹。于是吉他哥就固定每周末来学校西门弹吉他，希望某天能凭自己的痴心打动师姐的芳心从而博得佳人垂青。可惜不管哪种传言都从未得到吉他哥本人的亲口证实。所以传言仍旧是传言，对方为什么这么做，始终还是医大里排名靠前的一个未解之谜。

宗佑站在最外围的地方静静听着听过很多遍的曲子，因为已经放了寒假，抢到车票的大部分校友都已踏上回家过年的快乐旅程，所以今天晚上的围观者并不多。宗佑扫了一眼就发现除了他以外的其他人基本都是情侣，不是手牵着手就是胳膊挽着胳膊贴在一起，而且很快这不多的几对情侣也逐渐散去。比起吉他哥弹的曲子，也许这些男同胞还是觉得找个暖和的地方体验下女朋友的温度在这冬夜里更有吸引力。

"心情不好？"一曲终了，吉他哥放下吉他对着唯一剩下的听众宗佑问道。大学几年两人也算混了个面熟，宗佑学吉他的那段时间还曾专门跑来向他请教过几个问题。

"很多人说你在这儿弹吉他是为了我们学校的一个女孩？"宗佑没有理会吉他哥的好意，他此刻的心情非常沉重，所以不由自主地反问了对方一个很多人都想知道也曾试图打探却从未得到过回答的问题。

见他这么交浅言深，吉他哥本来就很浅的微笑彻底消失，过了好一会儿才有些自嘲地开口："你觉得呢？"

"我觉得应该是。"宗佑给出了自己认为的答案。

"你觉得是就算是吧。反正是与不是，又有什么关系呢。"吉他哥对着宗佑笑了笑说道，然后将吉他放进盒子开始收拾东西，临走时想了想，又对宗佑补了一句，"有些东西，该是你的，你赶也赶不走；不是你的，你抢也抢不来。"

"该是你的，赶也赶不走；不是你的，抢也抢不来。"宗佑喃喃地重复着对方这句似有深意的忠告，等回过神来时，吉他哥早已不见了踪影。

宗佑仿佛傻了一样呆呆地站在原地很久没有动，心情也并没有因为吉他哥的开导而变得轻松，反而越来越沉重。他刚刚才突然想到一个非常严重的问题，会不会有那么一天，康乐也会像顾雪、苏凉这样，从自己的世界离开呢……

Chapter 38 相思

渐渐变得昏暗的天空又开始飘起雪花，坐在 7 路公交车上的莫寒望着车窗外越来越白的世界，不由得感到有些茫然。北方的冬天，对于此刻的他来说充满了一股近乎绝望的味道。

自从经历了上次好友赵敬的临阵脱逃，莫寒同学痛定思痛后发现一切还是得靠自己。于是他就按自己的方式行动起来，具体表现是每次"偶遇"白衣女孩的时候都故意提前下车，这样就可以在路过对方座位的时候偷偷地看她一眼。这个方法反复了多次以后，聪明的莫寒不仅成功对白衣女孩的容颜、身材有了更为直观、更深刻的印象，甚至通过在路过时偷瞄对方的手机从而了解了她喜欢听的音乐风格。要知道在保持移动的过程中想要看清手机屏幕上的内容其实并不是件很容易的事。而且既要走得慢又要不显得刻意的话，路过一个人最多也就几秒钟的时间。在如此困难的条件下还能得到这么多情报，只能说莫寒同学是真的拼了。

还好事情的发展很有些功夫不负有心人的意思。时间越来越久，"偶遇"的次数越来越多，有几次白衣女孩也会面带微笑仿佛向他打招呼一样，这让单纯的莫寒深受鼓舞，觉得自己的所有付出都没有白费，努力终归还是有回报的。

得到了白衣女孩无声鼓励的莫寒也曾有很多次都准备过去

搭话,可惜最后不是因为实在鼓不起勇气迈出第一步而主动退了回去,就是因为各种他临时觉得不合适的客观原因而站都没有站起来。为此莫寒感觉非常郁闷,心中明明有一些爱慕之言不吐不快却始终只能卡在喉咙里,其难受的程度不是一般言语可以形容的。但即使这样他也没有求助别人的想法,毕竟连最亲近的同宿舍好友兼老乡的赵敬都靠不住,他实在不知道还能去找谁帮忙。

莫寒怎么也想不明白上次赵敬明明是作为自己的后援团才上的那趟7路公交车,结果这个援军最后不但一点忙都没帮上反而自己跑去和别的妹子聊上了。每次想到这里,莫寒都郁闷得想要吐血,深深感觉见色忘义这个成语说的就是赵敬这种人。虽然这个重色轻友的家伙事后不停道歉并表示愿意再陪他去一次,但莫寒对其已经彻底丧失了信心。即使他不计前嫌同意赵敬戴罪立功,莫寒也很怀疑最近忙着追女孩的对方能否有时间或有精力留心他的事情。所以心里委屈的莫寒同学只能尽量表现出没有放在心上的样子,微笑着告诉对方没有什么,你的人生大事也很重要。

可是只有莫寒自己知道在这装出来的无所谓背后,他的心中是怎样的苦恼,随着剩下的课程越来越少,莫寒也越来越明显地感到留给他的时间不多了。马上就要放寒假,过完年后她还会不会继续出现在7路公交车上?甚至会不会还在这座城市?毕竟这个世界这么大,什么事情都有可能发生。

莫寒被这份突然勾起却很难再压下去的患得患失感深深折磨着,时间长了他觉得自己身体都被影响得不好了,晚上无意识弄脏内裤的次数越来越多……

可惜当时莫寒还不认识宗佑同学，不然后者绝对会拍着他的肩膀调侃一句："少年，是不是思春了？"

事实上从中医学的角度来看莫寒确实是病了，在宗佑学过的那些流传很久的古老医书上很准确地写明白了这种症状叫作"相思成疾"，通俗的名字也就是所谓的相思病。而莫寒现在这样子明显就是最典型的相思成疾的表现，当然属于单相思的那种。而且看样子病得还不轻，毕竟从来相思最杀人。

病入膏肓的莫寒不敢将自己的病情告诉任何人，包括睡在下铺的赵敬，所以他就只能独自默默承受着这份青春的暗恋苦果。

终于有一天被单相思折磨得瘦了不止一圈的重病患者莫寒决定豁出去了。这学期即将结束，身边的人都高高兴兴地准备回家过年，莫寒觉得真的不能再等了，再等就到明年了。同时经过整个秋天与大半个冬天的漫长时光，他也终于在心中积攒了足够的勇气去对她说一句："你好，我注意你很久了。"

然而可惜的是，这句被莫寒反复揣摩了很久才确定好的开场白最终还是没有用上。尽管在决定表白的那天晚上收拾得干干净净，特意洗了澡、换了西装、修剪了头发的他，在来来往往的 7 路公交车上一直坐到了深夜的最后一班，但他要等的那个人却并没有出现。也就是从那天开始，患上无药可救之症的莫寒突然感觉自己很有可能再也见不到这个从未说过一句话但却彼此感觉已经很熟悉的女孩了，对方仿佛突然间从这个世界上消失了。不甘心的莫寒开始来来回回反反复复出没在各个时间段的 7 路公交车上，但直到他接到父母的电话不得不回去的时候,也没有再见过那抹让他念念不忘的白色身影。

她应该是放假回家过年了吧。失望的莫寒这样安慰着自己,然后踏上了返乡的列车。

Chapter 39 烟花

不管发生了多少让人欢喜让人忧的故事，时间都不会停下始终向前的脚步，不知不觉间，又到了一年的除夕。

家里的年夜饭像大部分北方家庭一样，永远是一成不变的饺子，虽然每年都会包一些不同的馅儿，但即使再好吃的东西连续吃上 20 多年，也还是会感觉腻的。不过康乐对此已经习惯，只要一家人每年都能这样平平安安地在一起，那吃什么样的食物又有什么关系呢？她一直都是一个很容易满足的女孩。可惜今年的这顿年夜饺子让康乐实在提不起食欲，不是因为做得不好吃，每年的饺子都是她和妈妈一起亲手包的，对于自己的厨艺康乐还是很有信心的。让康乐突然失去胃口的是，刚才忙完在等饺子出锅的时候母亲委婉地提醒她该找个男朋友了，这让康乐一下子就没了吃东西的兴趣。草草应付着吃了几口后，康乐拒绝了父母一起看春晚的提议，直接回到自己的房间一头栽倒在床上，她现在的心情非常糟糕。

康乐理解父母的担忧，虽然自己觉得 23 岁还很年轻，但从现实角度来讲确实也不算小了。而现代社会虽然没有古代女子 20 岁不嫁就要强行婚配的那种陋习，但也已经比国家法定结婚年龄超了 3 岁，放在父母的那个年代完全可以被当成老姑娘了，毕竟母亲当年和父亲在一起的时候还不到桃李年华。况且最重要的是虽然母亲没有明说，但康乐知道真正让父母担心的是，这么多年来自己还从未交过男朋友。

康乐烦恼地将头埋进被子里，如果没有被保研的话那自己的大学生活已经算是结束了。想到这里康乐又有些泄气，毕业生的离去也就意味着会有新人的加入，而和那些洋溢着青春气息的学妹比起来，自己确实可以被称为大龄女青年。现在的人就是这么奇怪，在大学里只要女孩到了大四，就会被嫌弃"都这么老的女人了还有谁要啊"，而如果等到了工作的单位，看到刚分配进来的女大学生，则常常会出现"新来的女孩好嫩啊"的赞叹，想一想还真是让人生气……

那毕业后又要做什么？找份工作结婚生子？然后日复一日除了上班就是上班，外加还要每天及时回家照顾孩子、伺候老公，喂饱这个喂那个？尤其是想到如果嫁了自己的真是那个平常什么都不做，她平生从未见过第二个和他一样懒的家伙的话，康乐同学就恨得有些牙痒痒。

窗子外传来断断续续的口哨声，康乐心烦意乱地从床上爬起来，走到阳台前打开老式的木窗，然后就看见那个眼熟的混账家伙正鬼鬼祟祟地提着几个塑料袋站在楼下。

"快下来，我们去放烟花。"宗佑看见康乐露面连忙说道，同时还提起手中的塑料袋晃了晃，"我给你带了好吃的。"

"走正门还是从这里下？"康乐收拾了心情问道，这是他们之间为数不多保留下来的小时候的习惯。已经记不清是从几岁开始，每年的除夕夜吃过年夜饭后，宗佑都会来叫她一起出去放烟花。

"废话，当然是直接跳下来，你又不是没跳过，二楼而已，摔不死的。"宗佑做贼一样压低声音做着动员。康乐家住的是很多年前修的旧楼，原本设计的楼层就不高，二楼阳台到地面也就比别的新式小区的一楼高那么一点点。而康乐家的家教从小就很严格，小时候宗佑来找康乐出去野的时候，因为担心康伯父和康伯母不同意康乐出门，每次都是让幼小的康乐从阳台跳下来，结果康乐经常因此摔破膝盖或扭伤脚。为此小时候宗佑没少挨揍，然而等过段时间养好伤后，不长记性的宗佑依然会死不悔改地来动员康乐小朋友跳楼……

等后来慢慢长大后，即使知道找康乐出去玩可以明目张胆地走正门，但宗佑还是习惯叫对方从阳台直接跳下来以便省时省力。

"快跳啊，放心，我在下面会接住你的。"宗佑见康乐半天没有反应不由得有些着急地催促道。

"还是走正门吧，去年你就没接住。"康乐有些犹豫，不放心某人就差拍胸脯的保证。

"走正门被你爸看见了怎么办？当然我是为你着想，小时候你跟我出去玩被你爸看见了哪次不说你？而且你怕什么啊，去年那完全就是一个意外，还不是去年你吃得太多长得太胖了。"

"你想死吗？"康乐突然有种想一拳砸死宗佑的冲动。

"错了，错了，去年不是你吃得太多长胖了，而是我吃得不好力气变小了。这次你放心，我今年天天坚持早上起来举50下哑铃，晚上睡觉前再做30个仰卧起坐，绝对比去年更有力气、更强壮。"看着康乐貌似有恼羞成怒的趋势，宗佑赶快解释。为了增加说服力,他急忙伸手去挽袖子想秀秀自己的肌肉,却很无奈地发现自己穿着羽绒服太不方便,只好直接做了个屈臂的动作,可惜康乐隔着厚厚的衣服根本什么都看不出来。

"好吧,你让开点。"康乐想了想后还是同意了楼下之人的提议,回头侧耳听了听,客厅里的电视中好像正播放着蔡明和潘长江的小品,不时传来一阵阵夸张的笑声。确认父母都没注意到后,康乐叹了口气,踩着椅子坐在窗边,而楼下的宗佑正仰着头高举着双手在那里跃跃欲试。

"怎么有点投怀送抱的感觉。"康乐突然有些自嘲地想到,然后摇摇头将这奇怪的念头甩掉,闭上眼睛向宗佑的怀里跳了下去……

"这么多年了,还是没有学会走正门。"隔壁房子里的康父站在没开灯的窗后有些无奈地说道。

"还不是当年你太凶,吓到他们了。"身旁的康母半微笑半埋怨地接着话,"其实佑儿那孩子挺好的,而且和乐乐也是从小一起长大的。"

"宗佑我从小看着他长大的,我能不清楚?"康父对老伴的说法有些不以为然,"你怎么不说赵家那小子看起来也不错?"

"哎,重要的是姑娘自己喜欢。"康母似在感慨又似在陈述一个事实。

这次康父没有反驳,只是望着窗外轻轻地叹气,不知是在感慨什么。直到视野中那两个鬼鬼祟祟的身影跳着脚一步一步消失在院子大门外后康父才重新开口:"早点睡吧,不然等下孩子回来不好意思开门。"

"嗯,说不定人家两人今晚还不回来了呢。"

"她敢!反了她了……"

就在康父有些忧心自己家的白菜是否会大逆不道地跟着某头猪夜不归宿的时候,秦都湖边的长椅上,康乐一边揉着扭伤的脚踝一边目光不善地盯着身旁左顾右盼就是不敢看她的某人,牙根痒痒地问道:"这就是你努力锻炼了一年的成果?"

"意外,意外!刚才那真的是一场意外……"感觉到身侧若隐若现的阵阵杀气,宗佑有些心虚地急忙替自己开脱。刚才几乎就是去年除夕的重演,在康乐同学自由落体接触地面的瞬间,宗公子平举了半天的双手刚好与她又差了那么短短几厘米的距离……

"你还狡辩?刚才你明明站在那儿动都没有动。"康乐快气疯了,眼前这不靠谱的家伙不仅刚才看着自己跳下来没有任何反应,现在居然还敢推卸责任。

"没有,没有,我刚刚真的是计算失误,绝对绝对不是有意的。"察觉到四周的杀气越来越强烈,求生欲瞬间爆棚的宗佑急忙从塑料袋中拿出一个保温桶打开,"不谈这么不开心的事情了,我给你带了好吃的。"

熟悉的保温桶不大却装得很满,其实不用打开康乐就能猜到里面有些什么:燕菜、腊肉、狮子头……

小时候过年,康乐经常会跑到宗佑家蹭饭吃。那时候的她觉得他们家的年夜饭永远都有吃不完的好吃的,从开始到结束连着几十道不重样的菜不间断地上桌，有时候刚发现一道好吃的，还没吃够，很快就又出现更好吃的。很多次到最后康乐都是扶着墙被宗佑拽着出去放鞭炮的，结果还会因为吃得太饱跑不动而被对方嫌弃半天。而慢慢长大后的康乐却开始渐渐减少这项曾经很喜欢的活动，最近几年都没有再去过，表面的说法是你家那些菜年年都一样，吃了这么多年早就吃厌了，真正说不出口的原因只有康乐自己知道，团圆的饭菜，尴尬的身份……

不知是被触动了心底哪条潜藏的情丝，康乐的眼神渐渐柔和起来。看着满脸讨好的宗佑还双手抱着保温桶举在半空，她就从里面拿起一块尚带着热气的炸带鱼送进嘴里，嚼了嚼后发现还是像以前那么好吃，于是直接将保温桶端了过去："算了，看你道歉得还算诚恳，这次就不和你计较了。"

发现自救貌似成功了的宗佑总算松了口气，抬起手擦了擦额头上的虚汗。其实在刚才康乐跳楼的一瞬间，宗佑也不知道为什么，脑海中突然就浮现出很多已经过去了很久很久的记忆碎片。从小时候一起在院子里捉迷藏到长大后一起躺在操场的草地上发呆晒太阳，眼前的康乐貌似还是记忆中那个一直跟在他身后形影不离的小女孩，其实两人早已不知不觉一起度过了漫长时光。自己从小学开始作业就很少做过，基本都是抄康乐的；每次出去玩的时候也是康乐负责帮自己收拾不小心忘掉的东西；甚至自己发烧的时候也还是康乐陪着自己去挂吊瓶，很多次扎针的时候她还非常讨厌地拖住因为怕疼临阵退缩想要逃跑的自己。好像这么多年来自己无论什么时候做什么事情，康乐都会陪着自己，她在自己的生活中，似乎一刻也不曾离开过……

"喂，大少爷，你说现在烟花要怎么放？"康乐的声音打断了宗佑的追忆，他随口答道："你想怎么放就怎么放呗。"

"嗯？你是故意的？"

好不容易消失掉的杀气瞬间再次降临，宗佑这才反应过来，身旁之人别说放烟花了，能不能正常走路都是问题："那个，其实我的意思是你说怎么放咱们就怎么放。"

"我想放'火树银花'，可惜'火树银花'要边走边放才好看。"被某人超快反应误导的康乐有些落寞地说道。

"这还不简单？"突然感觉心里有些难受的宗佑笑着开口，麻利地从另外一个装爆竹的塑料袋子里翻出两束"火树银花"，点燃后递了过去，"拿着，一手一个。"

"嗯？"康乐有些疑惑地接过烟火。然后就看见这个让她纠结了很多很多年的男人转过身去背对着她，蹲了下来："快上来，我背着你。"

康乐拿着燃烧着的烟花怔怔地望着眼前那熟悉得不能再熟悉的背影，久久没有动作……

"你等什么呢，快点上来啊。"半天没见反应的宗佑忍不住回头催促。

"嗯！"康乐感觉眼睛有些湿润，趁着宗佑再次转过头去的时候悄悄擦了一下眼角，然后跳着脚爬上了对方那看起来并不太结实的后背。

"哎呀我去，够重……"宗佑小声嘀咕了句后问道，"趴稳了吗？"

"嗯。"康乐虽然听见了某人低语的坏话，但现在的她并不想去计较这些。

"趴稳就好。"宗佑背着康乐慢慢站了起来,然后迈步向前,"人间大炮,发射!"

那天晚上在秦都湖边放爆竹的不少人都看到了一对奇怪的情侣。背上的女孩双手张开,两束燃烧着的烟火在还飘着雪花的夜空中随风闪烁,留下一路火花。背人的男孩虽然看起来步伐有些不稳,却表情很坚定地牢牢抓紧身后的女孩,沿着湖边的青石道慢慢小跑着……

"哟,这哥们儿猛啊。"目击者中一个20多岁的男孩赞道。

"你看看人家,再看看你!"他身边同样手持烟花的女伴语含酸气。

男孩显然不满意被自己的女友看低:"放个烟花还搞这么麻烦,真是傻瓜。再说你看看人家女孩那身材,再看看你……啊!别动手,很疼的……"

Chapter 40 消失

实在安不下心来的莫寒借口导师年后有个大课题叫自己参与,在家里只待到了初五,就早早打包从江南回到了西北。

此时秦都这边的年味还很浓,满街都是爆竹的喧嚣声,以及享受难得的休闲时光的人流。然而就在这随处可感的快乐气氛之中,莫寒的心情却一天差过一天,他频繁地登上一辆又一辆已不知坐过多少次连开车师傅都差不多混成脸熟的7路公交车,仍然奢望着有一天能再次见到那抹早已深深刻在脑海里的白色身影,可惜收获的却始终只有失望。就这样直到过了元宵节,同门的师兄弟陆陆续续返校了,白衣女孩仿佛人间蒸发了一样,再也没有在7路公交车上出现过。

刚开始莫寒还能以对方也许正在家里过年玩得正开心所以回来迟点的理由欺骗不死心的自己,但等到了3月春暖花开可以迎风放纸鸢以后,他就再也不能用对方还没过完年当借口了。直到这时他才终于不得不悲哀地承认,曾经有一个女孩和他无数次擦肩而过,衣服都快擦破了,也没能擦出一星半点的火花。

对此莫寒感觉有些难以接受,他和她甚至连一句话都没有说过,怎么能如此草草地无疾而终?不甘心的他还鼓起勇气跑了好几次秦都师院。那是他推测对方所在的学校,结果即使他在师院的校园里像无业游民一样晃荡了不少天，依然是一无所获，反倒因为行动诡异被注意到他的门卫盘问过好几次。

终于心灰意冷的莫寒渐渐放弃了这些无意义的行动。那个女孩就像当初很突然地闯进他的世界那样，再次很突然地从他的世界里消失得无影无踪，没有挥手，也没有带走云彩。直到最后莫寒也不知道对方的名字，甚至连一张哪怕只有背影的照片都没有来得及偷拍。对方就只存在于他的记忆之中了，而记忆随着时间也还是会渐渐模糊直至消失。也许她很快就会忘了自己吧，莫寒有些悲哀地想着。也许过了不知多久以后，可能是几个月，也可能是好几年，他和她还会在某辆不知道车牌号的公交车上或这个城市的某个角落再次碰巧遇见。但那时的他和她也许早就已经忘了彼此，也或许双方都早已不再是正好合适的状态。就像莫寒小时候见过很多每年都会飞到南方来过冬的候鸟，来年春天飞回去后等秋天再飞回来的往往不再是曾经熟悉的那几只。其实有些时候有些人，他们已经见过了这辈子的最后一面，只是当时的彼此并没有发现……

Chapter 41 迷梦

宗佑轻轻走进教堂，低调地坐在后排角落里静静看着前方的人做礼拜，这座在寸土寸金的市中心占有一席之地的传播主的福音之所其实规模并不是很大，总共也就只能容纳五六排长椅。毕竟在传统观念较强的我国，平头百姓更加相信太上老君和释迦牟尼的业务水平。

虽然从小就对未知的事物有着很强烈的好奇心和探究欲，但宗佑同学其实并不信奉任何宗教。他今天出现在这里确实是来寻求帮助的，但求助的对象却并不是万能的主。

宗佑最近又做梦了。

上中学的时候宗佑记得自己始终睡不醒，每天只要一听见上课的铃声就会感觉非常非常困，晚上更是一挨到枕头就会快速地失去意识，等到再次清醒的时候往往已能看见第二天的太阳。而上大学后的他虽然依旧一上课眼皮就要打架，怎么睡都感觉睡不够，但总是觉得和中学时不一样。至于有什么不一样，宗佑想了很久才发现，原来自己开始做梦了。

他还不像同宿舍的杜亚、宇文他们那样是孤枕难眠做梦都在想媳妇，而是经常睡着睡着睡到半夜就突然无缘无故地醒过来了，每到这时候宗佑都会感觉脑袋昏昏沉沉。缓过来后仔细想想就会发现唯一能确定的是自己刚才应该在做梦，但做的是什么梦，梦到了什么，他却很少能记得，即使很努力地去回忆，最后也只能隐约想起一些模糊的片段……

这个无法对外人言明的宿疾困扰了宗佑很长很长的时间。不过好消息是随着大学时光慢慢收尾，他虽然还是会常常睡到半夜的时候莫名其妙地醒来，却终于能渐渐地记住大部分梦境。但越是这样却越让宗佑感到困惑，他发现自己的梦境非常奇怪，经常梦到很多已失去联系很久、早已没有来往的故人，比如小学四年级时那个会编手链送给他的女同桌，又比如高一时总爱和自己讨论游戏和漫画的女同学。这些本该从记忆里消失掉的东西让醒过来后的宗佑百思不得其解，在梦里他总觉得少了点什么，可却又偏偏想不到到底是少了什么。而更让宗佑感觉困惑的是，后来他的梦渐渐一样了，他开始重复做着一个相同的梦，在这个梦里总会出现一个非常非常熟悉的背影，但每当梦里的他想走到背影的正面去看看对方到底是谁的时候，就会无奈地睁开双眼，然后再也睡不着了。

等了差不多半个小时后，做完礼拜的信徒渐渐开始散去。宗佑却依然端坐在自己的位置上没有动弹，只是默默地注视着从身边陆续走过的信徒，然后终于在队伍的末尾，等到了他来这里等待的目标。

"你怎么来了？"一个留着短发、身穿风衣、气场强烈的轻熟女望着宗佑略感惊讶地问道。

"来看看学姐啊。"宗佑笑着回应。即使已经过去了很多年，眼前的女子却依然是他们初相识的模样，几乎没有任何变化……

　　其实在宗佑当年花了大票银子半途而废的日语班上，相互一见倾心的不止有他和司南，还有隔壁桌的高师兄和吴师姐。
　　那还是在某天傍晚快下课的时候，正收拾东西准备回家的宗佑突然被旁边座位上刚认识不久的高师兄叫住。对方很豪爽地表示等一下想请他一起吃顿便饭。这让当时正在纠结晚餐吃什么的宗佑感觉很是高兴，没想到还能碰上这种好事，自然毫不犹豫地一口答应下来。结果等到看见高师兄转头又去邀请面含羞涩的吴师姐共进晚餐时，后知后觉的宗佑同学才恍然大悟地发现自己真的是够傻的。
　　虽然听说很多初次相亲没经验的双方总会各自叫些闺密或死党什么的来活跃气氛避免场面太过尴尬，但宗佑还真的从未想到自己竟然也有被拉去当电灯泡的这天。当时他们日语班里的同学基本都是和宗佑差不多大的同龄人，加上开班尚没有多久大家还不是很熟，所以虽然有些同学郎有情妾有意地互相看对了眼，但毕竟脸皮较薄要矜持些。想想如今一拍即合就酒店见的学弟学妹，宗佑只能感慨当时他们那些人真是单纯得可爱。
　　单纯的高师兄拉上了刚认识不久的宗佑，而同样单纯的吴师姐则直接从隔壁法语班找来了自己的闺密，最后这顿不以填饱肚子为目的的晚餐就变成了两男两女隔着火锅桌相对而坐的相亲惯例场面。其间男女主角旁若无人地不时四目相对、含情脉脉，于是倍感尴尬的宗佑也只好没话找话地和同样被拉来的另一个电灯泡开始闲聊。

其实从第一眼看见对方开始,这个名字普普通通叫作许雨的女孩就给宗佑留下了即使过去多年依然深刻得如同初相见的印象,因为对方的气场实在太强了。

老实说所谓的气质是种非常玄乎的东西,虽然绝大部分人都对其说不出个所以然,但却很少有人否认它的存在。比如说宗佑就见过认识的有些人即使一身古驰、阿玛尼却看起来还是很俗气,而有些人即使穿着一眼就能分辨出的地摊货但仍然让人觉得高贵得不忍染指。而此刻和他相对而坐的女孩就明显属于后者。那晚的许雨穿着件咖啡色的呢绒披肩套裙,配合着她仿佛与生而来的某种特殊气质,让从小就以拥有某些不可考证的贵族血统而自豪、自称见识过大世面的宗佑同学直接就被震住了。即使过了多年以后,他每次听到尚雯婕的那首《女王驾到》时,第一反应就会联想到那天晚上的御姐许雨。

没有人注意到是从什么时候开始,当晚餐的两位发起人还在那里欲说还休的时候,宗佑已经和女王从避免尴尬的礼貌性交谈发展到就柏拉图式爱恋最开始的意义是同性恋还是异性恋而进行的激烈辩论。这种反客为主的行为抢光了两位名义上主角的风头,让不知情的人看见还以为他们两个才是今晚的正主,而真正下了本钱的高师兄和吴师姐却像是被拉来照明的。

不知是不是感觉聊得不够尽兴,晚餐结束后宗佑很殷勤地表示要请大家去看电影。虽然后来证明他选的那部号称我国首部魔幻巨制的真人版《大闹天宫》烂得实在是惨不忍睹,但宗佑同学还是和女王在影院里就只一眼就能猜到的电影剧情讨论得很是愉快,为此受了周围不少看不见的白眼。结果那次晚餐奔着不良目的去的高师兄和吴师姐在度过了一个并没有多长的热恋期后又迅速各奔东西,听说为分手还闹得很不愉快。而原本作为双方避免尴尬拉来的后援,宗佑和许雨却成了很要好的朋友。

认识的时间久了后,宗佑就发现许御姐不仅气场感人,而且知识也非常渊博,尤其是对例如星座之类的西方神秘学也很有研究。比如女王大人曾经分析,她是4月的白羊座,宗佑是8月的狮子座,而白羊座和狮子座的组合在星座学里是最为互补也最般配的,所以他们才会初次见面就能像多年老友那样相处得那么愉快,均有相见恨晚之感。对于这种听起来就很深奥的东西宗佑同学虽然不是很懂,但有一点他不用细想就觉得貌似不太准确。在他看来,许雨不管从哪方面来看都更符合狮子座的特征,而在这头充满侵略性的母狮子面前,自己才像那只弱小可怜、瑟瑟发抖的白羊……

不过宗公子今天跑到教堂来找女王大人并不是想洗白白后羊入狮口,而是确实有需要依靠她的玄学知识才能解决的困惑,比如那个最近一段时间里出现得越来越频繁的梦。

虽然宗佑同学从未有过亲眼见证女王大人施展神秘占星之术的荣幸,但据对方自己说,在她还不认字的时候就已经整晚整晚望着星空研究这门一般人看都看不懂的高深学问了。这样听起来宗佑觉得还是可以试试的,至于西方的塔罗牌能不能解东方的梦,他就不太确定了。但也没有其他更好的选择,毕竟在他认识的人里面,似乎再没听说过还有比女王大人看起来道行更深的这种冷门学科的资深从业者了。

"我最近经常做同一个梦,梦里总是会出现一个背对着我的身影。它给我一种非常熟悉的感觉,我觉得我应该认识它的主人,但却怎么也想不起来她到底是谁。每当梦中的我想走到她的正面去看看的时候,就会突然醒过来。"找了家比较安静或者说生意惨淡的咖啡厅后,宗佑将困扰自己多时的疑惑倾诉给了女王。

没有经过从业资格认证的民间解梦大师许御姐静静地听着面前这个相识多年的男孩讲完,思考了很久才缓缓开口分析道:"从心理学的角度来讲,日有所思夜有所梦,既然你梦中出现的背影让你感到似曾相识,那它的主人和你一定认识而且多半还是关系不浅的那种。既然你如此熟悉却仍旧想不起来,那很可能是你其实已经知道了答案却根本不想去确认。不然梦中的你也不会每次想走到她的正面都会突然醒来,那是你的潜意识在抗拒着。"

"抗拒吗?那我为什么要抗拒呢?"宗佑被女王绕得反而越来越困惑了。

"这就要问你自己了,像抗拒这种潜在的心理暗示不是你说没有就真的不存在。有时候很多我们突然做出来却感觉莫名其妙的行为都是我们自己该做却不想做的,可能这样的心思你自己都没有感觉到。你梦中的背影应该属于对你来说让你很犹豫的一个人,你不知道要怎么样去面对她,所以每当你想去确认对方身份的时候就会被你自己感觉不到的潜在意识抗拒着醒过来。等你看明白了自己的心,想通了不再犹豫的时候,那你就一定能走到背影的正面……"

那天晚上从女王大人那里解梦回来后的宗佑躺在床上始终睡不着。其实许雨说得没有错,从第一次梦见那熟悉的背影开始,他就感觉很像一个人,一个仿佛从出生开始就一直陪在他身边的人。

会是她吗?我为什么要抗拒她?如果不是她的话那又会是谁?宗佑感觉脑袋很乱,胡思乱想了很久后还是决定先关灯睡一觉再说。在强迫自己入睡之前,他一遍又一遍地在心里默默警告着自己那不太听话的潜意识。如果它继续再搞"非暴力不合作"的话,那明天他就找家医院挂个精神科和它不死不休做斗争。毕竟梦中的背影是如此的熟悉,熟悉得让他迫切想走到背影的正面去,去看看是不是他想的那个熟悉到不能再熟悉的容颜……

不知是恐吓成功还是自我催眠的作用,宗佑很快便进入了梦乡,并且如愿地在梦里再次见到了那个背影。梦中的宗佑有些自嘲地缓缓叹了口气,打起精神迈步向貌似永远也到不了的背影正面走去,一步、一步、又一步,梦里的他走得很慢,却越走步子越是坚定……

不知在梦里过了多久以后醒过来的宗佑再也没有睡意,苦笑着从自己温暖舒服的大床上爬起来,连拖鞋都没穿直接光脚走到房间的落地窗前,低头望向马路对面那座小时候曾经住过很多年的家属院。初春的清晨还是很冷,窗玻璃上结了一层薄薄的霜,隔着窗看外面的世界显得有些模糊。宗佑轻轻将窗打开，迎面灌进来的冷风立刻让他忍不住打起了寒战，但从来都非常怕冷的宗佑却并没有将窗子重新关上，而是迎着刺骨的寒风仔仔细细数着对面那一栋栋旧楼，一直数到那熟悉的某栋某层某间某扇窗……

　　也就是在同一个晚上，康乐同样做了个非常奇怪的梦，奇怪到让早上醒来后的她并没有急着去梳洗，而是若有所思地轻轻移到窗前抬头望向对面的高楼。虽然因为距离很难看清什么，但康乐依然有种莫名的感觉，不知望过多少次的对面那扇窗后，有个熟悉到刻骨铭心的身影，正凝望着自己……

Chapter 42 花语

宗佑跑来敲门的时候,康乐正拿着喷壶在阳台上浇花,除了被某人嫌弃一直寄养在这里的阿杰以外,康乐还养了很多花。

其实康伯父本身就是一个充满书生意气的典型传统知识分子,工作兢兢业业认认真真。他平日下班后从不像其他同事那样喜欢陪领导喝酒打牌联络感情,而是常常跑到旧货市场去淘几本古帖回家临摹,生平最大爱好除了读书就是养花。以至明明专业技术最好学问最高,做了多年副教授都没有被扶正的他,眼睁睁看着比自己晚几届的后辈的名片上的头衔越来越多。郁闷的康父逢年过节两家相聚时,也会在和宗父喝了几盅意兴阑珊后,对着这位年龄稍小一起分配到单位却选了不同路走的多年同学兼老友悲愤地感慨,谓天下岂有二十三年之太子?

有父如此,作为独女的康乐自小被其当作大家闺秀来养也就不难理解了。虽然后来鉴于种种客观原因无法富养,但康父的某些习惯还是很好地在后代身上完美地传承了下去,比如康乐同学从小就是一个喜欢花的孩子。

犹记得中学时初读《红楼梦》的时候,康乐虽然在书里最欣赏的是薛宝钗,但也同样喜欢黛玉感花伤己、葬花吟词的那段。在她看来花这种优雅之物真的不应被随意遗弃，黛玉虽然多愁善感病恹恹的让人喜欢不起来，但其拿着锄头亲手将落花埋葬的做法却让康乐对其好感倍增，她自己平时也常常会将凋落的花瓣捡拾收集起来，攒得多了后一起水葬到隔壁的秦都湖里。

而在和父亲合养的众多花花草草之中，康乐最喜欢的还是那盆自己亲手栽植了多年的西府海棠。与如今女大学生宿舍流行的绿萝或者多肉相比，这是一种非常非常冷门的花草，冷门到康乐第一次给来访的宗佑同学介绍这个花名的时候，对方直接就问了句："西府海棠？那是什么东西，好吃吗？"结果让她差点就没忍住暴打对方一顿的冲动。

其实康乐也说不上来为什么会这么喜欢西府海棠，也许是因为西府海棠的花语让她感觉很亲切，亲切得就像自己心中那说不出口的惆怅……

"又在浇花啊？"被放进来的宗佑堆着惯用的假笑没话找话道。自从证实一直存在于那奇怪梦境中的背影真的是自己早就猜测到的康乐后，宗佑的心情便复杂得犹如一团乱麻再也无法解开。今天他本来是想出去找地方逛逛散散心，结果走着走着就不知怎么走到了小时候除了自己家外去得次数最多的那栋楼下。想了想后宗佑还是决定上去坐坐，看是不是约康乐一起出去喝杯咖啡看场电影什么的，自己好像也很久没带她出去玩过了。

然而一进门他就看见康乐正在浇花，其实对于这样的场景宗佑早已习惯，但今天的他却觉得情况有些不对。因为除了那些早已见过许多次的花花草草外,宗佑还发现了一些非常刺眼而且不应该在这里出现的东西,比如说摆在桌上那束红得如同正在滴血的鲜花。

"我去,这玫瑰哪儿来的?这么大一束起码得好几百吧?"宗佑吃惊地拿起那束疑似玫瑰的花仔细看了看,发现确实都是带刺的新鲜玫瑰,这让他不由得更加惊讶起来。

听见某人声音都颤了的疑问,康乐并没有回头,还是站在阳台上给花草浇水,只是淡淡地回了句:"赵敬送来的。"

"赵敬?他送你花做什么?"宗佑背对着康乐面色复杂地皱了下眉头,他突然对这个以前就很反感的名字更加反感了。

"不知道。"

宗佑放下让他恨屋及乌感觉厌恶的玫瑰,走到阳台旁斜靠着门框似笑非笑地问道:"今天送玫瑰?他不会是想追你吧?"说完后看康乐貌似不准备理他,于是又夸张地以难以置信的语气加了把火:"我去,他这是有多瞎啊?"

这下康乐有了反应,转身白了狗嘴里吐不出象牙的某人一眼,然后低下头去继续浇花……

等宗佑无趣地拉上门自己走了以后,康乐这才放下早已没剩多少水却一直被她端着装作浇花的洒水壶,平静地走到客厅中那张老式圆木桌前坐下。桌上的玫瑰确实是赵敬送的,不知是不是担心被她拒收的场面太过尴尬,对方是用同城快递送的,让康乐想不收都没办法。事实上如果赵敬真的敢亲自送花过来的话,康乐恐怕连门都不会开。

玫瑰花的花语恐怕没有人会不知道,而且还挑在 2 月 14

日这个日子送来，那就真是赤裸裸的司马昭之心了。想到这里康乐不禁又想起刚刚离开的那个让她心情无比纠结的家伙，其实他也曾给她送过玫瑰，而且不止一枝。

那还是在好几年前的时候，那年七夕前的某天她和他一起去看电影，当时看的是部很小众的爱情片。其中有个镜头是男主送了女主一枝金子做的玫瑰，寓意是鲜花可以凋零，而他对她的爱却如黄金一样永远不会变色。记得那时康乐被这煽情的一幕搞得有些感动，眼睛都快湿了，导致身旁的宗佑有些不可思议地问："至于吗？"她满脸嫌弃地看着这个不懂风情的木头说："这才叫浪漫。"他就问："想要吗？"她回答："想要。"这是真话。然后他就说："既然想要，那七夕的时候送你一枝，现在麻烦你赶紧擦擦眼睛，安静一些，别影响我看电影……"

原以为自己只是随便说说，宗佑也只是随便问问。但让康乐没想到的是七夕那天她竟然真的收到了快递来的金玫瑰，而且一下就是3枝，虽然和电影里的不一样只是镀金的盗版货，却也让当时的她眼眶湿了好久。

后来康乐问宗佑为什么要一次买3枝，谁知道那个不会说话的家伙回答，他原本只是准备到淘宝上随便买一枝的，结果下单后突然觉得离七夕就剩几天了，如果对方不及时发货赶不上七夕送到怎么办？过了时间再收到就没什么意义了。于是这样想着想着他就重新找了一家店又订了枝，上了双保险，结果不知道是不是临近七夕生意太好，直到第二天两家店都没有发货。无奈之下他只能找了第三家店再订了一枝，想着不管怎么样，3家店只要有一家能赶在七夕把货送到就行了。

结果悲催的宗佑同学千算万算都没有想到,他按照销量排名分别下单的那3家店竟然是同一个老板,这就有了康乐一个盒子同时收到3枝玫瑰的场面。犹记得宗佑当时义愤填膺地骂了半天奸商,最后唉声叹气地唠叨早知道就只买一枝了,完全没有注意康乐在旁边又好笑又感动地强忍着没有哭出来。后来宗佑亡羊补牢说那3枝玫瑰一年一枝算作3年的,并且果真是说到做到,这几年什么花都没有再送过。而康乐则将那3枝特殊的礼物仔细地用盒子装好,然后小心地藏到抽屉的最深处……

想到这里康乐微微笑了下,然后顺手将桌上的玫瑰丢进了垃圾桶中。

与此同时刚刚从楼上下来的宗佑不由自主地回头望向康乐家的阳台,满目的花花草草之中入眼的只有那盆粉红色的西府海棠。

事实上宗公子没事的时候最爱干的确实不是玩游戏而是看小说,从中学到现在看过的各类小说按他自己的说法如果当柴火来烧的话烤上几只全羊是没什么问题的。虽然其中绝大部分都是被长辈认为无用的杂书,但事实上杂书也是书,看得多了也能看出一些有用的东西。

比如说宗佑同学就从某些情节幼稚矫情的三流言情小说里学到了很多关于花的知识。就像香水百合代表纯洁、蓝色妖姬代表诱惑,他不仅认识西府海棠,同样也很清楚地知道它的花语,叫作单恋……

Chapter 43 考研

康乐喜欢自己这件事,其实宗佑很多很多年以前就感觉到了。毕竟作为从小一起长大,所谓的青梅竹马,彼此的想法真的可以算是到了即使没有说得很明白,对方也基本能猜到那种境界。比如当康乐第一次告诉宗佑,自己最喜欢的花是西府海棠的时候,他就明白了她那没有说出口的爱恋……

事实上宗佑也曾认真思考过和康乐相约到白首的可能,所以当初参加老郭婚礼回来后才会有那场莫名其妙的求婚式告白。不然换作任何一个其他女孩的话,宗公子是绝对连被扇耳光的机会都不会给的。

这也是他最近频繁陷入梦境,最后不得不去找人解梦的原因。在连续经历了顾雪和苏凉的彻底离开后,宗佑很清楚地感觉到自己心里多了一些虽然很不屑却很强烈的不安全感。毕竟不管从哪方面来看,他都已经习惯了有康乐陪伴的生活,所以他从未想过如果有天对方离开自己后的世界会是什么样子。宗佑不愿去想,也不敢去想。可惜赵敬的意外出现让他不得不去认真考虑这种情况发生的可能性。

赵敬喜欢康乐,宗佑觉得应该是真的,毕竟从目前发现的对方的各种小动作来看,这个儿时的手下败将确实不像安了好心的样子。但康乐是不是也喜欢赵敬呢?放在以前宗佑想都不用想就能直接给出否定的答案。他无论如何都不会相信，虽然总是被自己嘴上调侃很笨实际上真的很优秀的康乐会眼瞎到放着自己这样潜力巨大的优质蓝筹股不喜欢，而去喜欢赵敬那样和他相比明显不是一个级别的垃圾股。可惜接连发生的事证明康乐最近的眼光好像真的有些不太好，和赵敬貌似有走得越来越近的趋势。这次康乐竟然连红玫瑰这么带有象征意义的东西都收了，这就让从来对所有事情都漫不经心的宗佑同学有了前所未有的危机感。

痛定思痛的宗佑强迫自己冷静下来，然后仔细地将自己从颜值、智商、家世等各种内在、外在条件和这个突然冒出来的竞争对手做了全方位的对比。结果越比较，宗公子越觉得康乐实在没有任何理由会看上赵敬，对方和自己各方面的差距虽然没有天与地那么夸张，但也不会少到哪里去。纵观所有的硬性指标他只发现了一处自己略有不足的地方，那就是学历。虽然始终不太愿意相信，但那个小时候被自己不知坑过多少次的家伙貌似真的做到了宗佑一直想做却没能做成的事情。

考研对于宗佑来说算是个不可能完成的任务，并不是说考研有多难，关键是他始终对考研提不起兴趣来。

虽然宗佑也曾对家里说过准备复习考研，但那不过是为了推掉实习和避免家里唠叨的借口。事实上宗佑同学连考研资料都没翻过几页，以至有次康乐过来准备指导他复习的时候，无比惊讶地发现她替他准备的习题、资料竟然大部分连塑料封皮都没有撕开，偶有几本有幸被去掉外衣的也完全可以拿去当新书卖。毕竟某位非常爱护课本的同学最多也就翻了翻书最前面的几页做做样子,后面绝大部分的纸张连皱都没皱一下,说是九九成新都是委屈了这些书。极度震惊的康乐当场就被气得直欲吐血。这样如果都能考上研究生的话别说别人不会信,宗佑自己都不信。可惜所有的指标里也就这条是宗佑同学怎么想忽略都忽略不过去的,毕竟学历这种东西有白纸黑字可以证明,而且填写各种个人信息的时候也是必填的选项。对此无奈的宗佑只能一边深深怀疑赵敬到底花了多少钱找了多少枪手才混进硕士队伍的,一边埋怨改他考研试卷的老师眼光不够,放着自己这样的人才竟然如实打分不破格录取。

但仅凭这一点宗佑还是不相信康乐会喜欢赵敬,毕竟从小一起长大的自己和康乐有着二十多年时间积累起来的感情,这绝不是从小就搬走而且没搬走的时候康乐就不喜欢和他一起玩的赵敬可以相比的。

所以从各方面来看,这个不怀好意的情敌明显比自己强的就只有一条,那就是学历比自己高一点。这是硬伤,如果自己也能把个人信息里的本科生改成研究生,那宗佑觉得自己对赵敬简直可以说是碾轧式完胜。

然而就在宗公子摩拳擦掌准备点灯夜读发奋一场的时候,却很不幸地传来了一个坏得不能再坏的坏信息,他亲爱的母校改名了。

事实上医大要改名的消息已经被传了很多个年头了。虽然没法和北上广那些名闻天下的知名学府相提并论,甚至难以与隔壁长安的部分名校匹敌,但对于高校数量说出来让人感觉可怜的秦都来说,医大显然是辖区内仅有的几个能拿得出手来撑面子的存在了。

其实从某种角度来看,医大和秦都可以算是同病相怜,都处在一个非常尴尬的位置。两者不同的地方在于,秦都的尴尬是因为距离长安实在太近时刻面临被吞并的危险,而医大的尴尬则恰恰相反,纯粹是因离长安太远导致格调怎么努力也提不上去。

比如宗佑认识的一位研究生师兄某次在饭局上以自己的亲身经历向大伙儿痛诉过被医大欺骗的惨痛往事。这位师兄是一个山东大汉,高考时发挥出色收到了京城某某大学的录取通知书,师兄兴高采烈地以为以后要在首都混了,结果一看地址才发现校区在廊坊。等到考研的时候,该师兄再接再厉,成功拿到了宗佑他们学校的硕士名额。虽然医大的名字听起来也很气派,但已经吃过一次亏的师兄还是留了个心眼,专门上网去查了查,确认地址写的长安市长秦新区,于是放下心过来报道。哪想到了才知道所谓的长秦新区是在秦都,搞得师兄当时欲哭无泪想死的心都有了。更夸张的是据该师兄讲,他们宿舍有个家里挺有钱的小伙,考上研后带了全家人高高兴兴地跑来看学校,结果到了位于医大北校区的研究生院后,直接哭着要回去重考。

能把诸位高智商精英逼到这种程度,可见医大的位置有多么的尴尬。事实上除非像清华北大那样有名得如同夜空里的皓月一般,怎么低调也低调不下去,不然作为省会城市学校和作为非省会城市学校之间的区别还是很大的。至少听起来前者就比后者有气势。其实据小道消息传言,前几年,急于扩充实力的长安也曾开出较为优厚的条件，邀请过西北地区唯一一家中医类本科高校的医大迁往省城发展，然而不知道当时的医大校领导怎么想的，考虑了半天后，还是接受了听到风声后生怕自己的门面之一被邻居撬走的秦都的挽留，选择留在了故乡。秦都欣慰之余就在市区南面的世纪大道上划了土地犒赏医大，后来医大就修了南校区，也就是新校区。结果南校区建好还没几年长秦新区就成立了，整个世纪大道都被圈了进去，于是医大转了一圈后还是归了长安，只不过是被动的。而被动和主动当然待遇不同，比如说当初一起被长安招安的科大，人家就非常聪明地搞了个分校区，主校区迁到省会另择新址，秦都这边留下的老地盘当作分校区，没几年就把校名从轻工业学院变成了科技大学。与之形成鲜明对比的，就是按说早就应该与时俱进，将后缀从学院升格成大学的医大，就为这么两个字的改动，却整整耗了好几代师生的时光都未能如愿。以至后来的主要竞争对手——地理位置更好的长安医学院，用短短十几年的时间创造了从专科到二本大学的奇迹后，竟然出现了有着几十年本科历史的医大和一个十年两级跳的学校一起竞争一个升级一本大学名额的尴尬场面。

　　所以从很多年前开始，医大各任校领导就将改名当成任期目标，前赴后继地开始了漫漫更名路。其中，宗佑刚上大学时的那任校领导更是公认极具魄力的铁腕人物。在他任内主持的两次改名都搞得轰轰烈烈，让几乎所有人都觉得成功在望，结果却仍然还是以失败而告终，最后该领导也只能壮志难酬黯然卸任。这样跨度几十年的连续受挫让医大上到老师下到学生都有些心灰意冷，平常学校各个宿舍的兄弟们喝酒吹牛的时候最爱干的就是非议学校，都觉得上位者尸位素餐，换作自己上去指点江山别说一个一本，搞不好医大连"985""211"都混上了。

等到宗佑大学快毕业的时候又赶上了新一轮升级海选，时任的校长虽然也照例开了动员会加油打气，但大家对此却都不抱什么希望。原因无他，和手腕强硬的前任比起来，这任校长可以说是太和善了点，干了几年也没见有什么特别规划，每次出席活动上台发言都斯斯文文客客气气的，看起来完全没有一把手那种八荒六合唯吾独尊的气势。所以他领导的这次改名工作完全不被看好，大家都觉得只是走个过场，延续医大逢选必报名的优良传统，以免落下没有上进心的骂名。

其实包括宗佑在内，抱有如此错误认知的大伙儿完全是吃了情报不够详细的亏。不然仔细研究下这位校长的履历就能惊奇地发现，对方虽然能力存疑但有一项能力再强的人也不一定比得上的优势，那就是他的运气从来都是出奇地好。当初同一届同学毕业留校的没几个，他就是其中之一，然后从普通讲师开始一步步慢慢往上爬，几十年下来竟然混到了学校的一把手，而当年那批明显看起来能力更强的同学却大都混得不如他。

可就是这么一个校领导，在他即将卸任的这年，不知道是不是因为以前失败太多次让评委都觉得不好意思了，还是那些实力更强的均已功成身退，反正不管是什么原因，这位所有人都不抱什么希望的校长在任期内的最后一搏竟然意外地成功了，医大正式从秦都中医学院改名为秦都中医药大学。

消息传来后全校轰动，原本因为即将卸任而门前冷落鞍马稀的校长家门前一时又是车水马龙。虽然不可能再干几届，但完成了这件几十年十几任校长都未能完成的大事的他，还是一举逆转了多年的口碑，声望涨到了巅峰。即使还是有人觉得这位校长纯粹是运气好，刚好赶上了，也不得不承认他为学校立了大功。毕竟从二本升为一本，能扯上关系的都能沾到不少的实惠。比如宗佑认识的不少学弟学妹，学校刚刚改名成功，正式文件还没下来，就迫不及待地将自己个人资料中的毕业院校从秦都中医学院改成了秦都中医药大学，不知道的一看还挺能唬人的。

　　按理说，只要思维正常不会有人和自己的利益过不去，但偏偏这么一件看起来应该普天同庆的大喜事，却还是让很少一部分人感到不高兴。宗佑就是那极少数不仅不高兴反而气急败坏的人之一。而他也很有理由生气，毕竟从二本升成一本改变的不仅是校名，还有那该死的考研分数线。这让原本就没有什么把握正想拼死一搏赌赌运气的宗公子，直接选择了放弃挣扎。

Chapter 44 宿醉

又是一个寂寥的夜晚,再次在7路公交车上坐到末班车停运却仍然未能如愿见到那个熟悉身影的莫寒突然很想喝酒。虽然他的酒量差到常常发生聚餐时被赵敬他们灌醉摸去钱包买单的惨事,但这并没有减弱他此刻想要喝一杯的欲望。

莫寒走到吧台,学着电影里看过的情节没说牌子直接开口叫了杯啤酒,服务生也许见多了这种初来乍到不知道规矩的菜鸟,瞥了一眼后没说什么直接挑了较贵的酒倒了杯递过来。莫寒下意识地说了声谢谢,抿了一口不知道什么牌子的苦酒,然后有些失神地望着眼前让他感觉眼花缭乱的一切。这家叫作"宿醉"的夜店以美女多、艳遇多、故事多这"三多"在秦都颇有些名气。以前有些心灵空虚、肉体寂寞的同学也曾邀请同样单身的莫寒一起来这里寻找快乐,但都被莫寒婉拒了。这还是他有生以来第一次踏入这种地方,如果被赵敬他们知道,绝对会惊讶得下巴都会掉下来。而莫寒之所以选择这家店,则完全是因为刚才出租车司机问去哪儿的时候,这里是他唯一听过名字的夜店。

此时正值夜生活的高潮,打碟的人卖力制造着有些刺耳的噪声,DJ声嘶力竭地烘托气氛,五颜六色晃得人眼花的射灯下,一群衣着鲜亮的男男女女正在舞池中疯狂地扭动着身体。

这一切都让初来乍到的莫寒感觉很不适应,耳朵里传来阵阵轰鸣,心脏貌似也跟着节奏跳动。

"都是些寂寞的人啊。"过了会儿,渐渐适应下来的莫寒突然有些感慨。

"不寂寞又怎么会到这里来?"一个悦耳的声音接上了莫寒的感慨,让他有些惊讶地转头望去。身旁一个长得很漂亮也很有气质的女孩正同样背靠着吧台望着舞池,看见莫寒望她,微微笑着开口:"来这里的人都很寂寞,但人们的寂寞却都不一样。"

莫寒觉得对方说得有些道理,再想到那个可能永远也不会知道自己喜欢过她的女孩,不由得有些落寞地说道:"是啊,也许真的没有任何一个人,可以真正理解另外一个人的寂寞。"

"看样子,你貌似有故事?"女孩打量了莫寒一眼问道。

也许是因为莫寒的酒量真的很差,也或者是因为此刻的环境和气氛让他有种不吐不快的感觉,总之不管是什么原因,莫寒突然很想找个人倾诉,于是他说了一句放在平时估计怎么也说不出口的话:"你想听吗?"

"一打百威。"女孩打了个响指叫住服务生,然后看着莫寒,"我有酒,你有故事吗?"

莫寒有些目瞪口呆,苦笑着仰头猛灌了一口啤酒:"故事是这样开始的,去年秋天,应该是9月份的时候,我去坐7路公交车,就是粉白色双层的那种……"

莫寒对着这个不知道名字的陌生女孩讲述着自己那无疾而终的初恋,从如何在7路公交车上遇到她,如何千方百计试图接近对方，又如何在其突然消失后到处寻找，他痛痛快快将憋在心里已经成疾的思念和未来得及说出口的喜欢全部倾吐了出来，而那个不知名的女孩就坐在旁边静静地听着，然后不时陪着情绪起伏不定的莫寒碰上一杯。虽然四周的喧闹仍在继续，但两人却仿佛没有受到任何影响，一个讲着故事，一个听着故事。那天晚上几乎很少喝酒的莫寒同学不知道喝了多少，但意外的是，他越喝感觉自己越清醒，清醒地看着眼前的女孩和7路公交车上的那抹白色身影渐渐重合……

等到莫寒再次清醒的时候，已经到了第二天的中午或者说是下午，因为透过窗帘缝隙的阳光不管怎么看都不像是早晨的阳光。

不过此刻的莫寒并没有工夫去研究太阳公公到底是在几点钟的方向，因为他已经发现自己并不是躺在宿舍里那张铺着自己最喜欢的海绵宝宝床单的硬板床上。身下的床柔软得让他不想起床，床单也洁白得有些刺眼，莫寒抬头扫了一眼，这里看起来很像酒店里的房间，事实上这儿确实是一间快捷酒店里的标准单间。看来昨晚真的是喝多了，莫寒有些自嘲地想着，然后准备躺倒再睡一会儿，在他看来这也算正常，毕竟自己平常并不喜欢喝酒，酒量确实有限，而昨晚那个女孩……

莫寒突然僵在半空中再也躺不下去了，他想到了一个比较严重的问题，自己到底是怎么来到酒店的？刚才好像看见床边椅子上有堆很奇怪的东西，其中有很多明显不属于他，或者说不是正常男人该有的，比如那条黑色的丝袜……

自己不会失身了吧？莫寒的脑袋瞬间混乱了起来，正当他抓着有如鸡窝的乱发努力想要记起昨晚的事时，卫生间里隐隐约约的水声帮他从侧面证实了那个最不好的猜测，真失身了？

莫寒有些不敢置信地愣在那里，他从来都没有想到自己竟然也会有发生一夜情的这天。现在的他也根本不知道接下来该做什么或者说是该怎么办。幸好最后残存的理智还是让莫寒明白现在并不是发愣的时候，短暂的手足无措后，他猛地从床上翻了下来，结果刚落地就又条件反射般悄悄放慢了动作，尽量控制着不要发出太明显的声音。抬头望了卫生间一眼，发现貌似没有什么动静后，胡乱蹬上牛仔裤的莫寒小心翼翼地从裤兜里摸出钱包，将里面薄薄的几张红票全部抓出来放在桌上。做完这一切后他也顾不上穿衣服了，直接抓起椅背上的T恤踮着脚走到房门口，轻轻地将门打开，出去后再轻轻地带上，然后仿佛被人追杀似的夺路而逃。直到冲进电梯莫寒才算松了口气，这时候他才有时间思考一些别的东西。然而此刻他想到的第一个问题就是，卫生间里的人是昨晚在酒吧里遇见的那个女孩吗？

听到轻微的关门声后又过了一会儿，郑凌才裹着浴巾从卫生间里走了出来，和想象中的一样，原本就不是很大的房间里早已空空如也。

郑凌叹了口气，走到床前坐下，昨天晚上无聊的她跑到宗佑曾经夸了半天的那间夜店打发时间，却无意中听到了一个看起来明显跟现场环境格格不入的男孩讲的一个俗得不能再俗却又显得那么真实的关于单相思的故事。说实话，虽然早就能猜到故事的结局，但当时的她还是被对方苦苦寻找的痴情给打动了，在这一拍即合就上床的年代竟然还有那样纯粹的喜欢。这让郑凌不由得有些羡慕故事中那不知名的女主角，这不就是自己一直追求的爱情吗？如果有一个人也能对我这样痴心……

不知道是因为同情还是因为羡慕，总之不管出于什么心理，都让郑凌在这个明显是来买醉的男孩喝得烂醉后不忍心一走了之。原想打电话找他的朋友来接他，结果对方那部老款的国产手机质量实在太好，好到她怎么也解不开手机锁。而对方看样子也是一只寂寞的单身狗，郑凌在那里等了半天也没见有人打电话来找他。无奈之下，郑凌只好扶着对方随便找了家酒店开了间房，准备将他安顿好了就离开，结果没想到这个浑蛋还没进门就直接吐了，让躲闪不及的她也不幸沾到了呕吐物。被恶心到反胃的郑凌没办法，只好先去卫生间简单处理擦洗了下。没想到等她出来就目瞪口呆地发现，那个弄脏自己衣服的罪魁祸首竟然已经脱得只剩一条老式平角裤衩钻进了被子。这让郑凌都不知道自己要不要表扬一下对方，看来即使已经醉得不省人事，人家也没有忘掉睡觉前脱衣服的习惯。

郑凌又好气又好笑，但闻到男孩T恤上那让她直作呕的酸臭味她又有些不忍起来，如果不及时清理，这件衣服基本也就只能当抹布了。不知道当时哪根筋抽了的郑凌犹豫了下，强忍着恶心捡起衣服进了洗手间，也许自己本来就是如此贤惠吧，郑凌这样想着。结果洗着洗着她就感觉自己想多了，对方这件什么图案都没有的纯色T恤虽然看着就像那种走量不走质的地摊货，可质量竟然比她想象的还要差，见了水后居然开始掉色……

担心再洗下去搞不好就得给对方赔衣服了，郑凌只好随便揉了两把就将这件很有可能是厂家做活动的免费赠品拧干搭在椅背上。这么一折腾郑凌也感觉有些累了，于是就靠在另外一张椅子上想稍微休息会儿就回家，没想到坐着坐着眼皮就越来越重，慢慢眼睛就睁不开了，其实她的酒量也不怎么样，现在酒劲上来自然就撑不住了。

等睡了一觉醒过来的时候，外面的天色已经亮了，迷迷糊糊的郑凌打着哈欠习惯性地脱掉衣服去卫生间冲澡。这是她每天起床后要做的第一件事，据康乐说，宗佑那个讨厌的家伙也有同样的习惯，每天早上非要洗完澡才出门，一个大男人真是矫情。胡思乱想的郑凌直到热水冲在身上才猛然反应过来，自己貌似不在家里。也就在这时候，她听见门外有了响动，那个男孩也醒过来了。

郑凌只好将水开到最大以期能制造出更大的声音告诉对方卫生间有人，同时赶忙裹起浴巾以防对方突然闯进来。她刚才以为是在家里所以并没有反锁卫生间的门……

就在郑凌紧张地注意着外面动静的时候，门响了，开的却不是这扇。等再次响起关门声，郑凌才从卫生间里出来，和她预料的一样，房间里确实只剩下她一个人。直到这时候郑凌才算松了口气，不然她是真的不知道该怎么办了，但同时不知为什么，她的心里也稍微感到有些难受，对方就这样不告而别了吗？

内心矛盾的郑凌伸手将窗帘完全拉开，狭窄的房间一下就亮了起来。她坐在凌乱的床上，将刚才站得有点发麻的双腿伸直搭在桌子上。这两条大长腿一直是她的骄傲，穿上丝袜后就连一直对她不感冒的花花公子宗佑都曾经直着眼感叹过：这真的可以算是美腿。

想到这里郑凌有些得意地笑了笑,顺着引以为豪的长腿向前看去,然后心脏瞬间强烈地刺痛起来。视线尽头刚才没注意到的桌子上,几张红色的票子在阳光之下显得是那么的鲜艳,就像血一样……

此时刚刚打到出租车准备回校的莫寒这才感觉到自己的衣服貌似有些湿,拿手一摸才发现好像被人洗过,刚才因为太过紧张竟然没有注意到。这个意外的发现让莫寒直到现在还很混乱的脑袋变得更混乱了。直到这时候他才突然觉得,自己就这样不告而别实在有些不妥,不管怎么样也应该和对方打个招呼说一声。更何况此刻他的心中不知何时出现了一股想知道自己初次开房对象到底是什么人的欲望。这个欲望是如此的强烈,强烈到莫寒感觉如果自己不这样做的话那绝对会留下一生的遗憾。

越想越觉得不应该这样一走了之的莫寒赔着笑脸叫停了开车的师傅,下来后用身上仅剩的几张零钱在路边的小摊上买了些油条、豆浆之类的早点。在返回酒店的路上他都在思考等下见面后的说辞,刚刚并不是不告而别,而是去给她买早饭了。然而这个想了半天才确定好的理由终于还是没有派上用场。等莫寒按记忆找到昨晚的房间时,却只看见正在里面打扫卫生的保洁大妈……

Chapter 45 茫然

宗佑独自坐在酒吧最角落的卡座里，之所以坐得这么隐蔽，除了他今天并不是来找乐子的以外，更多的是不想碰见熟人。

宗佑是这家店的常客，有段时间几乎天天晚上都会来打卡，虽然现在来得没有以前勤了，但偶尔无聊的话也还是会过来坐坐，来得次数多了就会发生很多故事。其中最让宗佑印象深刻的是，在这里他经常会无意中碰见一些想象不到的熟人，比如说某些虽然叫不上名字但面熟到可以确定以及肯定是他们学校其他院系的女同学。医大虽然不小但如果要在一个大院子里一起学习生活好几年的话那也总能碰到几次，说不准什么时候就在食堂一起排队打过饭或者看晚会时曾经相邻挨着坐，时间久了总能混个脸熟。而这些意外相逢的校友里以苏姐姐她们系的比较多。这不仅是因为某人平常也爱和护理系的妹子们一起愉快玩耍所以脸熟的概率更高，更多的是不管哪个学校，像护理、英语这几个专业的美女基数相对其他专业真的要大上不少。而这家叫作"宿醉"的夜店能在秦都的小圈子里拥有不小名气那自然门槛也比较高，姿色普通的即使想来勤工俭学搞不好人家老板也不要。

对于这些从某种角度来说可以算是熟人的女同学，宗佑却从没有过他乡遇故知的感觉，反而每次碰见都会觉得有些尴尬，尤其是像情人节之类的特殊日子对方打扮得十分特别的时候。他都尽量挑在较为偏僻的地方落座，以免坐得太显眼对方不小心望见他，彼此都尴尬，以后不能再一起愉快地玩耍。另外宗佑也担心被对方认出后就不能再找其他漂亮的小姐姐了，不然怎么说也是校友不能不照顾照顾对方的生意。

不过今天宗佑坐得这么偏僻并不全是因为以上的几个原因，更重要的是他想找个相对清静的地方和坐在对面的表弟商量些事情。

表弟是他姑妈的儿子，因为只比宗佑小一岁多一点，所以两人打小感情就特别好。小时候两人经常组队翘课去网吧联机，如果游戏里哪个技不如人不幸被打死，另一个绝对会第一时间跳出来找仇家替对方报仇。虽然结局往往是再多一具尸体，但即使这样，等复活后两兄弟还是会一起杀回去报仇雪恨，可以说是生死之交。宗佑的家族里有个非常不好的陋习，那就是喜欢对犯错的小孩施行连坐，不管哪一个干了坏事，跟他一起的小孩即使什么都没做也绝对逃不掉一起受罚。因此两人从小不是你连累我就是我拖累你，互相陪着对方挨过不少打，结果越打感情越深。

高考的时候宗佑同学心不甘情不愿地勉强选择家对面的医大栖身。而从小就被家人告知要以表哥作为学习榜样的表弟，第二年则不知走了什么狗屎运侥幸通过了专业课考试，最后竟然以比自家表哥低了一百多分的总成绩成功混进了被公认为是全长安所有的高校中美女比例最高的长安音乐学院。这巨大的差距让宗佑咬牙切齿地眼红了很久，差点心态失衡抑郁了。

不知是不是因为身处温柔乡，所以不是英雄的表弟也被感染得开始封刀藏剑渐渐冷落了表哥，除了逢年过节，两人已经见得很少了。

然而今天宗佑找来这位很久没见的表弟却不是单纯地为了联络感情，而是有些棘手的问题需要对方来帮忙。作为家族里关系最好的同龄人，他是最清楚自己这个亲爱的弟弟在追女孩子这方面上是多么的有天赋，这从对方换女朋友的速度就能很明显地体现出来。基本从上高中开始，两人每次见面对方总会带着不同的漂亮女孩来打招呼，这还是宗佑亲眼见过的，而他没有亲眼见过的据说还要更夸张。

因为表弟曾来宿舍找宗佑玩过，所以127宿舍的兄弟们也都认识他。大一那年和某人合伙创业，结果赔得内裤都差点没了的杜亚同学，曾利用暑假期间找了家不正规的KTV打工还债，后来等到开学后有次跟宗佑闲聊，说着说着就说到在那里打工的时候经常见宗佑表弟带女孩来唱歌。其实这说起来也没什么，某人上大学的时候也经常和不太熟的妹子去过。毕竟你刚认识不久就叫人去开房的话目的性太明显，怎么也得委婉一点，所以相比起来去KTV就要好很多，虽然二者都是两人独处在封闭的小空间里，但一起去唱歌总比一起去开房好听得多。更何况从女孩的反应也可以分析出得手的可能，如果对你没意思自然就不会去，这样的话就没必要再浪费时间。不过宗佑表弟夸张的地方在于，按杜亚的说法，他在那里干了一暑假的服务生，每次碰见对方的时候表弟带的女孩都是从来没有见过的……

由此可见表弟的桃花运确实旺，然而等到快毕业的时候表弟换女朋友的速度却慢慢降了下来。听他自己说是因为累了不想再折腾了，但据宗佑私下观察得出的结论是，他亲爱的表弟追女孩子的战略发生了根本性的转变，不走量开始走质了。据他统计对方最近交往的对象，如果身家几十万的基本两三个月就分了，身家上百万的差不多能谈个一年半载，而上次一起吃饭见过的那个新任女友，据说家在长安某个马上要拆迁的城中村。所以宗佑这次打电话约他时，对方正忙着准备过年去女朋友家里拜访的礼物。

自家表弟如此受妹子欢迎自然不是无缘无故的。首先对方就比某个天天喊着要锻炼却一张健身卡一年都用不了几次的亲戚要有毅力多了，经常坚持举铁做俯卧撑，身材好到在朋友圈发张半裸照都能收到好几个陌生人的好友申请。其次表弟天生一张娃娃脸又善保养，更是远比平常除了洗面奶外基本没用过其他护肤品的某人形象阳光。再次他家里本身也是做生意的，条件不错，可以算是典型的高富帅。最关键的是这位表弟心思很是细腻，不管准备追谁都会提前下大力气去收集资料，所以追女孩真是一追一个准，很少失手。这也是宗佑同学今天把对方约来的主要原因。最近被康乐和赵敬的事情烦得头发都掉了不少的宗佑很需要这个经验丰富的亲戚帮忙分析下眼前逐渐复杂的形势。

"哥，怎么坐得这么偏？"表弟一坐下来就迫不及待要找妹子，被宗佑挥手制止。虽然他觉得叫自家表弟来夜店商量事情有点怪怪的，但除了小时候常去的网吧外，这里算是长大后他们聚得最多、最常来的地方了。

"哥,我怎么感觉你气色好像有些不太好,出什么事了吗?"这时候表弟也觉得今天的气氛不太对劲,打量了下其兄的脸色后关心地问道。

"前两天是情人节。"宗佑没有理会表弟的关心,而是说了句听起来没头没尾的话。

"情人节?情人节怎么了?"

"好好想想,情人节一般要做什么,除了开房以外。"宗佑提前掐断了对方的某种不良想法。

"哥,你不会是想说某网站的国产区又开始大量更新了吧?"

宗佑有些无语,为了避免被气出病来,他直接说到了正题:"前两天情人节,有人给康乐送了束玫瑰。"

"我靠,谁吃了豹子胆了,敢追乐姐?"表弟这次反应得很快,惊讶得眼珠子都快瞪出来了。表弟瞬间想起小时候每次爸妈叫这位表哥帮忙给他辅导作业,却被对方转手交给那位堪比学校老师的姐姐负责,结果每次都很悲催地被对方补上半天课。

"你这什么表情?你乐姐怎么了,是老虎吗?"宗佑很不满意表弟的夸张反应。

"不是,不是,我不是这个意思。"表弟连忙解释起来,"我的意思是,大家不是都说康乐姐和表哥你是青梅竹马的一对吗?怎么现在突然跑出来个插队的?"

宗佑被表弟的话问得有些失语。是啊,从小到大所有人都说过自己和康乐是青梅竹马的一对,虽然自己从来都没有认真过,但不认真并不代表不在乎,那突然蹿出来的赵敬算怎回事？

事实上宗佑最近一直在想，如果郑凌生日那天他没有中途离开去看司南而是留到最后和康乐一起回去，那还会不会发生后面这些事情呢？好像就是从意外接到司南的电话开始，自己貌似就陷入了一个怪圈，很多事情开始一环接一环地在身边发生。如果当初自己没有接到司南的电话，那郑凌生日那天就不会提前离开，这样康乐就不会碰见赵敬，自己也不会遇到师培，后面就可能不会发生那么多狗血到刷新三观的事情，导致事情发展到如今这个局面。想到这里，宗佑不由得脱口而出问了个奇怪的问题："洋，你听没听过蝴蝶效应？"

"什么？蝴蝶效应？"表弟被这个跨度颇大的问题给搞得有些愣了，下意识地摸着打理得苍蝇站上去都会打滑的油头努力思考着。

"一只南美洲亚马孙河流域热带雨林中的蝴蝶，偶然扇动几下翅膀后……"宗佑看他那样子不像是知道这种问题的，只好开口解释。

"它就会稍微飞得高一点？"表弟顺着话往下猜。

"以后出门别说你是我亲戚，我丢不起这人。"宗佑有点崩溃。

"那个，表哥，你知道我书读得少，学问浅，到底是什么意思你就直接给我说呗！"表弟也觉得有些不好意思，他大部分时间都花在研究女孩的心思上了，自然没多少工夫看书。

"一只南美洲亚马孙河流域热带雨林中的蝴蝶，偶然扇动了几下翅膀，可以在两周以后引起美国得克萨斯州的一场龙卷风。"见对方如此坦荡宗佑也没法再说什么，只能从头解释了一遍。

"我靠，我说哥，这东西你也信？"表弟满脸"你是不是病了"的表情望着这位很久没见过的表哥。

"我本来也不信。"宗佑苦笑着猛灌了一大口杯中的黑啤，稍微停顿了下后自嘲地继续说道，"但现在我想不信都不行了。"

表弟看他这样也沉默下来，陪着喝了一杯后才试探地提议道："要不，我找人去教训教训对方，让他离乐姐远点？"

宗佑看了一眼关心自己的表弟，苦笑着摇摇头："算了，没什么意思，况且我早已经教训过了。"

表弟自然不知道自家表哥的"教训过了"发生在十几年前，听宗佑这么说表弟也没了办法。两个人就这样沉默着开始不停抿着啤酒，喝着喝着帮忙想办法想得脑袋都疼了的表弟还是开口："哥，不是我说你，其实我一直挺想不明白的，你为什么不干脆直接娶了乐姐？反正从小大家都说你们俩是一对。论和乐姐的感情不管谁都绝对比不过你，你把她娶了不就什么事都没了吗？"

Chapter 46 七年

明明已经在一起了这么久,早已习惯了对方的存在,但自己为什么就不能直接接受康乐呢?这让很多人包括表弟都想不明白,宗佑苦笑着没有回答,因为每当这个时候他都会想起"七年"……

"七年"是一个女孩的代称,之所以被称作"七年",则是因为某人曾决定要喜欢这个女孩7年。"七年"姓明名珂,虽然宗佑和这个名字的主人比较亲密的交集就只有高二暑假补课时那短短几个星期的同桌时光,但就是这短短几十天时光,却影响了他往后的很多年。

其实凭良心讲,这位无意中耽误了某对青梅竹马很多年的"幕后黑手"长得并不是很漂亮,即使放在丑小鸭遍地的中学时代最多也只能算是看起来比较清秀。不说作为诸多男同学梦中情人的班花郑凌了,就连和不爱打扮总以素颜示人的康乐比起来,明珂也是远远不如的。虽然不清楚具体情况,但从日常相处来看,对方也不像是什么有钱人家的小姐。所以不管从哪方面来看明珂都和所谓的白富美沾不上边,但就是这样一个普通得不能再普通的女孩,却不可思议地让自诩见过大世面立志万花丛中过片叶不沾身的某人念念不忘了很多很多年……

宗佑始终忘不了高中二年级的那个夏天，因为刚刚进行过文理分班加上新换了班主任，所以暑假补课重新排座位的时候宗佑意外地和多年的固定同桌康乐分开，和高一不在一个班、新分来的那个叫作明珂的女孩坐到了一起。说实话宗佑其实对同桌并没有什么要求，不管身旁是香体美女还是抠脚壮汉，只要上课不打扰他就行了。当然这个打扰不是打扰他认真学习，而是不要打扰他认真看电子书。

　　那时候的宗佑正疯狂迷恋着网络小说，每天大部分时间不是流浪在各类平行空间就是随机穿越到魔法或仙术的异度世界。当时还没有智能手机，所以他还为此专门花大价钱买了宽屏的 MP4 用来看电子书，即使偶尔上课时因为太过沉迷剧情被实在看不下去的班主任当场没收了作案工具，改天仍然能看见好学不倦的宗佑同学拿着新买的机子埋头苦读。这样反复几次后，老师也就开始装作没看见，反正宗佑成绩稳得吓人，从未冲进过前十也没掉出过前二十。保持这水平以彩虹中学每年傲人的升学率，即使考不上好的重点大学，也能混个普通的一本或二本。而且比起班上那些因为早恋或者其他原因无心学习的同学，宗佑简直可以被称作是好学生的典范，上课从不交头接耳说悄悄话，只会默默地独自看小说，并不影响周边其他同学。所以班主任虽然有些恨铁不成钢，觉得宗佑再努力一下说不定还有很大的进步空间，但既然宗佑自己都不想被扶起来，那老师说完该说的、做完该做的也就算尽到了责任。

　　于是宗佑同学就这样一直过着无忧无虑的高中生活，不管身边来来往往坐的是谁都无法打扰他成为这个班上读书最多的那个崽的宏愿。康乐和他坐同桌的时候，知道说了也是白说，所以也懒得说他。宗佑也习惯了和康乐过两不打扰的太平日子，所以对于新换来的同桌并没有怎么在意。然而可惜的是，当时的他并不知道学生时代的同桌从来就是种很奇怪的存在。明明彼此差异很大的两个人，因为一张桌子产生的交集，在年久日深的时间沉淀下往往会变化成一种难以被定义的古怪情感，而这种情感在春心萌动的中学时期很容易发生变质，严重点的变成早恋，轻微些的变成暗恋。可怜的宗佑同学因为大部分时间都是和从小一起长大、知根知底的康乐同学做同桌，所以对这种非常危险且不易被察觉的变化的了解实在有限。而等他震惊地发现自己也被这种可怕的情感感染的时候，早已是病入膏肓不太容易救了。至于促成他和新同桌之间关系严重变质的，则是一本从前很喜欢现在不敢看的小说。

那还是暑假补课开始不久的某天下午的自习课上，彼时闲得无聊的宗佑继续趴在学校的硬木桌上看着电子书，结果还没看几分钟他就感觉有些不对劲，抬起头才发现新换的同桌也正盯着自己手中的屏幕。

"你在看《此间》（《此间的少年》的简称）啊！"被发现了的明珂微笑着说道。

"你也看过《此间》？"宗佑有些意外，他今天因为书荒找不到新书而重温的这本《此间的少年》，不像如今同学间流行的那种霸道总裁灰姑娘或是富家千金穷小子的小说，风格相对小众，看过的人并不是很多。

"嗯，这本书是我的最爱，我还专门买了一本收藏在家里。"明珂听见宗佑的提问后也放下笔回答，"我最喜欢的就是杨康和穆念慈的那段，每次看总让人感觉特别遗憾。"

"是吗？我也喜欢那段。"宗佑没想到的是明珂不仅看过，还看得这么有心得，不由得高兴起来。毕竟读过这本小众书籍的人实在不多，搞得他平常想找个可以交流讨论的对象都没有，就连被他强烈推荐了几次的康乐也都没有看完过。想到这里，宗佑又说："不过有些看过的女孩认为王语嫣和段誉那段写得更好。"

"我不这样觉得，那段里的王语嫣给人的感觉太无情了。"

"我也觉得江南把王语嫣写得有点……"

那是宗佑和明珂之间第一次真正意义上的聊天，然而那时的他们并没有想到，无情的不止王语嫣，痴情的也并非只是段誉一个……

自从发现身边竟然潜伏着一个《此间的少年》的铁粉后，宗佑和明珂的关系迅速升温，很快就成了无话不说的好朋友。在那个以命换分的特殊时期，在学校里能有个拥有共同话题、抽空可以闲聊放松会儿的对象真的是件感觉很不错的事情。

而随着和明珂越来越熟，宗佑也越来越惊讶地发现，自己的这个新同桌虽然被称作美女有点勉强，但绝对可以算是深藏不露的才女。要知道中学里最不缺的就是多愁善感的各种所谓的文艺青年，读过几本琼瑶、郭敬明的书就头脑发热想从事忧伤文学创作的不在少数。宗佑他们班上光号称要写小说的女同学就有两三个，其他偶尔触景生情灵感爆发写个一两句的更是数不胜数。

宗佑也曾好奇地想办法借到过几位未来女作家的悲情大作，结果没翻上几页就又恭敬地还了回去，为此遭了不少白眼。其实这也怪不得宗佑同学没有礼貌、不解风情,而是以他的水平衡量,对方的作品实在达不到让人坚持读下去的标准。不说那看一眼就能猜到故事情节的桥段,单是书里那些明显充满浓重韩风,看起来都差不多的人名,就拗口得让人记不住,至于剧情更是千篇一律,与那几年流行的韩剧雷同。总结起来无非就是平凡的女主角偶然遇到高富帅男主角,被对方一见钟情展开疯狂追求,而女主角刚开始并不喜欢男主角却被对方的坚持不懈打动,最后经过许多看起来并不复杂的曲折情节,眼看就要在一起的时候,却很巧地不是出了车祸就是得了癌症,反正一定会以悲剧收场。偶尔有一两本被宗佑强忍着走马观花地翻完后,他都会很好奇,如果这种东西拿去给作者父母看的话,对方会不会直接抽出皮带打死一看就是以自己为原型创作的亲闺女?没事诅咒自己出车祸、得癌症,好像不如此不足以显示那不知道在哪儿的男主角爱她爱得有多么深沉。

而明珂虽然不写小说,没有这些拉拢了不少仰慕者为粉丝的未来悲情女作家那样知名,但和她们比起来宗佑觉得她才更符合才女的称谓。

毕竟宗佑同学当时废寝忘食看小说的频率实在惊人,曾经有过3天内看了上百万字直接看吐了的"刻苦"经历。即使他看过的那些小说大部分被老师称为糟粕,但糟粕看多了也总能学到一些有用的东西。而能和因此号称学富五车的宗公子谈古论今从不卡壳,那自然就从侧面证实了明珂同学读过的闲书也肯定不会太少。更让宗佑感觉难得的是明珂,不仅书读得看起来仅比自己少那么一点,还有一些非常独特的见解,对于某些两人都读过的作品情节讨论出的新奇观点就连他听完也有恍然大悟之感。

就这样渐渐地,明珂成了宗佑同学眼中典型的内在美女孩,这正是信奉娶妻娶德、纳妾纳色的宗公子心中完美的女朋友。更何况虽然明珂和康乐、郑凌相比有些差距,但凭良心讲也算长得不错,正是某人喜欢的那种清秀类型。于是不知不觉中他对她的好感也就越来越多。

不过宗公子总算是读过不少书有些城府,所以并没有将这好感轻易地表现出来。不知是不是因为同样读过太多书,明珂也要远比他想象中的更加聪明。比如某人曾经非常"无意"地问了明珂一句"你喜欢什么样的男孩",就得到了对方在考上大学之前不想谈恋爱的委婉答复,然后两人就很自然地略过这个话题不再提起。

虽然只是稍稍试探,但这样的结果还是让在中学时期收到过不少巧克力的某人颇受了点打击。毕竟在此之前只有他婉拒别人,却万万没想到还有被人婉拒的一天,要知道他为了避免偶尔失足被发好人卡可是很少主动出击的。不过好在他并没有把话挑明留了一层窗户纸,加上某人的脸皮也确实比较厚,所以可以做到像无事发生一样和表白失败的对象保持着以前那种好朋友的关系。况且明珂婉拒的理由也让宗佑无法反驳,对于那时候的他们来说,高考是个怎么都绕不过去的坎儿。他见过和听过的几乎所有中学时期的朦胧爱恋在高考这个庞然大物前很难有还手之力,基本水花都没折腾起来就直接被拍死了。就连宗佑本人虽然可以在精神层面上表示老子不在乎,但在现实之中却也仍然无法逃脱高考伸过来的恐怖魔爪,这样的话他也就不可能去捅破那层窗户纸。

暑假补课结束后,新来的班主任再次根据模考成绩调整了座位。明珂因为名次比宗佑稍微靠前了点所以比他更先拥有选择的权利,结果她选择和一个要好的女孩同桌。后选的宗佑则重新坐回虽然空着但一直没有人选的康乐旁边。从那以后两人一直保持着普通同学的关系,虽然偶尔还会闲聊几句,但却再也没有达到过可以像补课时那样毫无拘束发泄对高考不满的状态。

其实在感情方面很多时候即使只隔着一层薄薄的窗户纸且彼此都明白对方的意思,但只要这层纸没破双方就可以继续掩耳盗铃装作什么都不知道。如果在没有绝对把握之前捅破了这层窗户纸,那很多事情就再也无法挽回了。这种情况下收起在当时明显生不逢时的好感,保持住继续做朋友的可能,无疑对那时的他和她来说都是最好的结果。

Chapter 47 那天

虽然心中有些遗憾，但日子还是这样一天天继续过了下去，很快就到了第二年的初夏，也就是2008年的5月。那天午后快上课的时候，春困秋乏夏打盹的宗佑正趴在课桌上昏昏欲睡，邻桌关系比较好的一个男生突然将他摇醒，然后指着教室里的日光灯问他，你看那灯管是不是在摇？

差点就成功赶在上课前睡着了的宗佑没好气地抬起头，正想说"你小子是不是发神经了"，结果却发现头上的灯管真的在缓缓前后摇摆着。

正当满脑门问号的宗佑怀疑自己是不是中午睡得不够眼花了时，不知是谁喊了声"地震了"，然后他们班同学就在还没反应过来的宗佑的目瞪口呆中瞬间原地解散，几乎所有人都开始往外冲。可怜当时站在教室门口正准备进来上课的班主任看着他的学生都疯了似的向自己冲来，连忙身手敏捷地闪到一边让出门口，以防不小心被急于逃命的弟子们误伤了。

就在大家忙着逃出生天的时候，刚刚想明白灯管为什么会摇摆的宗佑却一反常态，没有随人流去挤门口，而是反常地走到窗户边上往下看了看。仔细计算了半天后，他发现他们班所在的三楼虽然看起来不高，但也不矮，真要直接跳下去的话生命估计没有危险，但身上的骨头肯定要断上一两根。想来想去，宗佑觉得自己还是不要太另类和大伙儿保持一致为好，于是又掉头去追大部队，结果刚跑两步就发现明珂正在他前面不远处。不知是不是性格的原因，明珂没有像其他女生那样无头苍蝇般和男生一起乱窜，形势如此紧张仍然慢腾腾地走着，以至被远远落在了最后。看见自己喜欢的女孩尚能如此镇定，宗佑也冷静了下来，悄悄放慢脚步跟在后面。

结果等他们出了教室门后才发现，能像他们这样做到泰山崩于前而色不变的毕竟还是少数，大部分同学显然还是遵从了生物面临危险时最本能的反应，整个楼道已经不是混乱可以形容的了，东西两个楼梯都是密密麻麻往下拥的人。其实那时候强震已经过去，但从来只在电视和地理课本上见过地震的大家仍然感到很恐慌。更雪上加霜的是大部分的老师显然也和自己的学生一样从未经历过这种场面，显得同样惊慌无比，甚至出现隔壁某班的班主任发现地震后，没有管学生自己先跑了的尴尬场面，这显然加剧了混乱的程度。

相比之下我们的宗佑同学虽然也是第一次经历地震，但此刻的他却出奇地冷静，知道在这么混乱的情况下绝对不能走在人群中，不然只要一不小心被挤倒搞不好就再也起不来了。看着明珂站在教室门口面对挤满楼道的人群仿佛有些不知所措。宗佑想都没想直接过去拉着她的手就往前挤去，对方当时估计也被吓傻了，被抓住手也没有什么反应。宗佑回头叮嘱了一句"跟紧"，然后拉着明珂没有走中间而是贴着墙往下慢慢挤，即使这样，拥挤的人群也让他不得不几次用仅剩的那条胳膊和后背硬撑着墙壁来保持平衡。不过这也带来个意想不到的好处——明珂时常被人流直接挤到了宗佑的身上。当时已是5月中旬，天气渐渐热起来的时候，大家也都陆续换上了夏天的衣服，所以某人甚至能比较清楚地感觉到对方一层薄薄衬衣下的"波涛汹涌"。但可惜的是如此暧昧的机会出现得却非常不是时候，着急逃命的宗佑此时根本顾不上享受身后佳人的柔软，一直在那里奋力地向下挤去，其间有好几次两人差点被混乱的人流带倒，最终还是有惊无险地冲出了教学楼。

逃到操场上后所有人明显都松了口气，不少跑得太过用力的直接瘫倒在草地上喘气，有些女生竟然还哭了起来。宗佑对此不由得产生了很强的优越感，自己不仅临危不惧地成功逃了出来，还从容不迫地将喜欢的女同学也带了出来，这应该算是英雄救美了吧。

优越感爆表的宗佑正有些得意地想着，却突然感觉自己的爪子里有东西在往外抽，低头一看才发现自己还紧紧拽着明珂的手没放，于是赶快松开佳人的玉手。明珂稍稍有些脸红地说了句谢谢，然后没等宗佑说话，就走到一边拿出手机开始打电话。

宗佑这才想起应该联系下家里问问平安。结果不知是因为地震影响还是短时间内打电话的人太多，他当时用的那部新款宽屏诺基亚半天都没有信号，等了差不多五六分钟才勉强恢复通信，然后一下跳出了十几条短信，仔细看除了家人外，最多的竟然是康乐的信息，这让宗佑不由得感到有点庆幸。幸好今天康乐生病请假在家休息，不然刚才逃命的时候他都不知道该去拉明珂还是康乐。可惜那时的宗佑并不知道出来混总要还的，虽然这次幸运地逃过了选择，但后来的他迟早会再次碰到相同的选择且无法再逃避。

和好朋友若泽喜欢辛晴喜欢得天下皆知不一样，宗佑将对明珂的好感隐藏得很深，从未告诉过其他人。这么多年也许只有一个人能隐约猜到他的这个小秘密，然而这个故事里最可惜的就是，这个唯一可能知情的，也正是他最不想让其知道，彼此却很难有秘密可言的那一个……

明珂还是康乐？宗佑不知道怎么选，也不想去选，所以他选择了逃避。天真地幻想可以就这样一直装死下去，康乐还是会陪在自己的身边，他也仍然可以喜欢明珂。宗佑也曾想过最后的结局，也许这一切可以等到她们其中一个穿上婚纱而得出答案。更重要的是，和高中毕业后就没有再见过的明珂相比，宗佑相信只要自己开口康乐绝对会和自己在一起。但也正是因为相信这点，他才迟迟无法做出最终的决定。毕竟从未得到过的明珂还是要比随时都可以得手的康乐更吸引自己，后者即使晚一点捅破那层窗户纸貌似也没有什么关系。

事实上如果没有外力介入的话，宗公子的这个如意算盘还是可以打得响的，可惜那个消失了十几年的儿时小伙伴赵敬的再次出现，彻底破坏了他的计划。从对方开始追康乐而后者没有像以前对待其他男孩那样直接拒绝的那一刻开始，宗佑就知道这次比较麻烦了。而赵敬那一波接着一波咄咄逼人的攻势更是直接将他逼到了绝境，青梅竹马的康乐还是念念不忘的明珂，宗佑明白自己已经到了不得不做出选择的时候了。

Chapter 48 逆袭

成功将童年玩伴逼得只剩一口气的赵敬最近颇有些春风得意的感觉，自从在东院的老邻居那里得到了康乐家便利店的地址后，他就基本没让对方消停过。

他的研究生导师因为上了年纪也管得比较宽松，除了偶尔有重大课题的时候过来亲自指导下，平时基本都是让手下的弟子们自己做实验练手。如此的天时地利人和，赵敬就有了充足的空闲时间按照计划对康乐展开强烈而凶猛的攻势。

为此他狠心下了血本，省吃俭用动不动就大把大把地订花送过去，虽然康乐常常都是拒收。另外只要一有时间他就会往康乐家的店里跑，到了以后二话不说立刻开始到处没活找活地寻找干活的机会。即使康乐始终对他比较冷淡没有给过什么好脸色，但只要对方没有直接开口赶人，赵敬就绝对不会主动走人。毕竟追女孩脸皮一定要厚这条经过各位前辈无数成功案例验证的经验赵敬还是清楚的，就算康乐是座冰山，赵敬同学也准备用自己持之以恒的熊熊爱恋之火来将其融化。况且他也不是没有收获，至少在店里偶尔碰见的康伯父康伯母那里混了个脸熟，让对方不仅记起了他这个老同事家的小孩，而且看样子对他印象还不错，常有夸奖。这成功地让赵敬信心大增，他本来就是学理科出身，信奉能量守恒定律，乐观地相信他现在对康乐做的所有一切都会换回或大或小的能量，等这些大小不一的能量日积月累达到一定程度，可以量变引起质变的时候，就是他得偿所愿抱得美人归的日子。

然而就连赵敬自己都没想到，他想象中的这场理论上的质变会来得这么迅速、这么突然。

某个风和日丽的午后，科大秦都校区的某间研究生宿舍里，刚在食堂打了两份饭吃得饱饱的，准备午睡消消食的赵敬意外接到了康乐的电话。这让他一下子睡意全无，受宠若惊地直接从床板上坐了起来，结果因为动作太过迅猛以至不小心咚的一声把上铺刚刚睡着的莫寒同学也给撞醒了。后者隔着厚厚的硬木板都能感觉到极其强烈的震感。

然而此刻的赵敬却感觉不到丝毫的痛意，他正处于上铺兄弟难以体会的激动之中，毕竟这是他花费了大量精力、体力、物力坚持追了很久的女孩第一次主动联系自己。等到费力按捺住激动的心情的赵敬接通了电话，就更是激动得差点把持不住直接跳起来——手机那头从来都是拒绝自己约会邀请的康乐竟然主动提议一起出去坐坐。

赵敬强忍着心花不让其怒放，柔声答应了下来，那声音温柔得根本不像是正常的男人，把被动旁听的莫寒瘆得起了不少鸡皮疙瘩。而放下电话后的赵敬的表情更是非常诡异，嘴角绷得紧紧的，不然赵敬担心稍一用力搞不好他就会仰天大笑起来，付出终究还是有回报的。

最后终于没忍住狂笑了数声的赵敬笑完后稍微冷静了一点，这时候他再也没了午睡的兴致，而是满脸傻笑地开始准备起下午的约会。为此他不仅兴冲冲地跑到澡堂冲了个澡,洗完后又跑到学校大门外那家最贵的发廊找了个头上颜色最多、看起来技术最好的托尼老师修剪了头发,最后又翻箱倒柜把自己最值钱的行头挨个翻出来对着宿舍厕所对面墙上那半面镜子换来换去,还边换边向旁边惊讶得嘴都合不拢的莫寒咨询意见:"老莫,你看这件怎么样,穿上是不是比刚才那件显得要瘦一点?"

可怜的莫寒看着舍友兼好友在那里发神经却不得不陪着,尤其想到对方极有可能要吃到天鹅肉,就感觉格外心酸。更让莫寒难受的是他这时候还不能找借口离开,傻子都看得出来赵敬现在明显处于不正常状态,如果自己不配合着搞不好就会被对方认为是在羡慕嫉妒恨。越想越觉得委屈的莫寒同学只能强忍着心酸不时违心地出言附和着在镜子前不断模仿孔雀开屏的好友,然后保持这样想哭却不能哭的状态一直到对方出发前去赴约才算告一段落。

等到好友嗅着春天的气味离开后,莫寒五味杂陈地重新躺倒在硬板床上,心情郁闷得连晚饭都不想去吃了,赵敬看样子也要脱单了,这样的话整个宿舍4个人就只剩下自己一个单身狗,以后的日子看来要更难过了。想到这里莫寒不由得又想起早已失踪多时的白衣女孩,然后很快脑海里又浮现了一个新的身影——那个一夜过后就消失了的她……

其实最近这段时间莫寒也曾多次去过"宿醉",希望能再遇到那个共处过一夜的女孩。然而对方就像白衣女孩一样,仿佛人间蒸发,再也没有出现过。这让莫寒感觉更是后悔,同时还有越来越深的自责,自己那天为什么要选择连招呼都不打一声地逃跑？如果说白衣女孩的失踪还算是有不可抗的客观因素，那夜店女孩则完完全全是他自己的原因。连续两个有好感的女孩都这样在他的世界出现了又消失不见，难道自己真的就这么失败吗？

莫寒就这样自怨自艾地渐渐打起了盹儿，不知过了多久，半睡半醒之间迷迷糊糊中好像听见了有人开门的声音。背对着门面向着墙睡的莫寒以为是隔壁宿舍过来借热水或是来串门的，所以就没有起来继续躺着，对方如果借水倒了就会走，如果想扯淡看见他睡着了也不会没眼色地喊他起来。然而莫寒的耳朵虽然很快就听见了关门的声音，但直觉却告诉他对方留在了屋子里，这就推翻了来借水或是串门的推断，难道是进贼了？

这样一想莫寒立刻就清醒了。最近宿舍楼这边的治安不是很好，经常能听到有人伪装成学生进来偷东西的传闻，据说女生那边更是三天两头就有一些镂空文胸、蕾丝底裤什么的不翼而飞，而男生宿舍一般仗着人多势众很少关门。一般的小贼如果不幸被撞到，搞不好走着进来躺着出去，但问题是如果宿舍只剩他一个人，那打不打得过小贼就不好说了。惊出一身冷汗的莫寒赶快翻过身去看，这才发现进来的竟然是赵敬。

"怎么这么快就回来了？"莫寒有些惊讶，窗外的天色还没有黑透，看看手机才过了不到两个小时，他满以为对方这次约会不到熄灯是不会回来，甚至很有可能来个彻夜不归的。

面无表情的赵敬没有回答舍友的疑问，直接默不作声地坐在了对面的床铺上，然后摸出一盒不知什么牌子的香烟点上。这下莫寒也察觉到事情貌似有些不对，他认识赵敬这么久还是第一次见到对方抽烟。这让刚准备开口问问约会情况如何的莫寒把已经到嘴边的问题又强行咽了回去，其实看这样子只要不是太傻，都能猜到答案，他觉得自己还是不要去触这个霉头为好。

莫寒就这样陪着赵敬在宿舍里默不作声地静静坐着，不知过了多久，窗外的天色越来越暗直到完全黑透，莫寒都没有起身去开灯，因为他觉得这时候貌似黑暗更符合赵敬的心情。楼道里也开始渐渐热闹起来，那是大家拉帮结伙去吃晚饭或是已经吃完晚饭相约去饭后活动的声音。这让坐在黑暗中的莫寒也感觉有些饿了，但他还是什么也没有做，比起饿肚子他更担心赵敬现在的状态。对方已经快把一盒烟抽完了，满地都是烟头，让他也被动地吸了不少二手烟。

莫寒很想问问到底是个什么情况，虽然他差不多已经能猜到。他想说点什么，但最终还是没有开口，他觉得自己的好友此时需要的是安静而不是安慰。

就在莫寒做好了陪着对方坐个通宵的准备时，从进屋到现在一直没理他的赵敬却突然开口了："后天陪我去趟师大，我有事需要你帮忙。"

"去师大做什么？"莫寒有些意外，同时也下意识地有些抗拒，因为白衣女孩，直到现在他对师大这两个字都比较敏感。

赵敬将手上还剩半截的香烟直接扔在地上重重地踩灭，然后在黑暗中用不知道该怎么形容的语气说出了一个让莫寒彻底呆住的词："求婚！"

Chapter 49 选择

在秦都湖边老街附近某家比较安静的咖啡馆里,作为常客的郑凌此时正满脸不可思议地望着坐在桌子对面的康乐。

大约半个小时以前,原本因为最近心情一直比较烦闷不想出门的郑凌正无聊地躺在床上发呆,却意外地接到了闺密叫她出来坐坐的电话。如果换作是其他朋友,心情不好的郑凌有很大概率会婉拒,但这个电话是康乐打来的,并且还说明了有事,郑凌就不得不打起精神从床上爬起来梳洗一番出门去赴约。

而见面后所发生的事情证明她这位最好的闺密今天确实不是无缘无故叫她出来坐坐的,而是需要请她帮忙配合做一件事,做一件郑凌都不知道自己敢不敢做的事情。

因为康乐拜托的这件事情实在太过吓人,以至让一向洒脱自觉心理承受能力超过平常女孩的郑凌听完后差点都不敢相信自己的耳朵。过了好半天她才勉强缓过神来,然后就感觉再也坐不住了,立刻准备严词打消对方这个耸人听闻的危险想法:"你疯了?让赵敬跑到咱们学校里假求婚?"

因为过于激动声音太大,引得四周不多的几个顾客都瞄了过来,自觉不妥的郑凌连忙压低了声音,但脸上仍然挂满了难以置信的表情。

相比之下，引发如此尴尬场面的康乐则一边用小瓷勺轻轻搅着杯中的咖啡一边静静听着闺密的质问，神情平淡得仿佛根本就不是这个危险计划的策划之人。一直等到自己闺密不再那么激动后她才淡淡地开口："宗佑的性格你应该也很清楚，不把他逼到无路可退的话你觉得他会主动做出选择吗？"

这时候的郑凌也冷静了下来，听完康乐的解释后她不得不承认对方说的是事实，宗佑那个混账不管怎么看都确实像是一个见了棺材也不一定会掉泪的棘手货色。但即使这样郑凌仍旧觉得有些不妥，于是劝道："话是这么说，可你这也太冒险了吧，何必赌得这么大呢？"

康乐轻轻晃着咖啡杯里的小瓷勺，有些自嘲地说道："我等他做决定已经等得太久太久了，不冒险赌一把的话，我真的不知道还要等到什么时候。"说完稍稍顿了顿后，康乐又补充了句："我昨天见过赵敬了，他已经同意了。"

"那如果到时候宗佑那个混账装作没看见直接走过去呢？"郑凌怎么想都觉得自己闺密这个找追求者来假装求婚然后倒逼喜欢之人做出选择的计划还是太过疯狂，里面不确定的因素实在太多。尤其是那个还不知道自己即将被设计的家伙一向不可以常理度之，对方到底会不会按她们设计的那样上当进套实在是不好说。想到这里郑凌觉得有必要再劝劝："如果到时候宗佑不问不理或是根本就没按时赶到，那大庭广众之下学校那么多人看着，你怎么下台啊？"

康乐微微怔了怔，慢慢停下了手中的动作，有些发愣地转头望向落地窗外的天空，还是那么的晴朗那么的蓝，就像小时候那样，这么多年仿佛都没有变过……

郑凌没有打扰自己闺密的思考，对方正在做的也许是她此生最重要的决定。

就这样过了很长很长一段时间之后，沉思了半天的康乐才终于回过头来，微微一笑，用一种说不出来是什么感觉的语气缓缓地开口："我做了我能做到的全部，既然这样都无法叫醒装睡的他，那假戏真做，又有何妨……"

"等了这么多年就这样放弃了吗？"良久以后，已经震惊得无以复加的郑凌才有些艰难地开口问出了她此刻最想问的问题。说完不等康乐回话，郑凌就抢着继续说道："说实话，虽然我一直讨厌宗佑，但不得不承认，你和他在一起看起来真的很配。况且你们两个已经认识了这么长时间，所有人都觉得你们是一对，最后如果就这样错过的话，那是不是有点太可惜了？"

郑凌也算彻底豁出去了，难得地为只要见面就常惹得她恨不得暴打对方一顿的某人说起好话。她是真的不想自己最好的、唯一的闺密为今天的决定留下终身的遗憾。

又是长时间的沉默后，康乐开口提了一个奇怪的问题："你还记得《哈利·波特》吗？就是咱们上中学时那套很火的小说。"

"嗯？记得，怎么了？"郑凌有些疑惑，不知道康乐为什么会突然问到这个。

"其实看起来最般配的到最后往往都没能在一起，不信你看看《哈利·波特》里面的赫敏和哈利。"康乐的表情又似苦笑又似自嘲，而郑凌怔怔地望着对方，却再也说不出话来……

这天晚上的医大西门外，吉他哥依然在他盘踞了多年的老地方弹着吉他。不知是不是因为坚持的时间太长、次数太多，让挑剔的医大同学看腻了，最近前来围观的人越来越少，而且经常是看着看着就逐渐散完了。毕竟大家也都有事要做，没有太多时间来听一个每周周末都可以见到的街头歌手弹从没变过的那几首老歌。

吉他哥倒也不在意，仍然坐在公交车站的长椅上自娱自乐，而周围剩下的最后一个听众——宗佑，则站在不远处静静地听着，从黄昏日落到明月高悬，他已经保持同一个姿势很久很久了。一直等到吉他哥弹完最后一首曲子，收拾东西准备离开的时候，宗佑才终于动了起来，走过去并排坐在车站的长椅上开口说道："我最近一直在想你上次给我说的那几句话，今天来是想给你说说我想了很久才想明白的一些事情。"

"怎么，有何高见？"见他如此，吉他哥也暂时停下收拾东西的动作，微微对宗佑笑了笑示意他继续。

"有一个和我从小一起长大的女孩子，她是我们家的邻居，我们一起玩耍、一起上学、一起长大，在很久很久以前我就知道她一直喜欢着我，只要我开口她就一定会和我在一起。但因为我始终想着中学时认识的另外一个女孩，所以从来都没有告诉过她其实我也喜欢她。原本我以为可以就这样装作什么都不知道、一直拖下去的时候，意外地出现了一个我根本没有想到的竞争者，而且他竟然和那个喜欢我很多年的女孩渐渐有了交往的苗头。直到这个时候我才突然发现，有时候即使两个人彼此都很清楚对方的心思，即使他们之间只隔了那么一层薄薄的窗户纸，但如果不果断捅破的话，那这层薄薄的窗户纸就始终在他们中间，将他们隔在两个明明无限接近却始终不能相通的世界。"

吉他哥静静地听着身旁男孩的话语，脸上那淡淡的微笑早已消失："所以呢？"

"所以你上次告诉我的那两句话我并不认同，该是你的，你赶也赶不走，不是你的，你抢也抢不来。而我也是直到刚刚听你弹曲子的时候才终于想明白，即使真的属于你，但你不主动说出来的话，那就还不是真正的属于你。比如说我和那个喜欢我的女孩，虽然我一直默认她是完全属于我的。我没有预料到会有情敌，我不知道他会不会真的成功抢到属于我的女孩。但我能预感到，照这样下去即使他没有成功，迟早也会有第二个、第三个他出现，因为那个女孩终究还不属于我。如果我继续这样无动于衷装作无事发生的话，那我们之间的感情不管有多么的深厚，一次次被这样考验下去的话，迟早还是会出现有可能让我们后悔一生的遗憾。"

听完宗佑的长篇大论后吉他哥没有表示赞同也没有反驳，只是面无表情地坐在椅子上。过了很久后他才突然站起身，望着公交车站的后方开口道："你们不是一直都在好奇，我为什么每到周末都会来这里弹吉他吗？"

宗佑也从长椅上站起来，顺着吉他哥的目光望去，车站后面不远的地方有一道围墙，围墙里面有几栋半新不旧的橙黄色高楼，那是医大的教职工家属院："为什么？"

"你们猜对了一半，我在这里弹吉他确实是在弹给一个人听，但她并不是你们学校的学生，而是住在这个院子里的人。"吉他哥的目光变得柔和起来，主动讲起已经困扰了医大几届学生的关于他的未解之谜,虽然此时幸运的听众只有一个。"我们是高中同学,高四补习时认识的,你知道高四是很苦的,因为比别人多学了一年,所以实在没有再不成功的理由。我们每天都被题海淹没,到最后整个人都麻木了,除了做题还是做题,仿佛怎么都做不完,每天唯一能喘口气的就是课间那短短的几分钟。我当时和她是同桌,下课后有时候也会闲聊几句,她告诉我她很喜欢音乐,等她考上大学后一定要去学吉他。我说:'那就希望我们都能顺利考上大学,然后一起去学吉他。'她说:'好啊,那你学会后一定要弹给我听。'其实我能感觉到,我们对彼此都有好感,但当时的那种环境却真的容不下除了高考以外其他哪怕再小的东西,所以我们将那没说出口的好感都藏在了这个不知道算不算承诺的约定之中。要知道上高四的我们背负着你们应届生难以想象的压力,不时就有一些很熟悉的同学,因为忍受不了这种无法言说的心理负担,最后选择了自暴自弃,而我之所以能坚持下来成功考上了还算不错的大学,真的全凭这个约定。每当我也想要放弃不学了的时候,我都会告诉我自己,她还在等着我弹吉他给她听,这样一想我就有了坚持下去的动力。然而因为分数,我们并没有如愿考到同一所大学里,从此以后,我们就失去了联系,她没有联系过我,我也没有去打扰她的新生活。后来我独自去学了吉他,每到周六周日来这里弹一会儿,我不知道周末她会不会回家,但那又有什么关系呢?一周她不在就来两周,两周她不在就来三周,只要不确定她是不是真的听见了,我就会一直来这里弹吉他,毕竟这曾是我们共同的约定。"

原来她就在那边,宗佑顺着吉他哥的视线望向家属院里的某栋楼某层的某个房间，挂着淡蓝色窗帘的窗户在夜空下看起来黑漆漆的一片。

吉他哥收回目光转头看了看宗佑，接着说道："听了你的话后，我也突然想明白了一些事情，有些东西即使彼此都知道，也应该大声地告诉对方，说不出口的喜欢，永远也只是无人知晓的喜欢。即使你们心里真的都清楚，以为不用说出口对方也会明白，然后你在等，她也在等，等到最后也许只能等到遗憾。"

说完这段似开导又似鼓励的话后，还没等宗佑仔细想明白里面的意思，吉他哥就出乎意料地转身对着医大的家属院大声喊了出来："云儿，我知道你在，有句话在我心中已经7年了，我想对你说，我喜欢你！"

突如其来的告白声音很大很大，仿佛用尽了告白者全身的力气，引来了周围不少路人的诧异目光。宗佑甚至能隐约听见路人褒贬不一的低语，但这时候他们两个都没有心情去理会，而是一起望着那栋楼那扇窗。

"她不在。"过了很久没见有动静，宗佑感觉有些失望。

"不，她在！"吉他哥这次的声音不大，但宗佑却能感觉到他平静的音调之下那难以抑制的激动心情。他有些诧异地顺着吉他哥的目光望去，却发现在那栋楼的楼门口，不知何时出现了一个留着长发却看不清真实容颜的身影，这倒不是宗佑身体太虚眼花了，而是对方貌似刚刚哭花了妆……

"祝贺你。"宗佑站在原地微笑着看着吉他哥狂奔过去将那哭花了妆的女孩紧紧地抱住，其实有些时候，你和你的女神之间，也许只有一句表白的距离。

裤兜开始振动并响起 iPhone 特有的马林巴琴铃声，宗佑保持着笑容摸出手机接通电话，发现是相看两相厌的老同学郑凌打来的，她约许久未见的宗佑和康乐明天下午一起出来聚聚，吃顿饭。

"好，我到时候去接康乐，保证准时到。"宗佑爽快地应了下来，放下手机的同时，也放下了所有的犹豫……

Chapter 50 未完

2014 年 × 月 × 日清晨 6 点 05 分。

窗外天色渐渐微明，康乐已经呆呆地在梳妆台前坐了整整一个晚上，面前放着那本很久都没有打开过的牛皮日记本，而她此刻的心情却早已乱到实在不忍翻开这本已经延续了十几年的惆怅。

已记不清是从什么时候开始，貌似身边所有熟悉的人都认为自己和那个扰乱自己心弦的家伙是真正的一对。中学时期因为和宗佑始终在同一所学校同一个班级，被关系好的朋友戏称为官配的一对，所以基本没有哪个不开眼的家伙来自讨没趣，她也从未想过接受任何其他男孩的追求。等到了大学和宗佑不在一个学校以后，也不是没有人想一亲芳泽，但都被她直截了当地发了好人卡。她已经习惯了被当作是宗佑的女朋友，虽然对方始终若即若离从来没有明确地表态过。原本以为只能就这样不明不白地等着宗佑哪天良心发现，却不料自己总是错误估计了那个浑蛋良心发现的时间，或者对方很可能根本就没有良心。这让康乐不禁有些心灰意冷，也就在她的心越来越乱也越来越迷惘的时候，意想不到的转折出现了。

与赵敬时隔十几年的重逢，以及之后他对自己那缠人到反感的追求，让康乐突然想起了某人曾给自己推荐过很多遍的那本叫作《此间的少年》的小说。其实自从第一次被宗佑推荐了这本书，康乐就熬了个通宵将这本书看完了，他喜欢的东西她一向都是很在意的。而之所以装作不感兴趣，表示一直没有看完，只因为里面的两个角色，杨康和穆念慈的故事不就是自己和宗佑的翻版吗？书中两人最后的结局是，穆念慈在等了很多年都没有等到什么都清楚却一直在装傻的杨康的情况下终于还是选择了其他人，那同样傻傻等了宗佑这么多年的自己，也会和同样装傻了这么多年的宗佑错过吗？想到这里心情更加烦乱的康乐拉开抽屉，找到那个原本是装香水的精致小盒子，轻轻打开，然后又看见了被她小心翼翼珍藏在里面很多年的回忆。

　　宗佑会用钞票折一种戒指，这手绝活是他从一部他最喜欢的日本小清新纯爱电影里面学到的，而康乐则很有幸地得到了他的第一枚练手作。那还是在高中二年级的某个下午，体育课自由活动后回到教室自习的康乐，突然被跑回来的宗佑找到借钱："快给我张100块的。"

　　"你要做什么？"康乐面露警惕地盯着眼前之人，她知道宗佑很少缺钱，所以非常怀疑对方是不是又和他那帮狐朋狗友打牌打输上头了。结果让她万万没有想到的是宗佑今天借钱的理由会如此清新脱俗："我要折个戒指。"

　　"太奢侈了吧，用100块折戒指玩？"

　　"那我换张10块的，反正是折给你的。"

　　"太没诚意了吧，求爱竟然用蓝色的票子？"

　　看着手中红颜色的纸戒指，康乐不由得有些痴了，这是宗佑送给她的最像定情信物的东西，可惜的是他却从来都没有亲手给她戴上过……

2014 年 × 月 × 日下午 14 点 55 分。

　　长安外国语大学正门外不远的一家咖啡店里，宗佑正独自坐在一个靠窗边的座位上等人。落地窗外的人行道上不时路过一些穿着清凉、身材不错的妹子，宗佑却没有像以前那样目光斜视、努力偷瞄人家的某些不可描述的部位，虽然他的视线始终望着外面，但此刻他的思绪却并没有停留在当下。

　　宗佑在等一个让他纠结了很多年的女孩，而他上次见到对方的时候，还是在遥远的一千多个日夜之前……

　　虽然有过地震那次同生共死一起逃命的经历，但宗佑和明珂的关系并没有因此发生太大的变化。两人还是和原先一样，每天碰到的话打个招呼，偶尔空闲时随便闲聊几句最近看的书。更多的时间则是明珂在前面认真刷着复习题，宗佑在后面无聊地翻着电子书。就这样持续到高二学年的结束，再次暑假补课的时候，明珂并没有出现，刚开始宗佑还以为她家里有事请假了，没想到过了好几天对方的座位还是一直空着。直到这时候，他才后知后觉地从其他人口中听说明珂转到理科班去了。

　　从那以后两人见面的机会也就更少了，即使偶尔课间在楼道里遇见，也不过彼此微微一笑，除此以外再没有过其他的交集。而随着高考的一步步逼近，明珂的 QQ 基本处于废弃状态，宗佑也没有给她打过电话，两人之间最后一次相见，还是在高考之后的毕业舞会之上。

　　其实那天在被迫和康乐进场共舞之前，宗佑借着大战水果和点心的掩护,一直分心注意着坐在会场另一边的明珂。实际上明珂能出现在这里很让宗佑意外,毕竟在此之前,他刚听说对方做了治疗近视的激光手术,所以并没有料到眼睛看起来还没有完全恢复的明珂也会来参加这场舞会。那个用激光削薄眼角膜达到矫正视力的手术,宗佑也曾心动过,但后来听做过的朋友说做完后会难受很长一段时间,于是怕疼的宗公子仔细思考后还是觉得"身体发肤,受之父母,不忍损伤",没想到他想做没敢做的事情明珂却做了。凭良心说,不戴眼镜和戴眼镜的明珂差别真的很大,摘了眼镜后虽然少了几分文艺的味道,但却多了一种别样的气质。尤其是那天晚上的明珂穿着一身宗佑最喜欢的海蓝色渐变的露背长裙,更是让本就对其不怀好意的某人一双贼眼都快瞪出来了。

那天晚上,宗佑多次想过去邀请明珂共舞一曲,可惜始终都没有找到比较合适且不会引人注意的机会。这倒不是宗佑像他某个同样在场的好友一样,没用得半天都鼓不起勇气,而是纯粹担心如果不幸被对方婉拒的话下不了台。等到后来迫不得已带着康乐进场跳了几曲以后,他再抽空望去,却已经看不到明珂的身影了。快散场时他特意找到和对方一起来的女生问了才知道,明珂因为眼睛不舒服提前走了。那是宗佑最后一次见到明珂,从那以后,虽然一直保留着对方的手机号码,但他从来没有主动联系过对方,直到今时今日。而让宗佑稍感意外的是,在决定再见对方一面后,那串被遗忘在通信录里多年的号码竟然真的打通了。看来明珂也和自己一样,是个念旧的人,这么多年了也没有换过号码。

"不好意思，我来晚了。"一个虽然很多年都没有听过却还是很熟悉的声音，将宗佑从对往事的回忆中唤了回来。他不着痕迹地瞟了眼手机，发现离约定的时间还差几分钟，然后笑着抬起头回应："哪有，时间明明刚刚好。"

见此明珂也笑了笑，坐下叫了喝的东西后首先开口："好久不见。"

"是啊，确实已经好久没见了，上次见面还是高三毕业的时候，到现在已经快有4年了吧！"宗佑有些感慨地说道，眼前的明珂和他印象中的差别很大，以前对方基本都是素颜还微微有些丰满，现在的她不仅化了一看就很精致的妆，身材也拥有了那种恰到好处的曲线，穿着风格更是变化很大，不像中学时期不是校服就是那种很普通的纯色衣服，今天的明珂穿了一身和当年毕业舞会时很相似的海蓝色的渐变连衣裙。宗佑不禁赞叹道："这么多年没见，你越来越漂亮了。"

"谢谢。"明珂礼貌性地回以微笑，"你也和以前一样，还是那么帅。"

"是吗？"宗佑做了个疑问的表情，这时候服务生将明珂叫的果汁端了上来，两人不约而同地端起饮品抿了一口，然后又一起沉默了起来。

"这些年你怎么样？"短暂沉默后，宗佑率先打破了安静。

"还可以，你呢？"

"我也差不多。"简单的寒暄后，宗佑决定直奔主题。他昨天和郑凌约好今天下午6点一起吃晚饭，现在已经快4点半了，等下他还得去师院接康乐，所以并没有多少时间可以浪费在这里："其实这些年有很多次我都很想联系你，可是总觉得缺了个适合的身份,少了个合适的理由。"

明珂貌似被宗佑这莫名其妙的突然袭击搞得愣住了,过了好一会儿才浅笑着说道:"那你现在是找到适合的身份、合适的理由了?"

"也许吧。"宗佑努力保持着略显平静的笑容,抚平起伏的心潮,"这么多年来,我幻想过很多次和你再次相见的场景,也曾反复练习过想要对你说却一直没有找到机会开口的那些话。你也许并不知道,从高二一起补课的那年夏天开始,我就喜欢上了你,即使过了这么多年,我仍然很喜欢你,是那种想要和你一直在一起的喜欢,真的。"说到这里宗佑稍微停顿了一下,以便让自己直视明珂的目光不要退缩:"高二、高三、大一、大二、大三……到现在差不多快7年了吧,我用7年的时光做了一场自作多情的梦,昨天我终于明白是时候让这个梦醒了,所以我来把我对你的喜欢告诉你。这句'我喜欢你'迟到了整整7年,而且现在说出来可能已经没有多大意义了,但我仍然很满意,虽然晚了这么久,但至少我还是让你知道了,曾经有一个人一直傻乎乎地喜欢过你,这样的话就不会再有遗憾了。"宗佑将在心中憋了很多年的话一口气全部说了出来,让这个几乎占据了他整个青春的烦恼,终于不再需要纠结,心里像放下了什么东西似的。宗佑立刻感觉轻松了不少:"不好意思,吓到你了吧?是不是感觉很可笑?"

明珂静静地听着宗佑发完了疯,然后仿佛真的被吓到了一样,呆呆坐在那里半天都没有反应。宗佑正准备随便开两句玩笑缓和一下明显有些尴尬的气氛,然后就和对方告别去师院接康乐赴郑凌的约的时候,发呆了半天的明珂却突然有了动作。

"不好意思,这个牌子这种颜色的连衣裙已经停产了,这件还是前几年找了好久才买到的,有些不太合身。"明珂露出了个抱歉的笑容,调整了下坐姿后伸手去拿放在旁边椅子上的提包,宗佑笑笑表示没有什么,同时有些疑惑地看着对方的动作。只见明珂低头打开提包并从里面拿出了两部手机,将其中一部看起来比较破旧的解锁后推到宗佑面前,然后抬头注视着他开口说道:"很多年前上高中的时候我也曾对一个男孩有过很深很深的好感,但我却从来不敢让他或者其他的同学知道。因为那个男孩不仅读过很多书很有才华,而且长得也很帅,非常幽默,让人和他聊起天来就不忍结束。还有最重要的是,他真的很细心、很体贴,对女孩子真的很好,不管从哪方面看他都属于很优秀的那种男孩。而那时候的我却像是一只丑小鸭,所有的一切都普普通通,长得普普通通,学习普普通通,家境也普普通通,和很受女孩子欢迎的他比起来根本就像是两个不同世界的人。所以我只能将这份不合时宜的好感深深地埋在心底,从不敢表露出一丝一毫,但即使这样,有时候我也忍不住想要和他多靠近一点。就像高二那年遇到那场大地震一样,当他跑到窗边准备跳下去的时候,其实我一直就站在旁边看着他,想着他会不会带我一起跳,结果他真的带我一起,只不过没有跳楼而是从楼道里逃了出去。那天的我真的很感动,但我仍然不敢说出来,因为当时身边所有的同学都说他和另外一个女孩是天生的一对。高考后的那场舞会因为知道他会去,所以即使刚刚做完手术眼睛还很不舒服,即使我按他曾经告诉我的他喜欢的风格打扮,即使我等了整整一个晚上,即使我做了我所有能做到的一切，他也从来没有注意过我。到最后还是选了那个和他青梅竹马的女同学做舞伴，我虽然很难过但也能理解，毕竟那时候的我和那个女孩比起来确实差了很多。

"于是上大学后的我一直都在努力地提升自己、充实自己，因为我相信只有自己变得足够优秀才能配得上更优秀的他。我从来都不敢松懈，因为我不知道什么时候会再和他重逢。然而可惜的是，即使我已经很努力很努力，但对方还是像忘了我一样再也没有联系过我，也许在他的眼中我从来都只是一个普普通通没有故事的女同学吧！

"这个手机号码自从上大学后我就没有再用过了，但我并没有想过将它注销掉，而是每个月都按时交着最低的月租让它开通着。我一直在想，如果有一天有一个人突然想起我这个普普通通的女同学，想来看看我的时候，却因为不知道我新换的手机号码而找不到我的话，那会有多么的遗憾。所以我决定将这个号码一直保留到大学毕业，如果等我离开学校他还没有想起我的话，那我就让这场听起来有些可笑的少女梦随着即将结束的青春一起消失再不提起。不过还好，我考了研可以在学校多待几年，而他，也终于来了。"

明珂看着宗佑，而宗佑则看着那部通信录里只有一个联系人的手机，瘫在沙发上一动不动，目瞪口呆，再也说不出话来……

2014年×月×日下午17点30分。

秦都师范学院的校门口，穿着一身明显是牌子货的西装、手捧玫瑰花束的赵敬有些失神地望着头顶的天空，还是那么风轻云淡，就像很多年之前那个天气同样这么好的夏日午后，那些原本早已被逝去的时光所模糊的记忆碎片也渐渐开始黏合起来。8岁的康乐孤零零地站在院子里的草地上哭泣，知道将要搬家的自己握着刚刚抢来的发卡往家的方向狂奔，却在即将到达楼门口时被一脸悲壮的宗佑截住……

"那边差不多了，我刚刚打电话问，他们几个已经摆好了蜡烛，等你过去就能点燃，我会一路跟在你后面录像。"身旁的莫寒拿着借来的单反，边擦着脸上不停流下来的汗水边出声提醒着站在原地发了半天呆的赵敬。

"谢谢。"回过神来的赵敬转过头对着莫寒开口。

"谢什么，在你要完成人生大事的关键时刻我怎么能不帮忙？"莫寒再次用手背抹去额头上的汗珠，不知为什么，他感觉今天的天气特别的热。

"人生大事啊……"赵敬有些自嘲地笑着重复了一遍好友的话，然后用一种让莫寒感觉非常古怪的语气继续说道，"那好，咱们出发，一起去完成我的这件'人生大事'！"

2014年×月×日下午17点30分。

师院女生宿舍楼的某间宿舍里，张静正跪在很久没有睡过的床铺上收拾着自己的东西，刚刚去外地的学校做了半年交换生的她其实已经在学校外面租好了房子，今天是趁课余时间抽空回宿舍拿最后剩下的一些私人物品。几个舍友都在屋里不知真忙还是假忙，反正没有人理她，对此张静也早就习以为常不以为意了，只是暗暗加快收拾的速度争取早点离开这个她不喜欢的地方。

结果还没等张静收拾完，就突然听见她一直很讨厌的某个很娇情的舍友突然趴在窗子上大喊了一句："快来看，下面有人在摆蜡烛求婚！"

然后整个宿舍除了她以外的人，一下子全部都挤了过去。张静没有理会继续收拾着自己的东西，然而很快她就发现舍友全部飞快地往外跑，看样子应该是嫌上面的视线不好，下楼到现场看热闹去了，顷刻间偌大的宿舍就空荡荡的只剩她一个人了。

张静一边想着这些愚蠢的女人真是无聊，一边将收拾出来不要了的东西扔进窗户前的垃圾桶里。扔完垃圾后，张静也有些好奇地向下望了一眼，然后就再也移不开目光了，因为她在下面越来越热闹的人群中看见了一个熟悉的身影。

2014年×月×日下午17点40分。

郑凌站在离康乐不是很远的人群里神情复杂地望着这个与自己关系最好的闺密。早从中学时期开始，康乐和宗佑那个讨厌的家伙就被包括她在内所有熟悉两人的朋友认为一定会在一起。作为从小一起长大所谓的青梅竹马，他和她之间真的只有一层窗户纸的距离，但就是这么一层给人感觉稍捅一下就会破的薄薄的窗户纸，却让人惊奇地安然无恙幸存到了现在。感情始终还是一件双方面的事情，即使其中有一方想要将纸捅破，也要看看另外一方愿不愿意配合。

作为亲眼见证了两人多年纠葛的好友，郑凌其实还是很希望看到这个童话般的故事能有个比较完美的结局，虽然故事的另一个主角看起来总是一副不正经的欠揍模样，但自己的闺密喜欢。可惜的是，郑凌虽然早就有心帮助康乐捅破那层窗户纸，但对于宗佑这种脸皮厚得堪比城墙的棘手货色，即使以她多年来频繁换男友的丰富感情经验来看，也还是感到有些无能为力。所以在那天康乐找她帮忙的时候，仔细思考了很久之后的郑凌最终还是同意了对方的请求，决定帮助自己最好的闺密完成这有可能是她此生最重要，同时也是她自己长这么大以来见过的最大的一次赌局。

在她看来，涉及今天这场危险游戏的几个当事人无一例外都是在赌。康乐在赌，她赌流水还是有心的，赌注就是她一生的幸福。赵敬也在赌，尽管在这场赌局里他处在劣势，不管怎么看都是胜算最小的一方，但他还是决定下注。他赌落花真正被伤透了心，赌那若有若无的一线逆袭之机。而身在局中却唯一不知情的宗佑又何尝不是在赌，从始至终他都在赌落花有意随流水，到底意有多深恋有多长，赌玩火多久才会自焚，赌那刻意的偏爱到底有多么有恃无恐……

有时候郑凌真的很佩服自己这位最好的闺密，外表静若处子，内心竟然拥有如此破釜沉舟的勇气。自从那天知道康乐的计划后，郑凌也仔细思考了很久，最后却沮丧地发现，如果换作是她的话估计是怎么也做不出来的。

"也许真的只有主动大胆地去争取，才能获得自己想要的幸福吧？"

郑凌这样想着，脑海中不由得浮现出一个只见过一次的身影……

2014年×月×日下午17点50分。

张静从楼上下来的时候，这场突如其来的求婚刚刚进行到高潮，现场摆成心形的蜡烛虽然已经东倒西歪不少都被风吹灭了，但整个场面看起来依然还是很浪漫，周边围了一圈喜欢八卦的吃瓜群众，不停地用手机拍来拍去，而且人数还在飞快地增加。

此刻蜡烛中央身着正装手捧玫瑰的赵敬望着站在前方不远处的康乐，深深吸了两口气让自己的心潮不再起伏，然后对着对方说出那句已经放在心里很久，终于找到机会说出口的话："乐乐，我们在一起吧！请相信我，我会用一生的时间来向你证明，让你不会后悔今天的选择。"说到这里，赵敬顿了顿，然后微笑着又补了两个字："真的。"

人群顿时骚动起来，不仅声调不一的"答应他、答应他"的加油声持续不断，手机的闪光灯更是闪来闪去，所有人都在等着皆大欢喜的结局。

作为全场焦点的康乐却并没有任何动作，既没有点头也没有表示反对，仿佛对方深情告白的女主角并不是她。

"你慢慢想，不用急着回答，不管你想多久，我都会在这里，一直等着你。"赵敬笑着继续开口，只是笑容中有些复杂的情绪，像是幸福，也像是难过。而被他求婚的康乐仍然没有任何表示，既没有开口也没有离开，就那么一直静静地站在原地，仿佛在等待着什么……

2014年×月×日下午17点55分。

站在人群中围观的张静此时说实话也有点羡慕，哪个女孩没有幻想过这被当众求婚的浪漫一幕？尤其今天这个幸福的主角还是她认识的朋友。

康乐是她同专业的学姐，还是她在学校广播电台的前辈，虽然认识的时间不长，但张静和康乐也算比较熟悉，毕竟康乐考上研究生离开电台后是她接手康乐空出来的编辑位置。同时这位学姐也是她在学校里为数不多能谈得来的朋友之一，她去做交换生之前两人还曾一起出去郊游。刚才在宿舍里发现被求婚的是对方后，她才也会像那群被自己鄙视的蠢女人一样飞快地跑下楼来到现场。

看见自己的好朋友被如此浪漫地求婚，张静除了羡慕外也挺为对方感到高兴，下意识地也想拍几张照片发个朋友圈什么的，结果刚把手机从兜里摸出来就被旁边突然转身的女孩碰掉了。这让张静的火一下就起来了，捡起手机后想说对方几句，没想到一抬头才发现竟然是熟人作案，站在自己身旁的是校广播电台里的前辈，郑学姐。对方这时候也发现自己不小心碰了别人，转过身来说了一句对不起。

见是认识的朋友而且手机也没摔坏，张静有火也发不出来了，只能暗暗庆幸自己前两天刚给爱机换了张新的钢化膜，此时虽然手机膜上出现了几道扭曲的裂痕但屏幕还完好无损。她正准备故作大度地说一句没关系的时候，郑学姐却早已把头转向了另一边。这下张静就被堵得比较难受了，默默将那句"没关系"吞了回去的同时也有点好奇，因为她已经记起来那次电台组织的郊游中也有这位叫郑凌的学姐，而且隐约记得当时听康乐介绍过两人还是从小学就认识的好朋友。此时她的闺密正在被人求婚，她怎么看起来一点都不关心反而到处东张西望?被勾起好奇心的张静见此不由得开口问了一句:"学姐,你在找什么呢?"

此刻一直张望着学校大门方向的郑凌静静看着小道的尽头,嘴角渐渐舒展露出笑意,然后轻轻开口回答身旁人的疑问:"我在找一个抢婚的家伙……"

后 记

　　为你付出了那么多，终于等到你的诞生。敲完稿子正文最后一个字的那天晚上，早已习惯每晚码字到凌晨的我突然感觉到了一种久违的轻松。仔细算来从2013年9月开始动笔到2019年6月完稿，这个故事写了差不多6年，说实话我自己都被自己感动了，从未想到生活中颇为懒散的我也会为一件可能在他人眼中可有可无的事情坚持如此之久。这两年也曾有很多熟悉的朋友关心地询问我怎么好像消失了一样，除了上下班外几乎没有其他动态，朋友圈什么的更是一年都不见更新一条。我回答说在闭关。事实上写这本小说的过程确实像一段既枯燥又孤寂的独自修炼，让我消耗了这6年大部分的精力和几乎全部的空闲时间。等将耗时6年、多次修订的书稿正式交付出版的时候，我才恍然发现不知不觉之中，尚未及而立之年的我，两鬓却早已染上了霜白。

　　很多时候我都认为自己是个很念旧的人。而这本书中登场的绝大部分人物也都是在我消失殆尽的青春中出现过且让我印象深刻的存在,例如郑凌、辛晴、顾雪是我高中时的同学,杜亚、老郭、宇文是我大学时的舍友,司南是在山木一起学日语时的同桌,蝴蝶是我带队到精神病院实习时碰到的学妹,师培则是我迷路后去工大找若泽时意外认识的朋友。为了尽可能准确地还原这些有着真实原型的角色以及发生在他们身上那些我曾亲眼见证或参与过的故事,在刚开始动笔写这本小说的时候我曾跑遍西安和咸阳这两座生活了多年的城市,独自到所有故事发生的地方故地重游。我也曾下了苦功、花了大力气翻阅当事者们的社交平台,将自己代入他们的内心世界来揣摩关于他们那部分故事发生时当事人的想法和心情。我常常翻阅整理完他或她几年甚至十几年间留下的浩如烟海的文字以及图片资料只为他或她在书中出场的那短短几百个字的故事。而在此过程中,我也意外地后知后觉了很多从前并不知道的事情。印象最深的是为刻画某位大学时关系很好的女同学,原本不玩微博的我也开通了微博,然后在其微博中意外发现了一条发布时间在多年以前,也许微博主人以为这条微博中的主人公永远也不会看到的微博,为此我落寞了很长时间。但即使这样,我也从未做过除默默收集资料外的任何事情,甚至没有告诉过任何人我曾做过这些。虽然能在社交平台上发布的内容基本也都是想让大家知道和可以让大家知道的东西,但我还是选择做一个默默的看客,默默在一旁感觉对方那时的悲伤或者快乐,然后就当什么也没有发生过一样。

　　在这本书的创作过程中,最困难的就是要把20多个性格不同且彼此间基本没有什么交集的人物穿插在一条故事主线里,还要让它看起来合情合理,其中的难度不是一两句能说清楚的。而作为将这些不同角色联系在一起的男女主角,更是折损了我无数日渐稀少的宝贵发丝。其中,男主角宗佑姓名中的宗字的由来是我们家这一支是整个家族的长房,我又是长孙,所以取姓为宗,而佑字则取自我的原名。他也可以被看作是我早已失去却无比怀念的那段时光的缩影。而在这个几乎所有人物都有原型可依的故事中,唯一不曾真实存在过的就是女主角康乐。其实最开始的时候我并没有想过刻意去虚构这么一个角色,那时的我只是单纯地想以一个记述者的身份来将这段已经失去的时光转换成文字。然而写着写着,我渐渐觉得男主角实在太过孤单,加上这期间我又亲历了不少角色原型的婚礼,这让我感觉更加落寞。在现实中,我陷入了一种年龄越大越失败的怪圈,身边同龄朋友的孩子大多都会叫叔叔了,我却仍在寻寻觅觅。虽然也曾遇到过心动的女孩,可惜最后还是会因为各种莫名的原因无疾而终。其中就包括某些让朋友和家人觉得非常不错的姑娘,时间长了我能很清楚地感觉到,我在其他人眼中就是那种自己作死打烂一手好牌的家伙。事实上我始终相信,只有把自己修炼好了,才会遇到更好的人。可能年少时的我们也都曾或多或少地幻想过,在这个世界上，会有那么一个符合你心中最完美的另一半标准的他或她喜欢着自己，只是还没有遇到对方而已。现实中错过了最好年华的我在书中将这略显可笑的幻想表达了出来，于是我就创作了康乐这个角色。康乐一直等着宗佑，就像我仍然希望在世界的某个角落里有一个等着我的你，虽然这有很大概率只不过是一场自我催眠。所以原本小说中最后宗佑会准时赶到师大的校园，像多年前的夏天一样再次打败可怜的赵敬同学，和康乐彼此表明心意，然后会在他去赴明珂的七年之约解开心中执念的时候，收到康乐在替店里送货的途中遭遇车祸的消息……以上才是小说最开始设计的结局。作为唯一虚构的角色，康乐在完成了她将所有故事串联起来的任务后以这种方式谢幕也许会更合适一些，而我也本就是想用略显幽默的语言来讲述一个并不完美的故事。结果在小范围的试读中几乎所有读过这个原版结局的朋友都向我表达了非常强烈的抗议，其中不乏表示要寄刀片的"激进分子"。于是为了安全着想，我不得不重写了故事结尾，给书中的主角留下一线光芒，也给书外的我们留了一个希望。

最后谢谢这些让我的青涩时代色彩斑斓起来的小伙伴，我怀念你的方式，就是将你写进我的故事。还有那些即使拖延了多年仍然一直关注这个故事的朋友，没有你们不时地催促，越来越懒的我不知道还要再习惯性地拖延多久。本书原稿有 50 余万字，按时间顺序分为大学、工作两卷，出于某些客观原因，反复思考后我决定只将前半部分的大学卷发表出来。其中因为精力有限还删减掉了部分没时间认真考证的内容，比如为某些重要角色本已写好的单章，在这里只能说声抱歉了，也许再过几年，等时机成熟的时候我会把后半部分的工作卷也发表出来。但那可能就是另外一个故事了。

李文原

2019 年 8 月于陕西杨凌